Susin Nielsen

Die hohe Kunst, unterm Radar zu bleiben

Foto: © Tallulah Photography

**DIE AUTORIN**

Susin Nielsen begann ihre Karriere als Köchin beim kanadischen Fernsehen. Ihr Essen kam nicht gut an, aber ihr Talent für Texte: 16 Folgen der Erfolgsserie »Degrassi Junior High« stammen aus ihrer Feder. Nielsens Jugendbücher erhielten von Anfang an begeisterte Rezensionen und zahlreiche Auszeichnungen; »Die hohe Kunst, unterm Radar zu bleiben« gewann den renommierten Governor General's Literary Award und wurde Kinderbuch des Jahres der Canadian Library Association. Die Autorin lebt mit ihrer Familie und zwei zerstörungswütigen Katzen in Vancouver.

Susin Nielsen

# Die hohe Kunst, unterm Radar zu bleiben

Aus dem Englischen
von Claudia Max

cbt

cbt Kinder- und Jugendbuchverlag
in der Verlagsgruppe Random House

MIX
Papier aus verantwortungsvollen Quellen
FSC® C014496

Verlagsgruppe Random House FSC® N001967

1. Auflage 2016

Die Originalausgabe erschien 2010
unter dem Titel »The Reluctant Journal of
Henry K. Larsen«
Published by arrangement with Tundra,
an imprint of Random House of Canada Limited

Aus dem Englischen von Claudia Max
Lektorat: Friederike Zeininger
Umschlaggestaltung: semper smile, München,
unter Verwendung eines Motivs von Masterfile
(ikonimages, Lafleur312)
TP · Herstellung: kw
Satz: KompetenzCenter, Mönchengladbach
Druck und Bindung: GGP Media GmbH, Pößneck
ISBN: 978-3-570-31034-2
Printed in Germany

www.cbt-buecher.de

*Für Göran: Oändligt är vårt äventyr*

# Freitag, 18. Januar

Faszinierend: Das Wort »Psychologie« leitet sich vom griechischen Wort »Psyche« ab und bedeutet *Erforschung der Gedanken.*

Ich möchte nicht, dass irgendjemand meine Gedanken erforscht. Das ist einfach nur gruselig. Aber Dad findet, ich habe keine andere Wahl mehr.

Cecil sieht nicht aus wie ein Psychologe. Zum einen heißt er *Cecil.* An seiner Tür im Gesundheitszentrum ist ein Plastikschild mit der Aufschrift DR. LEVINE angebracht, aber als ich ihn bei unserer ersten Sitzung so angesprochen habe, meinte er, ich solle ihn doch bitte Cecil nennen. Ich habe den Namen zu Hause nachgeschlagen und wisst ihr, was er bedeutet? *Der Blinde.*

*Kein* gutes Zeichen.

Cecil hat lange graue Zauselhaare, die er mit einem Zopfband zurückbindet. Einem Zopfband! Heute, bei unserer dritten Sitzung, trägt er schon wieder ein Batikshirt, dieses Mal ein lilafarbenes. Ich hätte am liebsten gesagt: *Hey Cecil, die Sechziger haben angerufen. Sie wollen ihren Hippiefummel zurück!*

Er fragt oft: »Wie fühlst du dich dabei?«, als wäre die Therapie eine Fernsehshow und nicht das richtige Leben. Außerdem sagt er ständig »Heiliger Strohsack«, zum Beispiel: »Heiliger Strohsack, du kommst zum zweiten Mal hintereinander eine Viertelstunde zu spät!«

Vermutlich gehört Cecil nicht gerade zur Crème de la Crème von Psychologen. Zum einen ist er kostenlos. Dad behauptet, er würde von der Provinz British Columbia bezahlt, aber das kann nicht viel sein. Sein Büro ist winzig und eng, die Möbel sind billig, abgenutzt und voller Flecken. Außerdem hat er sich offenbar seit 1969 keine neuen Klamotten mehr leisten können.

Über ES haben wir bisher noch nicht geredet. Er versucht, das Gespräch in die Richtung zu lenken und stellt diese Fragen, bei denen ich genau weiß, was er hören will. Aber ich antworte darauf nur mit Roboterstimme: »Ich. Weiß Nicht. Worauf Du Hinauswillst. Humanoid.« Dann macht er sofort einen Rückzieher.

Die Roboterstimme ist der Grund, warum ich überhaupt hier bin. Nach der Sache mit Mom kurz vor Weihnachten bekam ich wieder diese Wutanfälle und habe angefangen, nur noch wie ein Roboter zu reden. Sogar beim Umzug nach Vancouver. Robot zu sprechen nimmt die Gefühle aus allem raus. »Alles Ist. Ein. Monotoner Brei.« Es hilft mir. Am achten Tag Roboter-Henry sind allerdings alle anderen durchgedreht und Dad hat den ersten Therapietermin für mich vereinbart. Und selbst nachdem ich wieder der harmlose alte Henry war, hat er darauf bestanden, dass ich ihn einhalte.

Cecil fährt seine sämtlichen kümmerlichen Tricks auf, um mich dazu zu bringen, über ES zu reden. Letzte Woche habe ich zum Beispiel beiläufig erwähnt, dass ich gern schreibe, und prompt hat er mir heute dieses Notizbuch gegeben. »Ich dachte, vielleicht hättest du gern einen Rückzugsort, an dem du deine Gedanken und Gefühle festhalten kannst. Tagebuchen kann ziemlich hilfreich sein.«

Ich habe ihm erklärt, dass ich nicht glaube, dass das Wort »tagebuchen« existiert. Zu Hause habe ich das Notizbuch in den Müll geschmissen.

Später hab ich es wieder rausgefischt, aber nur, weil mir langweilig war.

Die Sache ist die: Cecil *weiß* alles über ES. Vor meiner ersten Sitzung hatte er ein langes Gespräch mit meinem Vater und ich verwette mein Great-Dane-Poster, dass er die ganze Geschichte anschließend auch gegoogelt hat. Und nachdem er alles darüber gelesen hatte, hat er sich garantiert gefragt, warum mich meine Eltern nicht gleich nachdem ES passiert ist, also vor siebeneinhalb Monaten, zur Therapie geschickt haben.

*Heiliger Strohsack!*, hat er sicher gedacht. *Warum haben sie so lange gewartet?*

## Samstag, 19. Januar

Wieder Pizza zum Abendessen. Das ist schon der dritte Abend. Wahrscheinlich ist es einer der Vorteile am Junggesellenleben.

Beim Essen haben wir uns *Saturday Night Smash-Up* angeschaut. Dad aß zwei Stücke Pizza. Ich habe den Rest gefuttert. Zwischendurch musste ich meine Jeans gegen meine Schlafanzughose tauschen, damit mein Bauchschwabbel mehr Platz hatte.

Nach dem *Saturday Night Smash-Up* habe ich Dad gebeten, mich zu messen. Immer noch einssechzig.

Ich bin mit dreizehn noch voll der Zwerg.

### Mitternacht

Wegen diesem Heini nebenan stinkt mein ganzes Zimmer nach Curry.

### 2 Uhr morgens

Ich kann Dad schnarchen hören.

### 2 Uhr 30 morgens

Dieses Tagebuch ist bescheuert.

## Montag 21. Januar

Faszinierend: Orcas bewegen sich in Schulen fort. Jede Schule hat ihre eigenen Lautäußerungen mit Klickgeräuschen, Pfiffen und Rufen. Die Geräusche helfen ihnen zusammenzubleiben.

Das erste Jahr an der Highschool funktioniert genauso. Im September tauchen irgendwelche verängstigten Jugendlichen aus allen möglichen Elementary Schools auf und innerhalb von Wochen bilden sie ihre Schulen. Die Sportdeppen treten Mannschaften bei; die Nerds hängen in Clubs wie »Schach« oder »Computer« herum; die Kiffer suchen sich neben dem Schulgelände ihr Plätzchen hinterm Gebüsch.

Wenn im Januar ein Neuer auftaucht, nimmt es also kaum jemand zur Kenntnis. Die Schulen haben sich schon gebildet. Mir ist das recht. Ich bin gern wie Luna, dieser Orca, der sich von seiner Schule entfernte und ein paar Jahre allein vor der Küste von Vancouver Island herumschwamm. Eigentlich machte er einen ziemlich zufriedenen Eindruck. Er hatte ein richtig gutes Leben.

Na ja. Zumindest bis er versehentlich von einer Bootschraube geschreddert wurde.

Das Problem ist Folgendes: Es gibt mindestens immer noch einen anderen Schüler, der auch allein herumschwimmt, weil ihn keine der Schulen aufnehmen will.

An der Port Salish Junior High war das mein Bruder Jesse.

An der Trafalgar ist es Farley Wong.

Ich bin ziemlich sicher, dass er gleich an meinem ersten Tag hier, also vor zwei Wochen, meine Fährte aufgenommen hat. Heute holte er dann zum entscheidenden Schlag aus.

»Sei gegrüßt und willkommen auf unserem Planeten, Erdling«, begrüßte er mich heute Morgen mit starkem chinesischem Akzent. Ich hatte gerade mein Mathebuch in den Spind geräumt, der, wie es der Zufall will, der übernächste ist. »Farley Wong.« Er streckte mir die Hand entgegen.

»Henry«, erwiderte ich und unterschlug meinen Nachnamen. Er wollte mir kompliziert die Hand schütteln, aber ich gab nach den ersten Bewegungen auf.

»Wo warst du vorher?«

»Vancouver Island«, sagte ich. Besser keine Details nennen.

»Wir haben drei Kurse zusammen«, sagte er und zählte sie an den Fingern ab. »Mathe für Begabte, Sport und Englisch für Begabte.«

Das wusste ich schon, Farley ist schließlich nicht zu übersehen. Er ist der Übernerd.

Ich weiß, ich weiß. Ich sollte besser die Klappe halten. Pop-Pop reißt gern Witze darüber, dass ich so viele Sommersprossen habe, dass es aussieht, als hätte ich mich hinter einem Fliegengitter gesonnt. Und ja, meine Haare sind rot und lockig. Und ja, ich bin klein. Und ja, ich muss meine Kleider in »Sondergrößen« kaufen, was ein netterer Ausdruck für »Fetti-Klamotten« ist.

Aber ich mache aus meiner Nerdigkeit keinen Kult. Farley sieht aus wie eine dieser Nerdfiguren, die man in Geschenkartikelläden kaufen kann. Die Gläser seiner Brille sind so dick wie das Glas von Colaflaschen. Er trägt kurzärmlige Hemden und *Plastikschutzhüllen* in den Brusttaschen, damit die Stifte nicht sein Hemd beschmieren. Seine Hosen haben eine ordentliche Bügelfalte. Er zurrt sie mit einem Gürtel fast bis zu den Brustwarzen hoch.

Und er rennt mit einem Aktenkoffer herum!

»Wollen wir zusammen zum Englischkurs gehen?«, fragte er. »Ich kenne eine Abkürzung.« Er schaute mich mit seinen brillenvergrößerten Augen hoffnungsvoll an.

Ich bin nicht blöd. Ich weiß, dass es sozialem Harakiri gleichkommt, mit Farley gesehen zu werden. An der Highschool dreht sich alles um den ersten Eindruck. Da braucht man sich nur anzuschauen, was Jesse passiert ist.

Andererseits …

Farley war seit sieben Monaten der erste Typ, der mit mir wie mit einem normalen Menschen redet. Ich hörte mich also sagen: »Ja, klar.«

Farley erzählte auf dem Weg zum Kurs ununterbrochen von einer Show namens *Battlestar Galactica.*

»Ich hab die ganze Serie auf DVD. Sie ist verdammt genial.« Je länger er redete, umso mehr Speichel sammelte sich in seinen Mundwinkeln.

Als wir um die Ecke bogen, rannte ein dicker Typ, dessen Jeans ihm fast an den Knien hing, absichtlich-zufällig gegen Farley. Ich kannte ihn; sein Spind ist gegenüber von meinem.

»Schicke Hose, Farleypupser«, sagte er. Dann verpasste er mir einen Tritt. Nicht übermäßig hart, aber trotzdem. »Sorry«, sagte er. »Dachte mir, ich könnte mal wieder einen Rothaarigen treten.«

»Ich kenne die Folge von ›South Park‹ auch«, gab ich zurück. »Ist doch alter Kram. Ziemlich lahmer Witz, findest du nicht?«

Okay. Das hab ich nicht gesagt. Aber ich habe es gedacht.

»Das ist Troy Vasic«, sagte Farley, nachdem der Typ davongeschlendert war. »Nimm dich vor ihm in Acht.« Danach schwieg er, bis wir zu unserem Kursraum kamen. »Na ja, vermutlich gibt es an jeder Schule einen Troy Vasic.«

*Stimmt*, dachte ich.

An Jesses Schule hieß er allerdings Scott Marlin.

Den Rest des Tages klebte Farley wie ein Blutegel an mir. Nachmittags hatten wir zusammen Sport. Ich bin nicht besonders sportlich, aber im Vergleich zu Farley könnte ich an den Olympischen Spielen teilnehmen. Er ist *unterirdisch*. Das Lustige ist, es scheint ihm völlig egal zu sein. Wir haben Volleyball gespielt, und als er den Ball irgendwann mal übers Netz kriegte, brüllte er »JA!«, obwohl der Ball außerhalb des Spielfelds aufkam.

Und wisst ihr was? Er zurrt auch seine Sporthosen bis zu den Brustwarzen hoch.

Man könnte also sagen, dass Farley mein erster neuer Freund ist. Aber es ist ungefähr dasselbe wie beim ersten Auto. Es bringt einen von A nach B, aber sobald es einem gehört, träumt man ständig von dem Tag, an dem man sich ein besseres leisten kann.

23 Uhr

Der Wasserfleck an meiner Zimmerdecke sieht wie ein Kugelfisch aus.

1 Uhr morgens

Ich glaube, ich werde eine kleine Geschichte über Jesse schreiben. Cecil würde vermutlich einpullern, wenn er das wüsste. Aber dazu kommt es nicht, weil ich es ihm nie erzählen werde.

## Warum Jesse Larsen nie von einer Fischschule akzeptiert wurde

Von Henry K. Larsen

In der ersten Woche an der Junior High gab es »Kennenlernaktivitäten« zwischen den neuen und den älteren Schülern – Bowling-Partys, Pizza-Partys, solche Sachen. Die Schule wollte den Neuen damit vermitteln, dass sie willkommen waren. Am Freitag musste jeder neue Schüler auf die Bühne der Aula und *vor versammelter Mannschaft* ein paar Worte sagen.

Als Jesse an der Reihe war, erzählte er, dass er gern auf seiner PS3 spielte, Manga Comics las und das *Saturday*

*Night Smash-Up* der Global Wrestling Federation anschaute.

Es war vielleicht ein bisschen uncool, aber kein Drama. Jesse kapierte deshalb überhaupt nicht, warum alle wie verrückt lachten.

Als er von der Bühne stieg, nahm ihn der Direktor beiseite und sagte: »Jesse Larsen, HSA.«

»Was?«

»HSA. Hosenstallalarm!«

Jesse schaute an sich herunter. Sein Hosenstall hatte während seiner ganzen Rede offen gestanden.

Auch das – kein Drama.

Leider doch.

Mom hatte Jesse in der Woche zuvor erklärt, dass sie seine Sachen nur noch waschen würde, wenn er sie in den Wäschekorb warf. Was Jesse nicht auf die Reihe bekommen hatte. Und als er an diesem Morgen feststellte, dass er keine sauberen Unterhosen mehr hatte, entschied er, dass *keine* Unterwäsche immer noch besser sei als *schmutzige* Unterwäsche.

Ganz richtig. Er ging ohne Unterwäsche in die Schule. Das heißt, jeder einzelne Mitschüler an der Port Salish sah keine Unterwäsche in seinem Hosenschlitz.

Sie sahen seinen Ihr-wisst-schon-was: seine Familienjuwelen, seine Nüsse, seine Klöten. Seinen *Sack.*

Jemand in der ersten Reihe machte mit seinem Telefon Fotos. Ich war auf der Grundschule und hatte noch kein Smartphone, viele andere in meiner Klasse aber schon. Und so sah ich, wie jeder andere Schüler in Port Salish oder sonstwo, in der nächsten Stunde den fotografischen Beweis.

Die Schule reagierte natürlich hysterisch. »Das ist Mobbing und wir werden nicht zulassen, dass irgendein Kind gemobbt wird«, bla bla bla.

Die Fotos wurden relativ schnell gelöscht, zumindest die auf Facebook. Aber alles andere – was die Erwachsenen nicht sehen konnten oder nicht sehen wollten – ging danach erst richtig los.

Scott Marlin verpasste Jesse den Spitznamen, der ihn die ersten zwei Jahre an der Highschool verfolgte und den er erst loswurde, als er der Sache ein für alle Mal ein Ende machte.

Schlappsack.

Fast zwei ganze Jahre lang wurde der Junge, der bis dahin Jesse gewesen war, Schlappsack genannt. Manche Mitschüler nannten ihn sogar vor den Lehrern so, die es für irgendeine Serienfigur hielten.

Ich behaupte nicht, dass Jesse stinknormal war. Scott hätte ihn auch wegen anderer Sachen hänseln können. Wegen seiner Pickel, die schlimm waren. Wegen seiner übertriebenen Begeisterung für die Global Wrestling Federation. Wegen der Art, wie er kicherte, wenn er nervös war.

Aber der Schlappsack-Vorfall war der Knaller. Er war das Streichholz an der Bombe, die uns letzten Juni um die Ohren flog.

Oder wie es Mr Schell, mein Lehrer vom Englisch-für-

Begabte-Kurs, ausdrücken würde: »Das, Henry, bezeichnet man als das *erregende Moment*.«

## Donnerstag, 24. Januar

Ich nehme alles zurück. Farley hat doch seine Schule.

Es war um die Mittagessenszeit und wir standen vor unseren Spinden. Troy lungerte mit ein paar Freunden auf der anderen Seite des Gangs herum. Als er seinen Spind schloss und sich umdrehte, trug er eine »Nerdbrille« – eine von diesen billigen Scherzartikelbrillen mit dickem schwarzem Plastikgestell und aufgeklebten vergrößerten Augen auf den Gläsern.

Das heißt, sie ließ ihn sehr wie Farley aussehen.

»Hey, ihr zwei«, sagte Troy und versuchte, Farleys chinesischen Akzent nachzuäffen. »Alles fit im Schritt?«

Seine Prollfreunde wieherten los. Ein paar Mädchen begannen ebenfalls verhalten zu kichern. Man sah ihnen an, dass sie es zu unterdrücken versuchten, aber es war schwierig. Troys Imitation war ziemlich gut.

Und das war Farleys geniale Antwort: »Wie lustig, leider hab ich glatt vergessen zu lachen.«

Allerdings vergaß niemand sonst zu lachen, denn der echte Farley klang sehr wie Troys nachgeäffter Farley. Ich musste ein unbeabsichtigtes Schnauben hinunterschlucken.

Troy und seine Freunde marschierten davon. Von hinten sahen sie wie Drillinge aus – die Hosenbeine ihrer Jeans knautschten an den Knöcheln, der Bund hing irgendwo auf dem Hintern, sie ließen die Schultern hängen.

»Was für'n Haufen Neandertaler«, sagte ich, als ich mich wieder zu Farley wandte. Da entdeckte ich diesen Ausdruck auf seinem Gesicht.

Ich kannte diesen Ausdruck. Ich hatte ihn oft auf Jesses Gesicht gesehen, wenn er wieder mal Stress mit Scott gehabt hatte. Es war ein vielschichtiger Gesichtsausdruck. Teils *Ich hasse Troy,* teils *Ich hasse mich selbst.*

»Ich habe von Geburt an schlecht gesehen«, sagte Farley. »Und ich kann nichts dagegen tun.«

»Wenigstens bist du nicht mit zwei Köpfen auf die Welt gekommen, wie dieser Mexikaner im neunzehnten Jahrhundert«, sagte ich zu ihm und schloss meinen Spind ab. »Oder mit Hypertrichose.«

»Was ist Hypertrichose?«

»Das ist, wenn dein Körper abartige Mengen Haare produziert, selbst im Gesicht. Man sieht wie ein menschlicher Werwolf aus.«

Farley sah mich fragend an. »Woher weißt du so etwas?«

Ich wusste nicht, was ich darauf antworten sollte. Wie sollte ich erklären, dass die Vorstellung von Spaß in unserer Familie in Wortspielen besteht. Oder dass wir uns nach *Saturday Night Smash-Up* am liebsten die Quizshow *Jeopardy!* angeschaut und immer versucht haben, die Fragen vor den Kandidaten zu beantworten. Oder dass wir auf dem Klo am liebsten das Guinness-Buch der Rekorde lesen.

Ich erklärte es also nicht, sondern zuckte bloß die Achseln. »Ich merk mir alles Mögliche.«

Farleys Augen hinter den Brillengläsern wurden noch größer. »Du kommst mit«, sagte er. Dann packte er mich am Arm und zog mich den Gang hinunter.

»Wo gehen wir hin?«

»Wir brauchen noch ein Mitglied. Und du bist genau das, was uns noch fehlt.«

»Mitglied bei was?«

Aber er gab keine Antwort. Er führte mich einfach die Treppe hoch und in ein Klassenzimmer im zweiten Stock.

Dort saßen schon sechs andere und verzehrten ihr Mittagessen. Sie hatten in der Mitte des Raums acht Tische so zusammengeschoben, dass sie sich in zwei Viererreihen gegenübersaßen. Auf den Tischen stand eine schwarze Kiste mit roten Knöpfen. Sie erinnerte mich irgendwie an einen dilettantischen Science-Fiction-Film.

»Hallo allerseits«, sagte Farley, inzwischen außer Puste, »das ist Henry. Er wird unserem Team beitreten.«

»Welchem Team?«, fragte ich.

»*Reach For The Top*. Es ist eine Art *Jeopardy!* für Schüler, allerdings tritt man gegen Teams an, nicht gegen Einzelkandidaten.«

Das hieß also, ein Team, das Nerds anzieht wie Hundekacke Fliegen.

Vor dem ersten Juni wäre damit ein Traum für mich in Erfüllung gegangen. Ich steh auf so was. Aber ich habe gesehen, was mit Jesse in der Highschool passiert ist. An der Highschool ändern sich die Spielregeln.

Als Kind kann man seine Macken ausleben. Man kann den Leuten alle möglichen schrägen Sachen erzählen. Man kann in der Öffentlichkeit singen. Man kann mit einer Unterhose über der Jeans in den Park gehen und tun, als wäre man Great Dane oder ein anderer Wrestler, den man toll findet. Das weiß ich, weil Jesse und ich es ständig gemacht haben.

Aber wenn man älter wird, ändert sich das alles. Man lernt, dass man am besten unterm Radar bleibt. Ich weiß, dass ich meine blöden roten Haare und meine blöden Sommersprossen nicht ändern kann. Aber ich *kann* meine Marotten unterdrücken.

Ich versuchte deshalb »Danke, muss nicht sein« zu sagen, aber bevor ich die Worte herausbekam, stellte mir Farley schon die anderen Teammitglieder vor. »Henry, das sind Parvana, Shen, Ambrose, Jerome, Koula und Alberta.« Sie lächelten alle und sagten Hallo.

Außer Alberta.

Ihr Kopf blieb in einer Klatschzeitschrift vergraben. Ich kannte sie; wir haben zusammen Hauswirtschaftslehre. Ich habe sogar einmal mit ihr geredet. Wir saßen uns beim Nähen gegenüber und ich habe sie gefragt: »Warum heißt du Alberta? Warum nicht Saskatchewan oder Manitoba oder wie eine andere kanadische Provinz?«

Und ihre Antwort war: »Wow, Neuer. Wie lustig. Den hab ich ja noch nie gehört.«

Ungezogen.

Kennt ihr das Lied aus »Sesamstraße« – bei dem es darum geht, dass etwas anders ist als die anderen? Alberta ist dieses Etwas. Bis auf sie passten alle in diesem Raum in ein Reach-For-The-Top-Team.

Stellt euch einfach vor:

Der Junge namens Ambrose hatte eine verranzte mehrfarbige Strickmütze an. Im Klassenzimmer. Außerdem trug er neongrüne Socken.

Der Typ namens Shen umklammerte einen *Zauberwürfel.* Noch Fragen?

Parvana trug ein T-Shirt mit der Aufschrift *Den Langweilern gehört die Welt!*

Koula schnaubte. Ich meine nicht ein- oder zweimal; ich meine ununterbrochen. Ruhige kleine Schnauber, alle paar Sekunden. Als hätte er einen Tick.

Jerome trug Jogginghosen und ein Shirt, das ständig hochrutschte und schwabbelige weiße Speckrollen entblößte, *und es schien ihm total egal zu sein.* Ja, ja, ausgerechnet ich reiße die Klappe auf, aber wenn ich zehn Kilo zu viel draufhabe, dann hat Jerome mindestens fünfzig zu viel. Und ich würde meinen Bauchschwabbel nie im Leben raushängen lassen!!

Und dann Alberta.

Sie hat eine kurze braune Punkfrisur – ziemlich wie die von Great Dane, nur die Farbe ist anders. In der Nase und über der Augenbraue trägt sie goldene Piercings. Manche würden sie vielleicht als moppelig bezeichnen, aber als jemand, der sich das auch schon ein- oder zweimal anhören musste, ziehe ich das Wort »wohlgerundet« vor. Sie trug einen Schottenrock mit einer großen goldenen Sicherheitsnadel, der knapp über dem Knie endete, schwarze Strumpfhosen und lila Doc Martens. Darüber ein weißes T-Shirt mit dem Schriftzug einer Traktorfirma.

Sie ist das Gegenteil eines Nerds.

Schließlich kam mein Sozialkundelehrer, Mr Jankowitsch, in den Raum. Er ist ein erwachsener Nerd. Man braucht sich bloß seine Füße anzuschauen: Er trägt Birkenstocks und weiße Baumwollstrümpfe. Sogar im Winter!

»Trainer, das ist Henry«, erklärte ihm Farley. »Er wird dem Team beitreten.«

*Nein, werde ich nicht,* hätte ich am liebsten gesagt, aber Mr Jankowitsch gab mir keine Chance. »Hey, Henry. Das ist ja eine tolle Neuigkeit. Setzt euch.«

Ich konnte keinen Rückzieher mehr machen. Ich hätte Farley gern den Hals umgedreht und das schien er auch zu wissen, denn obwohl er mir gegenübersaß, vermied er jeden Blickkontakt. Mr Jankowitsch gab jedem von uns ein Kabel mit einem roten Knopf am Ende, das wir in die schwarze Kiste steckten. Wenn man auf den Knopf drückte, surrte er und auf dem Kasten leuchtete eines der roten Lichter auf.

Jerome, Koula, Shen und ich saßen Ambrose, Parvana, Farley und Alberta gegenüber.

Mr Jankowitsch fing an, uns mit Fragen zu bombardieren. Sie waren in unterschiedliche Kategorien aufgeteilt wie Offene Fragen, Teamfragen, Blitzfragen und »Wer bin ich«-Fragen. Hier sind die Fragen, an die ich mich noch erinnere:

1) *Wofür steht URL im Internet?* (Ich hatte keinen Schimmer. Aber Shen und Farley wussten es: Uniform Resource Locator, also die Webadresse.)
2) *Welchen Fluss überquerte Julius Caesar?* (Den Rubikon. Das wusste ich.)
3) *Welche Insel eroberten Caesar und seine Legionen 55 v. Chr.?* (Keine Ahnung. Aber Parvana wusste, dass es Großbritannien war.)
4) *Wofür steht Cd im Periodensystem der Elemente?* (Cadmium. Hätte Shen nicht als Erster gedrückt, hätte ich das geraten.)
5) *Richtig buchstabieren. Wie schreibt man Standard, Rhythmus, Dichotomie, Fantasie?* (Ich wusste *Fantasie*, bei den anderen drei war Shen schneller.)
6) *Wie viele Milchzähne haben Menschen? Wie viele bleibende Zähne?* (Zwanzig und zweiunddreißig. Beantwortet von meiner Wenigkeit.)
7) *Welcher Hollywoodstar ist mit José Ferrer, Rosemary Clooney und Debby Boone verwandt?* (George Clooney. Das wusste Alberta. Sie hat sich nur zu Fragen über Filmstars und Popmusik gemeldet.)

Ich geb's zu: Die Mittagspause war superschnell vorbei. Als Farley und ich zu unseren Spinden zurückgingen, sagt er: »Die nächste Übung ist am Dienstag. Häng dich rein oder häng weiter rum.«

»Ich werde dem Team nicht beitreten«, erklärte ich.

»Oh doch, wirst du«, meinte er, als wir zu unseren Spinden kamen.

»Warum bist du dir da so sicher?«

Wie auf Kommando kam Alberta um die Ecke, sie hatte eine vollgekritzelte Mappe unterm Arm.

»Hi«, sagte ich.

Sie schaute mich nur finster an und ging weiter.

Ungezogen.

Farley grinste. »*Deshalb* bin ich mir sicher.«

Ich merkte, wie mein Gesicht rot anlief, was nicht gerade toll aussieht, wenn man sowieso schon rote Haare und Sommersprossen hat. »Die? Bitte. Die ist doch voll eingebildet.«

Aber Farley lächelte selbstgefällig. »Bis nachher in Sport«, sagte er und lief vor sich hin summend den Gang hinunter.

## Samstag, 26. Januar

Faszinierend: Posttraumatische Belastungsstörung (oder PTBS) ist eine schwerwiegende Angststörung, die nach einem traumatischen Ereignis auftreten kann.

Das behauptet jedenfalls Cecil. Er hat bei unserer Sitzung gestern nach der Schule viel über PTBS geredet. Weshalb ich ihm mit Roboterstimme geantwortet habe. Weshalb er die Taktik geändert hat.

»Schreibst du überhaupt in dein Tagebuch?«, fragte er.

»Nein«, log ich.

»Oh. Schade.«

»Find ich nicht.«

Gefühlt starrte er mich ungefähr eine Minute an. Ich starrte zurück. »Erzähl mir was über dein T-Shirt«, sagte er schließlich. »Wer ist der Typ?«

»Das ist Great Dane.«

Cecil schaute mich verständnislos an.

»Von der GWF.«

Der nächste verständnislose Blick.

»Die Global Wrestling Federation? *Saturday Night Smash-Up*? *Monday Night Meltdown*?« Im Stillen dachte ich, *Heiliger Strohsack, in welchem Jahrhundert lebst du denn?*

»Oh. Davon hab ich schon mal gehört. Aber ich habe keinen Fernseher«, sagte er, und zwar ein bisschen überheblich, wenn ihr mich fragt.

»*Saturday Night Smash-Up* ist meine Lieblingsshow«, erklärte ich ihm. Genau genommen war es die Lieblingsshow meiner ganzen Familie. Mom hat immer eine große Schüssel Popcorn gemacht und wir haben uns samstags alle vor den Fernseher gesetzt, sogar in den Monaten bevor ES passiert ist. Jeder von uns hatte seinen Lieblingswrestler: Moms war El Toro, Dads war Twister, Jesse und ich hatten denselben.

»Erzähl mir alles über Great Dane«, sagte Cecil.

»Er wiegt 99 Kilo. Es klingt wie eine Menge, aber in der GWF ist er echt mickrig. Er trägt enge rote Hosen mit weißem Rand und weiße Schnürstiefel und er hat eine kurze blonde Punkfrisur. Sein Oberkörper sieht aus wie der von Popeye. Und sein Markenzeichen ist der Body Splash.«

»Der Body Splash?«

Ich gab mir wirklich Mühe, es Cecil zu beschreiben. »Angenommen der Gegner liegt auf der Matte. Great Dane steigt auf die Seile um den Ring. Er beugt sich weit vor ...« Für diesen Teil stellte ich mich auf meinen Stuhl, um Cecil zu zeigen, was ich meinte. »Dann springt er. Einen Moment lang sieht es aus, als würde er fliegen. Und dann klatscht er mit dem Bauch auf die Brust seines Gegners. PFLATSCH!«

Um dem ganzen Nachdruck zu verleihen, legte ich mich flach auf den Boden seines winzigen Büros. Es war widerlich da unten – Armeen von Wollmäusen und ein Teppich, auf dem alte Essenreste klebten. »Stellen Sie sich den Buchstaben T vor«, sagte ich, stand schnell auf und klopfte mich ab. »So soll es von oben aussehen.«

»Heiliger Strohsack«, sagte Cecil. »Klingt gewalttätig.«

Ich verdrehte die Augen. »Mehr als das. Es gibt Handlungsstränge und alles. Es ist megaaufregend. Hohe Einsätze. Gut gegen Böse.«

»Warum magst du Great Dane am liebsten?«

»Weil«, sagte ich ein bisschen ungeduldig. »Er ist einer von den Guten. Er ist ein Babyface. Und er muss immer gegen die Heels kämpfen – das sind die riesigen potthässlichen bösen Typen.«

»Gewinnt er?«

»Manchmal. Meistens verliert er.«

»Er ist also ein Underdog.«

»Ja.«

Aus irgendeinem Grund fing Cecil an, ständig zu nicken, als hätten wir eine tiefschürfende Unterhaltung.

»Man weiß nie, was als Nächstes passiert«, fuhr ich fort. »Wrestler, die jahrelang die Heels waren, werden plötzlich Babyfaces und umgekehrt. Immer, wenn man denkt, man weiß, wie einer von ihnen tickt, wechselt er die Seite.«

»Dann ist also niemand hundertprozentig gut oder böse«, sagte er. »Genau wie im wirklichen Leben.«

»Klar! Stalin hat bestimmt auch ab und zu mal einer alten Dame die Tür aufgehalten oder seine Mutter umarmt. Und vielleicht hat Mutter Teresa ein Kind verhauen oder einen Schokoriegel geklaut.«

»Ich wette, Great Dane war auch Jesses Favorit. Stimmt's?«

Von einem Moment auf den anderen bekam ich Gänsehaut. Wie hatte Cecil das rausgekriegt? Es war gruselig. »Ich verweigere die Aussage«, erklärte ich.

»Weißt du überhaupt, was das bedeutet?«

»Das hab ich in einer Fernsehshow gesehen. Es bedeutet *Ich antworte nicht auf die Frage und Sie können mich auch nicht dazu zwingen.*«

Cecil lächelte. »Okay. Die Sitzung ist sowieso so gut wie

vorbei.« Er stand auf und drückte mir die Hand. »Ich glaube, wir sind heute einen guten Schritt weitergekommen, Henry.«

Ich hätte am liebsten gefragt *Wie jetzt? Wir haben doch bloß über Wrestling geredet!!*

Ich hab nichts gegen Cecil. Er ist schon irgendwie okay. Aber mein Vater hat mal einen Witz erzählt, der perfekt auf Cecil passt: »Kommen zwei Psychologen zu einer Bushaltestelle gerannt. Der Bus ist jedoch gerade abgefahren. Sagt der eine Psychologe zum anderen: »Willst du darüber reden?«

### 23 Uhr

Wir hatten heute Abend wieder Pizza. Ich hab mich zusammengerissen und nur vier Stücke davon gegessen.

Dad hat nur ein Bier zu seiner Rapiflux-Tablette getrunken. Mit Rapiflux hat er vor ungefähr vier Monaten angefangen. Erst dachte ich, es ist was für die Verdauung oder so, aber dann habe ich auf Dads Laptop nachgeschaut. Rapiflux ist ein anderer Name für Fluoxetin. Was wiederum ein anderer Name für Prozac ist. Was, laut Website, »das Wohlbefinden steigert und depressiven Stimmungen entgegenwirkt«.

Wir aßen die Pizza vor dem Fernseher, da klingelte das Telefon. Wir haben ein billiges Telefon ohne Display, aber ich wusste auch so, wer es war.

»Hallo?«

»Hi, Henry.«

Jep. Mom.

»Wie geht's meinem Kleineren?« So nennt sie mich schon mein ganzes Leben. Jesse war der Kleine. Wenn sie einen dritten Sohn gehabt hätte, wäre er bestimmt der Kleinste gewesen.

»Gut.«

»Wie ist es an der neuen Schule?« Das fragt sie mich jedes Mal.

»Gut.«

»Lass mich raten – dein Lieblingsfach ist Englisch?«

»Ja.«

»Du warst schon immer gut mit Wörtern.«

Danach entstand ein langes Schweigen, was mein Englischlehrer, Mr Schell, als gutes Beispiel für Ironie bezeichnen würde.

»Wie geht's Dad?«

Ich blickte zu Dad, der auf die Wand hinter dem Fernseher starrte. »Gut«, sagte ich. »Gleich fängt *Saturday Night Smash-Up* an.«

Darauf folgte eine weitere lange Pause und dann sagte sie: »Es tut mir leid, Henry.« Und wie bei jedem Anruf fing sie an zu weinen. Und wie bei jedem Anruf reichte ich das Telefon an meinen Vater weiter, weil ich ihre Tränen satt habe.

Dad ging in sein Zimmer und schloss die Tür. Ich lauschte, wie seine Stimme lauter und leiser wurde. Manchmal schreit Dad bei diesen Anrufen, aber heute Abend sprach er ruhig und nach zwanzig Minuten oder so setzte er sich wieder neben mich auf die Couch. Er lächelte mich breit an. Es war das absolut verlogenste Lächeln, aber der Versuch war ehrenwert. »Was hab ich verpasst?«

Ich erzählte ihm, dass Great Dane den Kampf gegen Vlad the Impaler verloren hatte, der ihn mit einem Bionic Elbow niedergerungen hatte (das heißt, er hat Great Dane seinen Ellbogen in den Schädel gerammt) Vlad verabreichte Dane auch den Testicular Claw, im Klartext: er quetschte ihm die Eier. Es ist verboten, aber Vlad passte einen Moment ab, als sich der Schiedsrichter wegdrehte, deshalb wurde er nicht erwischt.

Jetzt ist Dad in seinem Zimmer und ich in meinem. In der Annonce stand *Zweieinhalb-Zimmer-Wohnung*. Ich wohne *in dem halben Zimmer. Das* war vermutlich ein Tippfehler und der Vermieter meinte eigentlich *Abstellkammer*.

Unser Haus ist ein dreistöckiger grauverputzter Sechzigerjahre-Kasten direkt am Broadway, der meistbefahrensten Straße in Kitsilano. Es trägt den Namen Cedar Manor, aber den pompösen Namen verdient es so was von überhaupt nicht. Im Gegenteil, wenn ich die vermeintliche »Villa« mit einem Wort beschreiben müsste, würde es »hässlich« lauten. Der orangefarbene, grüne und braune Teppichboden in den Fluren sieht aus, als wäre er seit der Fertigstellung noch nie gereinigt worden. Die Wände sind verdreckt. Die Beleuchtung besteht aus surrenden Neonröhren.

Aber ich will nicht klagen. In Vancouver zu leben ist sehr

viel teurer als in Port Salish und da Dad keine eigene Firma mehr hat und Mom nicht arbeitet und die Marlins eine Klage eingereicht haben, kann ich mich wahrscheinlich glücklich schätzen, dass wir nicht im Stanley Park bei den Obdachlosen wohnen.

Außerdem sind wir hier in Vancouver anonym. In Port Salish kannte jeder jeden. Früher fand ich das toll. Aber nachdem ES passiert ist, war es ein Fluch.

Ich würde trotzdem lügen, wenn ich behaupten würde, unser Haus würde mir nicht fehlen. Es war ein richtiges stinknormales Haus mit Garten und allem Drum und Dran. Es war keine Villa, aber Jesse und ich hatten jeder unser eigenes Zimmer, was gut war, Jesse war nämlich ein Schwein. Ich dagegen bin ordentlich und sauber. »Das grenzt schon an Zwanghaftigkeit«, habe ich Mom mal zu Dad sagen hören, als sie dachte, ich würde es nicht hören.

Na und? Wenn ich nun mal auf Sauberkeit stehe? Mein Zimmer hier ist nur halb so groß wie das in Port Salish, aber mein Poster von Great Dane hängt genau in der Mitte über meinem Bett, das ich jeden Morgen mache und zwar mit superakkuraten Kanten. In meinem Schrank habe ich eines dieser faltbaren Stoffregale zum Aufhängen für meine zusammengelegten Unterhosen und Socken. Alles andere – Jeans, Sweatshirts, T-Shirts, meistens in Blau- oder Grautönen – hängt auf Kleiderbügeln. Zerknitterte T-Shirts kann ich nicht ausstehen. Man könnte sagen, ich tue alles für ein ordentliches, wenn auch unauffälliges Erscheinungsbild und grundsätzliche körperliche Sauberkeit. Manche Leute setzen fett automatisch mit dreckig gleich, aber das ist falsch. Nur weil ich den Bauchschwabbel habe, heißt das noch lange nicht, dass ich nicht dusche oder kein besonders starkes Deo benutze.

Kurz bevor ES passiert ist, hat man gemerkt, dass Jesse kein Deo benutzte. Und auch nicht duschte. Oder seine Kleidung nicht häufig genug wechselte. Er versuchte, seinen Körpergeruch mit AXE-Körperspray zu übertünchen, aber das hat es nur noch schlimmer gemacht.

In dem halben Jahr bevor ES passierte, haben wir kaum miteinander geredet, und wenn doch mal, dann nicht besonders nett.

»Stink das Klo nicht voll, Fleischklops«, sagte er morgens oft zu mir, denn a) funktioniert meine Verdauung wie geschmiert und ich gehe morgens als Erstes immer kacken und b) war ich schon damals ein bisschen moppelig.

»Leck mich, Streuselkuchen«, gab ich dann zurück. Dann schnupperte ich. »Ähh, und du findest meine *Kacke* stinkt? *Du* stinkst!«

»Kleiner, warum gehst du nicht kurz unter die Dusche?«, sagte meine Mutter dann, wenn wir zu ihr in die Küche kamen. »Es kostet dich nicht mehr als fünf Minuten. Ich mache dir in der Zwischenzeit Zimttoast.«

»Ich will keinen sch- Zimttoast. Ich will einfach nur meine sch- Ruhe haben.« Jesse benutzte in diesem letzten halben Jahr ziemlich viele ordinäre Wörter.

Danach stürmte er aus dem Raum und meine Mutter kämpfte mit den Tränen.

Früher hat er nie so mit ihr geredet. Mit mir schon, aber so ist das nun mal bei Brüdern. Aber er und Mom hatten ein enges Verhältnis. Sie hingen aneinander. Als hätte man sie mit extrastarkem Kleber zusammengeleimt.

Ich habe sie darum ziemlich beneidet. Ich wollte, was sie hatten, aber ich wusste auch, dass ich es nie haben würde, weil Jesse ihr Erstgeborener war. Bevor ich aufgetaucht bin, hatten sie zwei volle Jahre, um sich ineinander zu verlieben.

Als ich mal wegen Fieber zu Hause bleiben musste, habe ich diesen Film gesehen. Er lief auf irgendeinem Kabelkanal und ich habe keine Ahnung, warum ich ihn mir überhaupt angeschaut habe, denn er war uralt, aber vermutlich war ich so fiebrig, dass ich nicht mal mehr die Fernbedienung heben konnte. Ist ja auch egal, er hieß *Eine ganz normale Familie* und handelte von einer Familie mit zwei Söhnen. Die Jungs hatten einen Bootsunfall, bei dem der Ältere ertrank und der Jüngere überlebte. Die Mutter war so fies zu ihrem jüngeren Sohn! Und ganz am Ende gab sie zu, dass es ihr lieber gewesen wäre, wenn er gestorben wäre.

Ich behaupte nicht, dass meine Mutter so denkt. Aber es ist einfach noch etwas, das mir manchmal durch den Kopf geht, wenn ich sie mir in ihrer Klapse auf der anderen Seite des Landes vorstelle, weit weg von uns.

Es ist etwas, woran ich denke, wenn ich nicht schlafen kann.

### 1 Uhr morgens

Da wir gerade von Schlaf sprechen. Er wird total überbewertet. Schlaf + ES= Albträume. Blut. Blutlachen. Gelbe Plastikrutschröhre.

### 2 Uhr morgens

Der Blödmann von nebenan, Mr Atapattu, schaut wieder Teleshopping. Ich höre es durch die Wand. »Bestellen Sie Ihr superduper Schnäppchen noch heute!«

Was für ein Idiot.

## Dienstag, 29. Januar

Faszinierend: 1929 beschloss dieser Typ Noah John Rondeau, dass er von Menschen genug hatte, und wurde Eremit. Er lebte allein in den Bergen, den Adirondacks, und ernannte sich zum Bürgermeister von Cold River City, Einwohner: 1.

Bevor ES passierte, hätte ich den Typen für einen Spinner gehalten. Aber jetzt verstehe ich ihn. Es ist nicht so, dass ich plötzlich keinen Menschen mehr leiden kann, ich kann sie bloß nicht *ständig* um mich haben. Momentan reicht mir eine kleine Dosis für lange Zeit, falls ihr wisst, was ich meine. Dad kommt normalerweise erst gegen sechs von seinen Baustellenjobs zurück und das ist völlig okay für mich. Nach einem ganzen Tag mit Unterricht und Lehrern und nun auch noch Farley muss ich auch erstmal richtig Eremit sein, wenn ich nach Hause komme.

Aber erklärt das mal den Geiern.

### Geier 1: Karen Vargas – Apartment 311

Dad und ich hatten kaum angefangen, Sachen vom Umzugstransporter in unsere Wohnung zu tragen, da kam Karen auch schon auf unseren Kleinlaster zugestöckelt. Sie trug einen kurzen Rock und ein Top, das entschieden zu viel Vorbau zeigte. Ihre Schuhe hätte meine Mutter als hochgradig unpraktisch bezeichnet. Vermutlich dachte sie, sie sähe damit jünger aus, tat sie aber nicht, sie ist bestimmt so alt wie meine Mutter.

Sie hielt einen Pappteller mit Plätzchen in der Hand.

»Hallöchen, Nachbarn«, begrüßte sie uns und drückte meinem Vater den Teller in die Hand. »Nur was kleines Süßes zum Einzug. Habe ich gestern Abend gebacken.«

Mein Dad schaute sie nur an, als wäre er völlig unter Drogen, aber genau genommen war er das ja auch.

»Oh. Danke«, sagte er.

»Ich bin Karen. Karen Vargas.« Sie wartete darauf, dass Dad ihr seinen Namen sagen würde, aber seit ES passiert ist, vergisst Dad manchmal die einfachsten Floskeln zwischenmenschlicher Höflichkeit.

»Und wie heißen Sie?«, fragte sie schließlich.

»Pete. Pete Larsen. Das hier ist mein Sohn, Henry.«

»Freut mich, Sie kennenzulernen, Pete. Und dich Henry«, fügte sie hinzu, ohne mich auch nur anzuschauen. »Ihr zieht vermutlich in die 211?«

Dad nickte.

»Ich wohne direkt über Ihnen. 311. Wussten Sie, dass Ihr Vormieter ein Meth-Labor in der Wohnung hatte?«

Schlagartig schien mein Vater interessierter. Ich wurde auf jeden Fall munterer.

»Wirklich?«, fragte ich, obwohl sie mich noch immer nicht ansah.

»Hat Ihnen der Vermieter das nicht erzählt? Nein, warum auch. Wahrscheinlich dachte er, das würde Sie abschrecken. Der Typ, der hier wohnte, hat Crystal Meth hergestellt. Wir haben es erst rausgefunden, als er eines Tages einen Brand ausgelöst hat. Das ganze Gebäude hätte mit uns allen in die Luft fliegen können!«

»Wow.« Das ist mein Vater momentan: ein Mann der wenigen Worte.

»Ich wusste von Anfang an, dass mit dem Typen etwas nicht stimmte«, sagte sie, aber das glaubte ich ihr keine Sekunde. Nachdem mein Bruder getan hat, was er getan hat, wurden Leute, die ihn kaum kannten, in der Zeitung mit Sprüchen wie diesen zitiert: »Ich hatte bei diesem Jungen immer ein ungutes Gefühl« oder »Er hat mir Angst gemacht«. Was einfach ein riesiger dampfender Haufen Scheiße war. Jesse hat nie irgendjemandem Angst gemacht.

»Wenn Ihr Jungs irgendwas braucht, wisst Ihr ja, wo Ihr mich findet«, sagte sie lächelnd und ich dachte *Woher weiß sie, dass es nur wir Jungs sind? Woher weiß sie, dass meine Mutter nicht jeden Moment aus der Haustür kommt?* Wahrscheinlich hat sie den Hausmeister ausgefragt, wer einzieht.

Mein Vater lächelte Karen jedenfalls nur unbestimmt an, danach schleppten wir zu zweit unseren riesigen Couchtisch ins Haus. Er bedankte sich nicht bei ihr für die Plätzchen oder so, sondern ließ sie einfach frierend auf dem Gehweg stehen. Was ich in Ordnung fand. Später am Abend, nachdem wir den Laster entladen hatten, wickelte ich die Plätzchen aus. Sie waren so was von eindeutig gekauft.

Trotzdem futterte ich alle auf einmal. Was meinen Bauchschwabbel nicht besser macht. Aber so gar nicht.

### Geier 2: Mr Atapattu – Apartment 213

Mr Atapattu klopfte an die Tür, als wir noch beim Auspacken waren.

Als ich öffnete, sagte er: »Hallo. Ich wohne nebenan, in der 213.« Er lächelte und entblößte einen Mund voll schiefer gelber Zähne. Er war ordentlich gekleidet und trug eine Strickjacke und beige Hosen. Ich schätze, er ist so um die sechzig, aber was weiß ich. Für mich sieht sowieso jeder über dreißig alt aus.

»Ich hab euch was zum Einzug mitgebracht. Selbstgemachtes Kokos-*Barfi.*« Er hielt mir einen Teller entgegen.

»Barfi?«, wiederholte ich.

»Das ist eine indische Süßigkeit«, erklärte er. »Ich komme aus Sri Lanka, aber ich koche Gerichte aus vielen Regionen.«

Ich nahm den Teller, um höflich zu sein, mein Vater kam an die Tür und er und Mr Atapattu schüttelten sich die Hände. »Ich dachte, ich sollte mich vorstellen«, fuhr Mr Atapattu fort, sein Akzent ließ jedes Wort würdevoll klingen. »Es ist wichtig, dass man seine Nachbarn kennt. Sie haben vielleicht schon von dem Mann gehört, der vor Ihnen hier gewohnt hat. Kein guter Mann. Ich habe mich beschwert, dass ich Chemikalien rieche, aber Juri, der Hausmeister, glaubte mir nicht. Er dachte, mir ginge es um ›Wie du mir, so ich dir‹, weil sich ein paar Nachbarn über den Essengeruch aus meiner Wohnung beschwert haben.«

»Oh«, antwortete mein Vater. Jep, er ist momentan wirklich gesprächig.

Danach entstand ein verlegenes Schweigen. Mir wurde klar, dass Mr Atapattu hoffte, wir würden ihn hereinbitten. »Falls Sie Hilfe brauchen …«

»Nein, wir kommen klar. Aber danke«, sagte mein Dad. Mr Atapattus Lächeln zitterte ein wenig, als mein Vater in die Wohnung zurückging. Ich hätte ihm gern gesagt, er solle es nicht persönlich nehmen und dass mein Vater in letzter Zeit nur noch ein Hologramm seiner selbst sei – anwesend, aber nicht anwesend.

Stattdessen sagte ich: »Danke für den Brei.«

»*Barfi.*«

Dann schloss ich die Tür.

Das *Barfi* war köstlich. Viel besser als Karens »selbstgebackene« Kekse. Ich verputzte auch das ganze *Barfi* auf einmal.

Trotzdem. Ich will kein Essen von ihnen. Ich will nur, dass sie uns in Ruhe lassen.

Aber das tun sie nicht. Als ich gestern nach Hause kam, stand Karen an ihrem Briefkasten. Sie trug knallenge Jeans und ein weiteres Paar hochgradig unpraktischer Schuhe.

»Hey, Harry«, sagte sie lächelnd.

»Henry.«

»Habt ihr euch gut eingelebt?«

Ich nickte und schloss unseren Briefkasten auf.

»Ihr zwei seid allein, oder?«

»Meine Mutter wird bald nachkommen«, erwiderte ich.

Ihr Lächeln verschwand. »Oh. Wo ist sie denn?«, fragte sie, während sie ihre Werbung in die Tonne vor den Briefkästen warf.

Ich hätte gern gesagt *Das geht Sie einen Dreck an,* aber ich sagte lieber: »Sie reist viel. Geschäftlich.« Was eine dicke fette Lüge war, aber egal.

Als ich Geier 1 endlich entkommen war, schlug Geier 2 zu.

Mr Atapattu streckte den Kopf genau in dem Moment heraus, als ich unsere Tür aufschloss. Ich wette, er späht die ganze Zeit durch den Spion, ob jemand vorbeikommt. »Guten Tag, Henry.«

»Hi, Mr Atapattu.«

»Verzeihung, könnte ich den Teller zurückbekommen, den ich euch letzte Woche vorbeigebracht habe?«

»Oh. Klar.« Ich ging in die Wohnung, wo ich den Teller zwischen unseren fand, und reichte ihn Mr Atapattu.

»Danke«, sagte ich. »Das *Barfi* war sehr lecker.«

Mr Atapattu strahlte. »Möchtest du reinkommen? Ich könnte uns Tee machen.« Offenbar nahm er den Ausdruck auf meinem Gesicht wahr, denn er sagte: »Oh, natürlich. Man geht nicht zu Fremden in die Wohnung. Dann warte mal kurz.« Er verschwand und kam einen Moment später mit einer Plastikdose zurück, die mit etwas gefüllt war, was wie dicke gelbe Suppe aussah.

»Das ist Gemüsecurry.« Er gab mir die Dose. »Ich sehe durch mein Wohnzimmerfenster, dass dein Vater jeden Abend mit Pizza nach Hause kommt …« Er sagte es beinahe entschuldigend, was ich aber auch nur angemessen fand, schließlich gab er zu, dass er uns hinterherspionierte. »Ein Junge im Wachstum braucht Gemüse.« Ich wette, er hat auf meinen Bauchschwabbel geschaut, als er das sagte.

»Danke«, sagte ich. »Oh, ist das unser Telefon?« Es klingelte nicht, aber es lieferte mir eine Ausrede, schnell in unsere Wohnung zu verschwinden und die Tür abzuschließen.

Als Dad nach Hause kam – mit einer Familienportion Kentucky Fried Chicken, nicht mit Pizza, man beachte –, aßen wir das Gemüsecurry als Beilage. Die ersten paar Bissen waren nicht schlecht. Aber dann fing meine Nase zu laufen an und meine Zunge begann zu brennen und ich konnte nicht weiteressen. Ich verdrückte deshalb sieben Hähnchenteile und einen Berg Pommes.

»Dieses Hähnchenzeugs sollte eigentlich für zwei Abende

reichen, Henry«, sagte mein Vater, als er in den leeren Pappbecher blickte.

Ich rülpste bloß.

Allmählich überlege ich, lieber den Hintereingang zu benutzen, um den Geiern zu entgehen. Wie meine Mutter sagt: »Manchen Leuten gibt man die Fingerspitze und sie nehmen gleich die ganze Hand.«

Karen und Mr Atapattu sind genau solche Leute. Ihre Einsamkeit ist wie ein übler, nach faulen Eiern stinkender Furz – man riecht sie meilenweit.

Dad und ich sind anders einsam. Auf diese Art, die man, selbst wenn man mit jemand zusammen ist, spürt, weil man weiß, dass jemand, etwas fehlt.

Andere einsame Menschen können diese Einsamkeit nicht ausfüllen.

Andere einsame Menschen erinnern einen bloß daran, wie einsam man ist.

Andere einsame Menschen machen es bloß noch schlimmer.

## Freitag, 1. Februar

Ich konnte Farley und der Reach-For-the-Top-Übung am Dienstag entgehen, indem ich mich in der Bibliothek in einer Lesekabine versteckt habe. Heute hatte ich leider nicht so viel Glück. Wir hatten vor der Mittagspause zusammen Sport, und als ich die Umkleide verließ, hängte sich Farley an mich.

»Komm schon, das Team braucht dich wirklich«, wiederholte er zum fünfzigsten Mal, während wir unser Mittagessen aus dem Spind holten. »Bitte, bitte, bitte.«

»Von mir aus«, sagte ich. »Aber ich muss pinkeln. Wir treffen uns oben.« Das war eine Lüge. Nicht der Pinkel-Part – der andere.

Als ich aus der Toilette kam, stand Farley vor der Tür und wippte auf den Fersen.

»Los, komm.« Er packte mich genau in dem Moment an der Hand, als Troy und seine Freunde vorbeikamen.

Ehrlich, Farley sucht sich immer den bescheuertsten Zeitpunkt aus.

Troy machte laute Kussgeräusche. »Ah, was für ein süßes Pärchen!«, sagte er. »Dick und Doof!« Plötzlich kniff er Farley durch das Hemd brutal in die Brustwarze. »Nippelattacke«, sagte er und ging weiter.

Ich hätte Troy gern den Body Splash verpasst und anschließend seinen Eiern noch den Testicular Claw.

»Autsch«, murmelte Farley und ließ meine Hand los, um sich die Brust zu reiben. »Los, sonst kommen wir zu spät.« Danach wollte er mich wieder an der Hand nehmen.

Ich zog meine Hand weg. »Nein! Ich komm nicht mit.«

Farley wirkte verletzt, aber das war nicht mein Problem. »Okay«, sagte er. »Dein Pech. Falls du deine Meinung änderst, wir sind in Raum 341.«

Er lief leicht nach links gebeugt weiter.

Ich ging in die Cafeteria, aber sie war rappelvoll und ich kannte niemanden. Ich setzte mich deshalb in der Bibliothek in eine weit von der Bibliothekarin entfernte Lesekabine, sie hat nämlich ein großes KEIN ESSEN UND KEINE GETRÄNKE-Schild am Eingang festgeklebt. Ich holte mein Mittagessen heraus – Pizza vom Vortag und zwei Tüten Chips, die Dad in Großpackungen beim Discounter kauft.

Die Bibliothekarin muss die Nase eines Spürhundes haben, denn sie stürzte sich auf mich, bevor ich auch nur einen Bissen gegessen hatte. »Kannst du nicht lesen?«, zischte sie mich an.

Es blieb mir also nichts anderes übrig, als meinen Kram zusammenzupacken und nach draußen zu gehen. Es nieselte und die Kiffer hatten sich schon unter den nächsten Baum geflüchtet.

Plötzlich überkam mich unvermittelt ein Gefühl von Heimweh. In Port Salish hatte ich nie allein zu Mittag essen müssen. Jodie und ich aßen immer gemeinsam und auch noch ein ganzer Haufen anderer Jungs und Mädchen. So war es einfach bei uns auf der Grundschule. Es wäre uns nie in den Sinn gekommen, uns in dämliche kleine Cliquen aufzuteilen.

In Port Salish machte uns Mom jeden Tag bevor sie zur Arbeit ging ein Fresspaket. Ein Sandwich aus Vollkornbrot, auch wenn wir um Weißbrot bettelten. Selbstgebackene Plätzchen. Eine kleine Tüte mit Möhrchen oder irgendwelchem anderen Gemüse oder Früchten. Ein Saftpäckchen. Sie achtete darauf, dass wir uns einigermaßen gesund ernährten. Sie achtete darauf, dass ich keinen Bauchschwabbel ansetzte.

Manchmal fanden wir Zettelchen in unseren Lunchtüten. Wenn ich zum Beispiel Mathe hatte, schrieb sie *Auf den Lehrer ist kein Verlass. Heute meinte er, 2 und 3 sind 5. Dabei hat er gestern behauptet, 1 und 4 wären 5!* Oder wenn Jesse Chemie hatte *Ein Neutron will in den Club, kommt aber nicht am Türsteher vorbei: Ist nur für geladene Gäste!* Manchmal steckte auch Dad einen Zettel in die Tüten: *Frag Mr Tomlinson, wo er sein Toupet gekauft hat* oder *Denk dran, heute Mrs Stanleys Nasenhaare zu zählen.*

Als ich plötzlich darüber nachdachte, wie oft ich über Moms Fresspakete gemeckert hatte, war ich stinksauer auf mich, denn was würde ich jetzt dafür geben, wenn sie mir wieder Mittagessen machen würde. Ich rannte aus der dummen Trafalgar Secondary weg und zu unserer dummen neuen Wohnung. Meine Jeans schnitt in meinen Bauchschwabbel und ich hatte eine solche Wut auf mich selbst, dass ich den blöden Mr Atapattu erst im Eingang bemerkte, als es schon zu spät war.

»Hi, Henry«, sagte er lächelnd und bleckte die schiefen gelben Zähne. Er schien meinen Gesichtsausdruck zu bemerken, denn er fragte: »Ist alles in Ordnung?«

Ich schaffte es nicht mal, Höflichkeit zu heucheln. Ich lief einfach an ihm vorbei und rannte die Treppe immer zwei Stufen auf einmal nehmend hoch, weil ich nicht auf den Aufzug warten wollte. Ich aß mein Schrottmittagessen, während ich mir Schrottfernsehsendungen anschaute, und ich mampfte noch eine dritte Tüte Chips, auch wenn mein Bauchschwabbel und ich wussten, dass wir es besser bleiben lassen sollten.

Als ich mit Essen fertig war, schlich ich mich in Dads Zimmer und holte den Schuhkarton unter seinem Bett hervor.

»Vollidiot«, flüsterte ich.

Danach ging ich in mein eigenes Zimmer und verkroch mich im Bett.

Ich liege immer noch im Bett.

Da bleibe ich auch, bis Dad nach Hause kommt.

### 16 Uhr 15

Das Telefon klingelt. Vermutlich ist es Cecil. Ich hätte eigentlich um diese Zeit in seinem versifften kleinen Büro im Gesundheitszentrum sitzen sollen.

### 16 Uhr 30

Das Telefon klingelt schon wieder. Zum dritten Mal. Cecil mag kein guter Therapeut sein, aber er verdient Zusatzpunkte für Hartnäckigkeit.

### 17 Uhr

Als ich heute auf dem Jungsklo war, ist mir aufgefallen, dass jemand *Schule ist die Hölle* an die Kabinentür geschrieben hat.

Ich habe meinen Stift herausgeholt, das Wort *Schule* durchgestrichen und dafür *Leben* hingeschrieben.

## Samstag, 2. Februar

### 3 Uhr morgens

Ich habe wieder von meinem Bruder geträumt. Nicht über ES, sondern über Die Andere Sache. Ich konnte Jesse schreien hören. Ich versuchte, zu ihm zu laufen, aber es fühlte sich an, als würde ich durch Erbsensuppe rennen. Dann hörte ich das Geräusch von Klebeband, das von der Rolle gerissen wird.

Dad weckte mich auf. Er sagte, ich hätte im Schlaf geschrien.

### 4 Uhr morgens

Jetzt sitzen Dad und ich zusammen im Wohnzimmer und sehen fern. Ich trage meinen Schlafanzug und Dad den Bademantel, den ihm Mom vor Ewigkeiten zu Weihnachten geschneidert hat. Er ist aus dunkelblauem Samt und hat einen Aufnäher auf der Brust, auf dem *Weltbester Dad* steht.

Die Fernsehlandschaft um vier Uhr morgens an einem Samstag ist seltsam. Zwischen den langen Werbespots fanden wir schließlich einen alten Schwarz-Weiß-Film mit dem Titel *Leoparden küsst man nicht.* Es ist eine wirre Liebesgeschichte mit einem Leoparden. Ernsthaft. Es spielen ein paar berühmte tote Schauspieler mit. Ihre Sprüche sind locker und lustig, aber ich habe Angst, dass einer von ihnen jeden Moment von dem Leoparden zerfleischt werden könnte. Der Film macht nicht den Eindruck, als würde er so etwas zeigen, aber manchmal erlebt man ja böse Überraschungen.

### 6 Uhr morgens

*Puh.* Es wurde niemand zerfleischt. Der Film hat mir gefallen.

Wäre es nicht toll, wenn man das Drehbuch für sein Leben selbst schreiben könnte? Es gäbe bestimmt viele langweilige Stellen. Aber wenigstens könnte man sich ein Happy End geben.

### Später

Nachdem Dad und ich um elf endgültig aufgestanden sind, haben wir Vorräte für unsere Erdbebennotausrüstung gekauft. Weil wir so oft zelten waren, haben wir schon eine Menge, zum Beispiel Schlafsäcke und Taschenlampen und einen guten Erste-Hilfe-Kasten. Aber heute haben wir

Proviant gekauft. Wir sind zu einem Outdoor-Laden gefahren und haben uns mit Fertignahrung eingedeckt (in Folienbeutel eingeschweißte Mahlzeiten, wie sie Soldaten im Krieg bekommen, wenn es keine Feldküche gibt). Man muss nicht mal Wasser zugeben und kann sie sogar kalt essen. Man schneidet einfach den Beutel auf, und wenn man will, kann man sich das Essen direkt in den Mund drücken. Dad und ich probierten eine Tüte Eintopf, als wir nach Hause kamen, und er war gar nicht so übel.

»Wir werden das Notfallset im Flurschrank aufbewahren«, sagte Dad, als er die Fertignahrung mit unserer anderen Ausrüstung in eine große Plastikkiste packte. »Es heißt immer, man soll sie in der Nähe der Wohnungstür aufbewahren, damit man sie sich beim Rausgehen greifen kann.«

Ich brachte es nicht übers Herz, ihm zu sagen, dass wir bei einem Erdbeben andere Probleme haben würden, als uns unsere Notausrüstung zu schnappen, zum Beispiel, dass der zweite und dritte Stock auf uns einstürzen würden.

Dad war von dem Moment an, seit wir hier eingezogen sind, besessen davon, diese Ausrüstung zusammenzustellen. Versteht mich nicht falsch: Wir sollten auf jeden Fall ein Erdbebennotfallset haben, wir wohnen schließlich in British Columbia. In Port Salish hatten wir jedoch nie eines. Meine Eltern haben es nie geschafft, sich darum zu kümmern.

Ich brauche keinen Abschluss in Psychologie, um zu wissen, was Cecil dazu sagen würde: *Dein Vater konnte die erste Katastrophe nicht verhindern, deshalb sorgt er jetzt vor, damit die Folgen der nächsten nicht so verheerend sind.*

Wisst ihr, Dad glaubt, die erste Katastrophe wäre seine Schuld gewesen.

Es war sein Gewehr.

Dad besaß eine alte Jagdflinte von meinem Großvater Kaspar Larsen, der vor meiner Geburt starb. (Daher kommt das K in meinem Namen, aber ich posaune es nicht überall herum.) Einmal im Jahr, während der Jagdzeit, ging Dad mit ein paar Kumpels jagen. Ab und zu scheint er ein Reh getroffen zu haben, denn ich erinnere mich daran, dass ich manchmal Wild gegessen habe.

Er war äußerst vorsichtig mit dem Gewehr. Es war in einem Spezialschrank eingeschlossen. Er hielt alle Sicherheitsvorschriften ein. Aber irgendwie scheint Jesse herausgefunden zu haben, wo Dad den Schlüssel aufbewahrte. Und am ersten Juni holte sich Jesse den Schlüssel, schloss den Schrank damit auf und nahm die Flinte heraus, bevor wir anderen aufwachten. Er wusste auch, wo Dad seine Munition aufbewahrte. Mein Bruder lud das Gewehr – wir fanden später heraus, dass er das von einer Website gelernt hatte – und packte es in seine Sporttasche. Er ging, als wir noch schliefen. Wir fanden einen Zettel auf dem Küchentisch: *Bin früher zur Schule gegangen. Tut mir leid. Hab euch lieb. Jesse.*

Das *Tut mir leid* war komisch. Das *Hab euch lieb* war noch komischer.

In der Schule hatte er in der ersten Stunde eine große Sporttasche dabei. Woher ich das weiß? Das weiß ich, weil ich lesen kann und die Zeitungen wirklich jeden interviewten, der meinen Bruder an diesem Tag gesehen hatte. Alle sagten, er habe sich benommen wie immer, was bedeutete, dass er mit niemandem gesprochen hat. Er schottete sich ab.

Allerdings trug er die Sporttasche mit sich herum, obwohl er an diesem Tag gar keinen Sportunterricht hatte.

Kurz vor der zweiten Stunde sah Jesse dann Scott Marlin an seinem Spind. Er stellte die Tasche auf den Boden und holte das Gewehr heraus.

»Hey, Scott«, sagte er.

Hätte Scott geahnt, was folgen würde, hätte er sich vielleicht einmal in seinem Leben überlegt, was er sagte. Aber er wusste es nicht. »Hab ich dir erlaubt, mich anzuquatschen, Schlappsack?«

Während sich das alles in der Highschool abspielte, war ich eine Straße weiter in der Grundschule. Unser Sportunterricht war gerade zu Ende, wir hatten mit den Mädchen Squaredance getanzt und ich hatte mit Jodie einen der Grundschritte geübt. Es klingelte zur Mittagspause und wir wollten gerade rausgehen, da ertönte die Stimme der Direktorin aus den Lautsprechern. Sie erklärte uns, dass wir die Schule nicht verlassen durften; mehr noch, wir sollten uns einschließen und verbarrikadieren.

Wir wurden also in unsere Klassenzimmer zurückgeschickt. Zuerst war es ganz lustig; wir rätselten alle, was draußen los war. Jason vermutete eine Drogenrazzia in der

Nähe. Emily einen Terroranschlag. Dann sah Anna auf ihrem Telefon nach.

Man darf während des Alarms eigentlich keine elektronischen Geräte benutzen, aber Anna tat es trotzdem. Plötzlich sagte sie: »Es gab eine Schießerei in der Highschool.« Das war die einzige Information, die sie auf einer örtlichen Nachrichtenwebsite finden konnte. Unsere Lehrerin brüllte sie an und nahm ihr das Telefon weg.

Danach war es kein Spaß mehr. Viele von uns hatten Geschwister auf der Highschool. Wir hatten keine Ahnung, was vor sich ging und wie schlimm es war. Jodie begann zu weinen. Ich hielt ihr die Hand.

Ich wusste, was sie dachte, denn ich dachte dasselbe: *Was, wenn mein Bruder verletzt wurde?* Ich habe überhaupt nicht – kein einziges Mal – daran gedacht, dass mein Bruder der Schütze sein könnte.

Ungefähr eine Stunde später tauchte die Direktorin in unserer Klassenzimmertür auf, hinter ihr standen mehrere Polizeibeamte. »Jodie Marlin und Henry Larsen, würdet ihr bitte mitkommen?« Ihre Stimme zitterte.

Jodie begann wieder zu weinen. Ich war wie betäubt. Draußen brachte eine Polizeibeamtin Jodie zu ihrem Streifenwagen, ein anderer Beamter brachte mich zu seinem. »Können wir nicht zusammen fahren?«, fragte ich. Der Polizist schüttelte den Kopf.

Auf dem Polizeirevier wurde ich in einen Raum geführt, in dem meine Eltern warteten. Es erforderte keine herausragende Intelligenz, um zu begreifen, dass etwas Schreckliches vorgefallen war; aber es kam mir noch immer nicht in den Sinn, dass mein Bruder etwas damit zu tun haben könnte. Als sie es mir sagten, glaubte ich es nicht. Anschließend wurde ich schnell aus dem Raum gebracht, damit sie Mom und Dad die blutigen Details erzählen konnten.

Meine Eltern versuchten, das Schlimmste von mir fernzuhalten. Aber man braucht nur auf Google zu suchen und schon findet man jede Menge Artikel. Ich konnte nicht anders. Immer, wenn sie nicht zu Hause waren, was in diesen ersten Wochen häufig vorkam, las ich alles, was ich finden konnte. So fand ich heraus, dass Scotts Freunde, nachdem Jesse ihm in die Brust geschossen hatte, alles taten, um die Blutung zu stillen. So fand ich auch heraus, dass die Leiche meines Bruders eine Minute später unter der Treppe gefunden wurde. Er hatte sich selbst in den Kopf geschossen.

Ich erfuhr noch andere Dinge, die ich vorher nicht gewusst hatte, zum Beispiel, dass Scott nach der Highschool zur Armee wollte. Viele Artikel erwähnten, dass er sehr an seinen beiden Schwestern hing, aber das war nichts Neues für mich, weil die eine Schwester, Jodie, meine beste Freundin war.

Ich hatte bloß Schmerzen in der Brust. Kann man mit dreizehn einen Herzinfarkt bekommen?

Wie dem auch sei, ich hatte Respekt vor dem Reporter, weil er auch eine Menge Informationen über das ständige Mobbing auftrieb, das mein Bruder über sich ergehen lassen musste, und auch noch über einige Sachen, von denen weder meine Eltern noch ich je gehört hatten: von der »Jesse Larsen ist ein Schwuli«-Fanpage auf Facebook, die zwar schnell gelöscht worden war, allerdings erst nachdem Jesse sie gesehen hatte – und die zweiundfünfzig »Fans«, die sie in weniger als einer Woche verbuchen konnte; von dem »versehentlichen« Sturz auf dem Gang, weshalb er im Krankenhaus genäht werden musste (wir wussten natürlich, dass er genäht worden war, aber nicht, dass Scott ihn mit dem Kopf gegen den Wasserspender gestoßen hatte); von der Hundekacke, die Jesse eines Tages in seinem Spind gefunden hatte. Der Reporter beleuchtete die Geschichte von allen Seiten. Doch eine Menge anderer Artikel strotzten vor Lügen. Einige sogenannte »Experten«, Menschen, die uns überhaupt nicht kannten, vertraten die Meinung, meine Eltern hätten uns misshandelt oder vernachlässigt oder wären ungebildet.

Diese Leute irrten sich. Meine Eltern hatten sich seit Beginn der Highschool ununterbrochen Sorgen um Jesse gemacht. Sie hatten tausend Mal mit der Schulpsychologin und unserem Hausarzt gesprochen. Mom war sogar einmal mit Jesse bei einer Therapeutin, aber Jesse konnte sie nicht leiden und weigerte sich, noch einmal hinzugehen. Mom hat ihn bei einer anderen auf die Warteliste setzen lassen, aber dann geschah ES und der Termin war überflüssig.

Die Lügen, die am meisten schmerzten, kamen von Menschen, die wir kannten. Eine unserer Nachbarinnen, eine alte Dame namens Alice Clayburn, erzählte einem Reporter, sie habe uns bei satanischen Ritualen in unserem

Garten beobachtet. Darüber habe ich mir den Kopf zerbrochen. Das Einzige, was mir einfiel, war ein Vorfall vor ungefähr drei Jahren, als Jodie und ich einen verletzten Eistaucher gefunden und ihn in einem alten Handtuch mit nach Hause genommen hatten. Jesse und ich behielten ihn im Garten und versuchten, ihn zu füttern, aber er starb am nächsten Tag. Wir haben ihn im Garten begraben und Jesse tat, als sei er ein Geistlicher, und sagte Dinge wie »Erde zu Erde, Asche zu Asche, Staub zu Staub.« Das hatten wir in einer Fernsehshow gehört.

Satanische Rituale, meine Fresse. Vor allem, wenn man sich überlegt, dass Jesse der alten Schachtel zwei Sommer lang den Rasen gemäht hat. Umsonst!!

Gord Saunders, einer von Jesses Klassenkameraden, erzählte einer überregionalen Zeitung, dass Jesse mit zehn aus Spaß Katzen gequält habe.

LÜGE!!!! Und die Zeitung hat es abgedruckt!!!! Ich hätte mir Gord und den Reporter danach gern vorgeknöpft und ihnen den Testicular Claw verabreicht.

Es kam mir vor, als wäre Jesse, solange er noch lebte, ein völlig anderer Mensch gewesen als nach seinem Tod. Solange er lebte, war Jesse das Babyface. Scott war der Heel. Doch an dem Tag, als Jesse Dads Gewehr in die Schule mitnahm, tauschten sie die Rollen. Scott wurde der Gute und Jesse der Böse.

Oh, Mann, jetzt verstehe ich, warum Cecil von unserer letzten Sitzung so begeistert war. Ich hatte über Wrestling gesprochen; er hatte über meinen Bruder gesprochen.

Großer gewaltiger Unterschied, Cecil.

Beim *Saturday Night Smash-Up* geht keiner drauf.

## Montag, 4. Februar

Faszinierend: Die giftigsten Tiere auf der Welt sind häufig die buntesten. Warum? Weil sie wollen, dass man sie sieht. Auf diese Weise müssen Raubtiere nur ein paar von ihnen fressen, bis ihre Kumpels kapieren »Moment mal. Wenn ich diesen bunten Pfeilgiftfrosch/diese Korallenschlange/diesen Monarchfalter fresse, werde ich den gleichen sehr schmerzhaften Tod sterben wie mein Kumpel Bob!« Ziemlich bald wissen alle, dass man die Bunten besser in Frieden lässt.

Alberta ist die menschliche Version eines Pfeilgiftfrosches. Sie ist nicht zu übersehen; aber man kriegt schnell mit, dass sie giftig ist.

Zum Beispiel heute in Hauswirtschaft. Ich saß an der Nähmaschine ihr gegenüber. Alberta trug einen abgeschnittenen Jeansrock und grün-weiß-gestreifte Strumpfhosen und ein taubenblaues T-Shirt mit dem Bild einer getigerten Katze, die einen Pullover trägt und Klavier spielt. Auf dem Kopf hatte sie eine rote Baskenmütze.

»Okay, Klasse«, sagte Mrs Bardus, »heute werden wir unsere Jutebeutel an der Maschine fertignähen.« Während der letzten Stunden hatten wir Stoff zurechtgeschnitten und mit Stofffarbe Bilder und Muster entworfen. Ich hatte einen Strauß Tulpen gemalt. Alberta einen Totenschädel und über Kreuz liegende Knochen.

Wie immer tat sie, als wäre ich Luft, aber dann verhedderte sich ihr Faden in der Spule. »Hey, Neuer«, sagte sie. »Hilf mir mal.«

Kein »Bitte« oder dergleichen. Aber da mir meine Mutter beigebracht hat, mich wie ein Kavalier zu verhalten, stand ich auf und ging zu ihrem Platz. Sie rückte keinen Zentimeter zur Seite, was bedeutete, dass ich, während ich ihr zeigte, wie man den Faden wieder einfädelte, zwangsläufig den Geruch ihrer Haare einatmen musste. (Sie rochen nach tropischen Früchten. Aber trotzdem.)

Ich setzte mich wieder hin. »Nächstes Mal kriegst du es selbst hin«, erklärte ich ihr. »Und mein Name ist Henry.«

Sie gab keine Antwort. Sie sagte nicht mal Danke.

Ungezogen.

Gute fünf Minuten später fragte sie: »Wo hast du Nähen gelernt?« Ich brauchte einen Moment, bis ich kapierte, dass sie mit *mir* redete.

»Meine Mutter hat mir vor ein paar Jahren die wichtigsten Sachen beigebracht, damit ich mir mein eigenes Halloweenkostüm nähen konnte.«

»Was war das für ein Kostüm?«

Meine Ohren kribbelten und ich hätte wetten können, dass sie rot wurden. »Captain Underpants.«

Sie lachte. »*Ha-ha-ha-ha-ha-ha-HÖÖ-HÖÖ.*« Es war wie eine Maschinengewehrsalve, gefolgt von einem Eselschrei. »Und wie sah das Kostüm aus, eine Riesenunterhose mit Eingriff?«

»Viel besser«, sagte ich. »Es war ein hautfarbener Einteiler mit Knöpfen als Nippel und Bauchnabel. Ich hab Kissen hineingestopft, dann haben wir eine Riesenunterhose zum Drüberziehen gekauft.«

»Cool«, sagte sie, und ich glaube, das meinte sie ehrlich. »Wem schenkst du deinen Jutebeutel?«

»Meiner Mutter.«

»Ich geb meinen meiner älteren Schwester«, sagte sie. »Er ist genauso hässlich wie sie.« Dabei lächelte sie und schaute mir ins Gesicht und zum ersten Mal fiel mir auf, dass sie schielte.

»Wie heißt deine Schwester?«, fragte ich.

»Ontario.«

»Ernsthaft?«

»Nein. Sie heißt Cricket.«

»Quatsch.«

»Ohne Scheiß. Mom durfte den Namen aussuchen und ihre Lieblingsfigur in dieser Serie ›Schatten der Leidenschaft‹ hieß Cricket.« Sie seufzte. »Jep. Wir sind voll die Prolls.«

»Wer hat deinen Namen ausgesucht?«

»Mein Vater. Als ich – du weißt schon – *gezeugt* wurde, wohnten sie gerade in Fort McMurray, Alberta.« Sie tat, als müsse sie würgen.

»Sieh es von der positiven Seite. Immerhin haben sie dich nicht Fort McMurray genannt. Und wenigstens wurdest du nicht in Neufundland gezeugt.«

Sie lachte wieder. »*Ha-ha-ha-ha-ha-ha-HÖÖ-HÖÖ!*« Es war irgendwie süß.

In Port Salish dachten alle, ich wäre in Jodie verknallt. Sie kapierten einfach nicht, dass Jodie und ich bloß Seelenverwandte waren. Obwohl wir uns die ganze Zeit darüber lustig machten und ihr den Spitznamen »Das weiß doch jedes Rind!« verpassten, wollten wir beide insgeheim Kandidaten bei einer Show namens *Das weiß doch jedes Kind!* sein. Obwohl wir wussten, dass wir zu alt dafür waren, spielten wir beide noch gern mit Lego. Und wir erforschten bei Ebbe gern die Gezeitentümpel am Strand. Ich erinnere mich immer noch an den Tag, an dem wir einen perfekten Sanddollar fanden. Perfekt! Kein Stückchen fehlte, er hatte nicht mal einen Riss. Ich überließ ihn Jodie, weil sie einen miesen Tag gehabt hatte.

Dann tat mein Bruder, was er getan hat.

Danach sah ich Jodie nur noch ein Mal.

Eine Woche, nachdem ES passiert ist, ging ich zu ihrem Haus. Keine Ahnung, wie ich den Mut dazu aufbrachte. Es hatte ganz sicher nichts mit Tapferkeit zu tun. Kennt ihr das, wenn man einen schlimmen Traum hat und ein Teil von einem weiß, dass es ein Traum ist, und dieser Teil ruft *Es ist bloß ein Traum! Wach auf!* Aber man wacht nicht auf – man hat einfach diesen Albtraum? Genau so fühlte ich mich, als ich auf ihr Haus zuging. Ein Teil meines Hirns schrie unablässig *Mission abbrechen! Mission abbrechen!* Aber ich war wie ein Schlafwandler. Ich lief einfach weiter.

Jodie öffnete die Tür. Sie sah schrecklich aus. Ihr Gesicht war fleckig und rot und ihre Augen waren vom Weinen verquollen. Ich weiß, dass ich genauso schlimm aussah.

Wir starrten einander an und einen Moment lang glaubte ich tatsächlich, wir würden uns in die Arme fallen und wie Babys losflennen.

Aber dann tauchte Mr Marlin hinter ihr auf. Sein massiger Körper füllte den Türrahmen aus. »Was zum Teufel willst du hier?«, brüllte er, seine Augen traten vor. »Lass meine Familie in Ruhe! Lass meine Tochter in Ruhe!«

Dann schlug er mir die Tür vor der Nase zu.

Danach verließ ich kaum noch das Haus.

Ich glaube, damals fing mein Bauchschwabbel an zu wachsen.

Ich glaube, damals fing auch meine Wut an zu wachsen.

Ich kenne Jodies Adresse. Manchmal überlege ich, ihr zu schreiben, aber was soll ich sagen? *Hast du in letzter Zeit irgendwelche guten Seesterne gesehen? Tut mir leid, dass mein Bruder deinen umgebracht hat?*

Natürlich nicht.

Kurz vor Unterrichtsende ging Mrs Bardus durch den Raum und besah sich die Handarbeit jedes einzelnen. Sie hielt Albertas Tasche hoch und sagte: »Das ist ein Paradebeispiel für schlampige Verarbeitung. Die Tasche hier von Henry hingegen ist gut geworden.«

Alberta starrte nur finster vor sich hin. Dann klingelte es.

»Warum warst du letzte Woche nicht bei der Übung für

*Reach For The Top*?«, fragte sie, als wir unsere Sachen zusammenräumten.

Ich zuckte die Achseln. »Das eine Mal hat mich Farley hingeschleppt. Ich habe nie gesagt, dass ich beitreten werde.«

Alberta sah mich an. Na ja, ihr eines Auge sah mich an. Das andere schaute auf irgendwas hinter meiner Schulter. »Lass mich raten. Du findest es zu nerdmäßig.«

»Hast du dir die Gestalten in dem Raum mal angeschaut?«

»Und? Hast du in letzter Zeit mal in den Spiegel geschaut?«

Ich geb's zu: Das saß. »Warum bist *du* beigetreten?«, fragte ich sie. »Du kommst mir nicht –«

»Nerdmäßig genug vor?«

Ich hatte eigentlich *klug genug* sagen wollen, aber ich ließ es sein.

»Die Sache bei *Reach For The Top* ist die«, sagte sie beim Hinausgehen. »Es ist so nerdmäßig, dass es schon wieder cool ist.«

Ich schnaubte.

»Hey, was soll's. Wenn du was nicht machst, weil du Schiss davor hast, was andere darüber denken könnten, ist das deine Sache.« Damit ging sie weiter. Die grün-weißgestreifte Strumpfhose ließ ihre kräftigen Schenkel noch kräftiger aussehen.

~~Sie sahen klasse aus.~~

## Dienstag, 5. Februar

Dad hat mich heute Abend gemessen. Ich bin anderthalb Zentimeter gewachsen. Er meinte, vielleicht läge es aber auch nur daran, dass ich zum Friseur muss, meine Haare wachsen nämlich nach oben und außen statt nach unten. Ich habe ihm gesagt, dass ich seine pessimistische Einstellung nicht gut finde.

Etwas später hat Mom angerufen. Ich scheine sie wirklich vermisst zu haben, denn ich brachte nicht die Energie auf, meine übliche Nummer – einsilbige Antworten in kühlem Unterton – abzuziehen. Ich wollte wirklich mit ihr reden. »Konntest du dir überhaupt *Saturday Night Smash-Up* anschauen?«, fragte ich. Sonntagnachmittags läuft eine Wiederholung, wenn sie es verpasst, kann sie sich die Show also dann anschauen.

»Nein«, seufzte sie. »Ich bin ins Fernsehzimmer gegangen, aber einige andere Patienten haben sich schon ein Hockeyspiel angesehen.«

»Soll ich dir erzählen, was passiert ist?«

»Bitte.«

»Okay. Schließ die Augen.« Ich begann einen detaillierten Bericht von dem Match zwischen El Toro (ihrem Favoriten) und Jack Knife. Es war ein toller Kampf. El Toro und Jack Knife waren früher beste Freunde und sie haben im Ring oft zusammen gegen zwei Heels gekämpft. Dann hat sich El Toro in Jack Knifes Ex verknallt (eine Wrestlerin namens Holly Wood) und als sie das nächste Mal zusammen im Ring standen, ging Jack Knife auf El Toro los und zog ihm einen Metallstuhl über den Schädel. Seitdem sind sie Erzfeinde.

»Es sah aus, als würde El Toro gewinnen«, erzählte ich ihr. »Jack Knife lag auf der Matte. El Toro drehte sich weg und boxte in die Luft. Deshalb hat er nicht gesehen, dass Jack Knife aufgestanden ist. Ehe er sich's versah, drehte ihn Jack Knife um und verpasste ihm den Bionic Elbow. El Toro ist wie eine Stoffpuppe umgesackt.«

»Nein! Oh, ich hasse Jack Knife!«, sagte sie.

Es war ein *geniales* Gespräch, und nein, das meine ich nicht sarkastisch. Mom ist ein fast genauso großer Wrestling-Fan wie ich und es ist das einzige Thema, das nicht in Tränen endet.

Aber dann machte ich den Fehler, ihr von dem Jutebeutel zu erzählen und das endete in Tränen. »Ich wünschte, du wärst hier«, sagte sie.

»Tja, na ja«, erwiderte ich, nun wieder mit frostiger Stimme. »Ich wünschte, du wärst *hier*.«

Von September bis Dezember haben wir bei Pop-Pop und Grams in Picton, Ontario, gewohnt. Als Kind war ich total gern bei meinen Großeltern zu Besuch. Dieses Mal nicht. Dieses Mal hat es genervt.

Mom verbrachte viel Zeit im Bett. Sie verließ das Haus nur, um dreimal die Woche einen Psychiater in Kingston aufzusuchen. Dad bekam durch Freunde von Pop-Pop und

Grams ab und zu Aushilfsjobs auf Baustellen. Und ich ging dort in die Schule. Aber Pop-Pop und Grams hatten ihren engsten Freunden erzählt, was passiert war, und natürlich verbreitete es sich wie ein Lauffeuer. Nachdem ich zwei Wochen lang das Starren und Tuscheln meiner Klassenkameraden ertragen hatte, erklärte ich, dass ich dort nicht mehr in die Schule gehen würde. Das Komische ist, dass Mom und Dad nicht mal versuchten, mich zu überreden.

Die nächsten Monate nahm ich Fernunterricht, dabei benutzte ich Pop-Pops und Grams' Steinzeitcomputer. Ich ging kaum aus dem Haus. Mein Bauchschwabbel wuchs und gleichzeitig meine Wut.

Kurz vor Weihnachten saßen wir am Tisch und aßen Grams Hackbraten, als mein Vater sagte: »Ich glaube, wir sollten nach Vancouver ziehen.«

Meine Mutter legte das Besteck hin. »Was? Wann?«

»Dort gibt es jede Menge Arbeit auf Baustellen«, sagte Dad. »Und mein Gewerbeschein gilt für British Columbia.« Er war Teilhaber einer Baufirma in Port Salish gewesen, aber zwei Monate nachdem ES passiert war, verkaufte er seinen Anteil an seinen Partner. »Außerdem kann Henry dort auf eine neue Schule gehen. Von vorn anfangen.«

Mom erwiderte nichts.

»Was meinst du, Henry?«, fragte Dad und versuchte, das Schweigen zu füllen.

Mir gefiel die Idee. Ein Neuanfang in einer neuen Stadt, wo niemand unsere Geschichte kannte – das klang genial.

Selbst Pop-Pop und Grams fanden es gut. Sie wussten, dass wir nicht ewig bei ihnen wohnen konnten. Wir beschlossen, nach Weihnachten umzuziehen. Dad fand übers Internet eine Wohnung.

Doch ein paar Tage, bevor wir abreisen wollten, hörte ich meine Eltern im ersten Stock schreien. Dann kam meine Mutter herunter. Ihre Augen waren rot. »Gehst du ein bisschen mit mir spazieren, Henry?«

Trotz des Graupelschauers und der eisigen Kälte draußen lief ich mit ihr durch die Straßen von Picton, vorbei an den anderen alten Backsteinhäusern und den gewaltigen Schneewehen.

»Du weißt, wie lieb ich dich habe«, sagte sie mit zitternder Stimme.

Ich nickte, aber mir war schlecht.

»Ich werde noch eine Weile bei Pop-Pop und Grams bleiben. Nur bis ich …«

Die Möglichkeiten, den Satz zu beenden, waren endlos. *Nur bis ich … zehn Kilo abgenommen habe? Nur bis mir … ein Bart wächst? Nur bis ich … dich und deinen Vater wieder lieben kann?*

Dad beteuert ständig, dass Mom mich immer noch lieb habe, aber das ist sehr, sehr schwer zu glauben. Manchmal bin ich auf sie genauso wütend wie auf Jesse, und wenn sie jetzt vor mir stehen würden, bekämen sie beide den Bionic Elbow von mir.

Meine Eltern erzählen immer, dass ich als Kind fürchterliche Wutanfälle hatte. Ich kann mich daran erinnern, dass ich im Supermarkt brüllend mitten im Gang lag und mit den Fäusten auf den Boden eingeschlagen habe, weil Mom mir keine Choco Krispies kaufen wollte. Ich weiß noch, dass die eigentliche Wut nicht lange anhielt; sie verwandelte sich sehr schnell in Beschämung, denn irgendwie wusste ich sogar mit drei, dass ich mich wie ein totaler Idiot aufführte. Das machte mich noch wütender, allerdings auf mich selbst. Meine Mutter schien das immer irgendwie verstanden zu haben, denn sie nahm mich auf den Arm und drückte mich so fest an sich, dass ich nicht mehr um mich schlagen konnte, und irgendwann war ich dann so erschöpft, dass ich schlaff in ihrem Arm hing.

Aber wie bei den meisten Kindern hörten meine Wutanfälle auf. Aber dann tat Jesse, was er tat. Und jetzt kommen sie manchmal wieder.

Zum ersten Mal kamen sie, nachdem mir Mr Marlin die Tür vor der Nase zugeschlagen hatte, denn in diesem Moment wurde mir endgültig klar, dass sich Port Salish für uns erledigt hatte. Die Leute dort hassten meine Familie und mich ebenso sehr wie Jesse. Ich ging nach Hause und zerlegte Jesses Zimmer. Danach nahm ich mir seine Manga-Sammlung vor und riss sämtliche Seiten aus jedem Buch.

Das zweite Mal war an dem Tag, nachdem Mom mir erklärt hatte, sie würde nicht mit uns nach Vancouver ziehen, und ich mit Roboterstimme zu sprechen anfing. Ich sagte ein paar echt fiese Sachen. »Mom-bot. Du. Bist. Echt. Erbärmlich. Ich. Hasse. Dich.« »Geh Zur Hölle. Pop-Popbot. Halt Dich. Einfach Raus.«

Ganz richtig. Robot-Henry beschimpfte sogar seinen Großvater.

An dem Tag, als Dad und ich in den Flieger stiegen, kam Mom nicht mal mit zum Flughafen, sondern ging zu ihrem Termin mit dem Psychiater. Dr Dumas rief am nächsten Tag in Vancouver an und teilte uns mit, dass Mom Symptome eines Nervenzusammenbruchs zeigte, er habe sie deshalb in die Psychiatrie eingewiesen, wo sie seither ist.

Ich weigere mich, mich schuldig zu fühlen.

Jesse hat diese Scheiße angefangen, nicht ich.

Nach dem Telefonat mit Mom schalteten Dad und ich den Fernseher an. Ein paar Minuten später klopfte jemand an unsere Tür. Ich schaute durch den Spion. Es war Mr Atapattu. Ich glaube, er hielt einen Teller mit Essen in der Hand, aber ich konnte es nicht genau erkennen.

Ich öffnete nicht. Ich lief einfach auf Zehenspitzen zur Couch zurück und riss eine neue Tüte Doritos auf. Mr Atapattu wusste sicher, dass wir zu Hause waren, denn der Fernseher lief ziemlich laut und mein Vater rief sogar: »Wer ist es, Henry?«

Aber wisst ihr was? Pech für ihn.

# Mittwoch, 6. Februar

Ich habe klein beigegeben. Heute bin ich in der Mittagspause zur Übung von *Reach For The Top* gegangen. Farley hat sich so gefreut, dass er herumgetanzt ist. Voll peinlich.

Als wir in den Raum kamen, saß Alberta schon auf ihrem Platz. Heute trug sie ein lila Bowlingshirt, über dessen Brusttasche *Loreen* gestickt war. Sie hatte das Shirt mit pinkfarbenen Stretchjeans kombiniert. Obwohl ich sie kaum angeschaut habe, flüsterte mir Farley ins Ohr: »Du magst sie.«

»Tu ich nicht.«

»Tust du doch.«

»Tu ich nicht.«

»Tust du doch.«

»Tu ich nicht.«

»Tust du doch.« Und so weiter und so weiter.

Ich setzte mich neben Ambrose, der seine hässliche Strickmütze aufhatte.

»Wie heißt du nochmal?«, fragte er.

»Henry.«

»Henry wie?«

Ich zögerte. »Henry Larsen.«

»Mit O oder E?«

Meine Nackenmuskeln spannten sich an. Man brauchte nur auf Google »Larsen Port Salish« einzugeben und alles käme raus.

»O«, log ich.

»Arsenal, Horn, haarlos, anal, Herr, Lohn, Narr, Rohr, Laos, nasal, Reh, Aal, Nase, Ahorn, Sohn, Elan.«

Ich sah ihn verständnislos an.

»Scrabble. Was sonst«, sagte er, als läge das auf der Hand. »Habe ein paar Buchstaben aus deinem Namen genommen.«

»Oh.«

»Ambrose ist der Scrabble-Weltmeister«, mischte sich Parvana ein und strich ihm über den Arm.

»Oh.«

»Ich stehe in British Columbia auf Platz zwölf.«

»Oh.«

Mr Jankowitsch kam herein. »Henry, schön, dass du wieder dabei bist. Lasst uns anfangen.«

Dies sind die Fragen, an die ich mich noch erinnere:

1) *Wie heißt der Vulkan auf Sizilien?* (Ätna – das wusste jeder von uns, aber Shen drückte als Erster.)
2) *Wie heißt die Hauptstadt von Sizilien?* (Palermo. Koula.)
3) *Sizilien liegt in welchem Meer?* (Mittelmeer. Von meiner Wenigkeit beantwortet.)
4) *Dieser Schauspieler hat Jack Sparrow, Ichabod Crane und Gilbert Grape gespielt.* (Johnny Depp. Ihr könnt euch sicher denken, wer diese Frage beantwortet hat.)

Es gab auch eine Frage aus der »Wer bin ich?«-Kategorie. Wir bekamen so lange neue Hinweise, bis wir es errieten.

*Hinweis A: Ich bin in Monroeville, Alabama, aufgewachsen.*

*Hinweis B: Ich war ein Wildfang.*

*Hinweis C: Ich war eng mit einem anderen berühmten Schriftsteller, Truman Capote, befreundet.*

*Hinweis D: 1961 habe ich den Pulitzerpreis Belletristik erhalten.*

Jerome drückte nach dem vierten Hinweis und gab die richtige Antwort: Harper Lee, die Autorin von *Wer die Nachtigall stört*. Ehe ich mich versah, klingelte es und es war Zeit zu gehen.

Es war nicht die schlechteste Art, eine Stunde zu verbringen.

Nach der Schule lief Farley neben mir her. »Ich dachte, du wohnst oben am Hang«, sagte ich.

»Tu ich auch.«

»Warum gehst du dann in diese Richtung?«

»Weil ich hoffe, dass du mich zu dir nach Hause einlädst.«

»Ich darf nicht«, sagte ich. Wir hatten seit unserem Einzug noch *niemanden* eingeladen.

»Warum nicht?«

Ich hätte ihm alle möglichen Notlügen auftischen können, zum Beispiel »Ich muss noch ganz viele Hausaufgaben machen« oder »Mein Vater liegt krank im Bett«.

Aber ich sagte: »Die Wohnung ist ein Schweinestall.«

Nicht sehr einfallsreich.

Farley grinste bloß. »Kein Problem. Ich liebe Schweineställe!«

Also kam Farley mit. Am Anfang liefen wir durch ruhige

baumgesäumte Wohnstraßen. Nach ein paar Blocks bogen wir nach links zum Broadway ab. Wir kamen an vier Schickimickisupermärkten vorbei, fünf Coffeeshops, drei Buchläden und massenhaft Sushi-Restaurants. Wir liefen an einer Billardhalle vorbei, vor der Männer in Pullundern standen, die sich auf Griechisch unterhielten und Kaffee aus kleinen Tässchen tranken. Farley versuchte, mir die komplette Handlung der ersten Staffel »Battlestar Galactica« zu erzählen, aber ich hörte nicht hin.

Dann sah ich die Verrückte vor uns. Sie stand in einem lila Kleid, roten Kniestrümpfen und knallpinken Crocs vor dem vietnamesischen Restaurant. Sie sang monoton vor sich hin und begleitete sich auf einer billigen Plastikgitarre.

Die Verrückte steht meistens dort, wenn ich aus der Schule komme, und bei ihrem Anblick habe ich immer einen Kloß im Hals.

»Los«, sagte ich zu Farley, »wir gehen hier über die Straße.« Ich verriet ihm nicht, dass wir an der nächsten Kreuzung wieder auf die andere Seite wechseln müssten. Ich mache das ständig, um der Verrückten aus dem Weg zu gehen.

Als wir vor unserem schäbigen grauen Haus standen, krampfte sich mein Magen zusammen. Da ich nicht Mr Atapattu begegnen wollte, nahm ich mit Farley die Hintertreppe. Ich schloss die Tür auf und wir gingen in die Wohnung.

Plötzlich schämte ich mich. Der beige Teppich ist voller Brandlöcher. Die weißen Wände sind schon seit Jahren nicht mehr weiß. Alles sieht schmuddelig und abgeranzt aus. Außerdem haben wir sämtliche Möbel aus unserem Haus mitgenommen und versucht, sie in unserer Zweieinhalb-Zimmer-Wohnung unterzubringen, die nun mit Krempel vollgestopft ist, der zu groß für die Zimmer ist. Um in die Miniküche zu kommen, in die noch nicht mal ein Tisch passt, muss man sich an der großen braunen Ledercouch und dem großen braunen Lederfernsehsessel und dem großen Eichencouchtisch vorbeiquetschen.

Aber Farley sagte bloß: »Wow, was für eine coole Wohnung!« Dann steuerte er auf das Regal zu, auf dem meine PS3-Spiele standen. Er nahm *Call of Duty 4* heraus. »Hast du Lust zu spielen?«

»Ja.«

Als ich das Spiel hochlud, sagte er: »Wie ist das passiert?« Er deutete auf einen besonders großen Brandfleck im Teppich, den wir mit dem Couchtisch zu verdecken versucht hatten.

»Es gibt Gerüchte, dass der Vormieter hier ein Meth-Labor hatte«, erklärte ich ihm. »Sie haben ihn erwischt, weil er eines Tages einen Brand ausgelöst hat.«

»Wow. Du lebst in einer ehemaligen Drogenhöhle!« Er klang beeindruckt.

Geständnis: Mit Farley *Call of Duty* zu spielen hat Spaß gemacht. Ich hatte schon seit Ewigkeiten nicht mehr mit einem echten lebenden Menschen gespielt. Nach einer Weile sagte Farley: »Ich müsste mal auf euer Örtchen.« Ich brauchte einen Moment, bis ich kapierte, dass er das Klo meinte. Erneut schämte ich mich, denn Dad und ich haben es seit unserem Einzug kein einziges Mal geputzt. Ich sorge vielleicht dafür, dass mein Zimmer sauber und ordentlich ist, aber Kloputzen ist nicht mein Ding. Außerdem hat die Klobrille einen Sprung – wenn man sich hinsetzt, muss man total aufpassen, dass man sich nicht den Hintern einklemmt.

Und tatsächlich hörte ich nach ein paar Minuten einen Aufschrei. Doch als ich in den Flur ging, um nachzusehen, war Farley nicht mehr im Bad.

Er war in meinem Zimmer.

Ich bekam Herzklopfen. *Wo war er noch überall gewesen? Was hatte er noch gesehen?*

Er starrte mein Great-Dane-Poster an. »Du bist auch ein GWF-Fan!«, rief er. »Das ist unglaublich. Wir haben so viel gemeinsam, dass wir fast verwandt sein könnten. Bei der Geburt getrennt oder so!« Ich war sprachlos. Das war in so vielerlei Hinsicht absurd. »Allerdings stehe ich mehr auf Vlad the Impaler«, redete er weiter.

»Vlad the Impaler?«, platzte ich heraus. »Bist du krank? Der Typ ist der Inbegriff des Bösen.«

»Genau! Jedes Mal, wenn er den Ring betritt, weiß man, dass es interessant wird. Vlad bedeutet Drama. Hast du letzte Woche gesehen, wie er Jett Turbo mit einer Clothesline umgenietet hat? Volle Kanne mit dem ausgetreckten Arm auf seinen Hals?«

»Klar hab ich das gesehen!«

Wir diskutierten noch eine Weile, über Great Dane und Vlad the Impaler, aber dann sah Farley die Zeit auf meinem

Wecker. »Oh Mann. Ich muss los. Maria macht sich bestimmt schon Sorgen.«

»Ist Maria deine Mutter?«, fragte ich, als wir ins Wohnzimmer zurückgingen.

»Nein, sie ist mein Kindermädchen.«

Ich lachte, weil ich es für einen Witz hielt.

»Meine Eltern leben in Hong Kong. Maria ist hier mit mir. Sie kommt von den Philippinen.«

»Ist das dein Ernst? Du wohnst nicht mit deinen Eltern zusammen?«

Er nickte. »Sie haben vor zwei Jahren das Haus hier gekauft, weil sie wollten, dass ich in Kanada zur Schule gehe. Außerdem sind Immobilien eine gute Geldanlage. Maria war auch schon in Hong Kong mein Kindermädchen, deshalb ist sie mit mir hierhergezogen.« Er nahm seinen Rucksack und warf ihn sich über die Schulter. »Da ist noch etwas, das wir gemeinsam haben.«

»Was?«

»Wir sind beide die Einzigen.«

Ich sah ihn verständnislos an.

»Ich bin ein Einzelkind; du bist ein Einzelkind.«

»Oh. Ja.«

Als er weg war, musste ich mich erstmal hinsetzen.

In Port Salish hatte Mom unseren Familienfotos eine ganze Wand gewidmet: Jesse, groß und dünn und braunhaarig wie Mom, und ich, klein und stämmig mit leuchtend roten Haaren wie mein Vater; mein Vater am Strand, bis zum

Hals im Sand eingegraben; Jesse, Mom und ich am Lagerfeuer bei einem unserer Campingausflüge; Jesse, ich und Dad mit einem riesigen Lachs, den wir geangelt hatten; und die ganzen hässlichen Schulfotos.

Dad und ich haben diese Bilder noch nicht ausgepackt. Sie sind in unserem Kellerverschlag. Wenn man nichts von dem Schuhkarton weiß, gibt es in unserer Wohnung kaum einen Hinweis, dass es Jesse je gegeben hat.

Das ist in Ordnung für mich.

Schließlich hat man, wenn der Bruder tot ist, genau genommen keinen Bruder mehr.

Ich habe Farley also vermutlich nicht angelogen, als ich Ja sagte.

Ich *bin* ein Einzelkind. Dafür hat Jesse gesorgt.

### 23 Uhr

Faszinierend: Schon in der Steinzeit wurden Menschen eingeäschert. Sie verbrannten ihre Körper einfach im offenem Feuer.

Heutzutage werden Einäscherungen in computergesteuerten Stahlöfen vorgenommen. Das weiß ich, weil ich alles darüber im Internet nachgelesen habe. Die Leiche wird in ein sargähnliches Behältnis aus Pressspan gelegt und dann wie ein richtig großer Braten oder so in die Kammer geschoben. Die Temperatur beträgt fast tausend Grad Celsius! Die Leiche braucht etwa anderthalb Stunden, bis sie verbrannt ist.

Danach bleiben ungefähr drei bis fünf Pfund Knochenüberreste. Diese Knochenüberreste werden in die »Aschemühle« gefüllt, eine Maschine, die sie zu Asche zermahlt.

Manche Leute kaufen eine hübsche Urne, um die Asche eines geliebten Angehörigen aufzubewahren. Andere streuen sie ins Meer oder unter einen besonderen Baum. Manche, wie der »Star Trek«-Erfinder Gene Rodenberry, lassen ihre Asche ins Weltall schießen. Ganz im Ernst, das hat er gemacht.

Jesses Asche steht bei meinem Vater unterm Bett.

Das klingt wahrscheinlich total herzlos. Aber ganz ehrlich, wir haben einfach keine Ahnung, was wir mit ihm tun sollen. Ihn in eine Urne füllen und ins Wohnzimmer stellen, damit wir *jedes Mal*, wenn wir uns dort aufhalten, an ihn und das, was er getan hat, erinnert werden? Nein danke. Ihn ins Meer streuen, damit ihn die Fische fressen? Damit dann irgendwann ein kleines Stück Jesse in dem Lachs ist, den ich abends auf dem Teller habe? Niemals. Seine Asche auf dem Friedhof vergraben? Nein. Jesse hatte zu Platzangst geneigt, das wäre grausam.

Deshalb wohnt er momentan unter Dads Bett in einem Schuhkarton. Es ist vermutlich eine Art Fegefeuer. Weder Himmel noch Hölle, irgendein Ort dazwischen.

Wenn ich es mir recht überlege, leben wir auch in einer Art Fegefeuer.

## Freitag, 8. Februar

Heute trägt Cecil ein Grateful-Dead-T-Shirt. Er ist voll das Hippie-Klischee.

»Ich habe mir Sorgen um dich gemacht, als du letzte Woche nicht gekommen bist«, sagte er, nachdem ich mich gesetzt hatte.

»Mir ging es nicht so gut«, log ich.

»Wenn du es nicht schaffst, sag an der Anmeldung Bescheid, okay?«

»Okay.«

Dann legte er die Füße auf den Tisch. Sein großer Zeh bohrte sich durch ein Loch in seiner lila-gelb gestreiften Socke. Er faltete die Hände unter dem Kinn, schaute mich aufmerksam an und wartete darauf, dass ich »das Gespräch begann«. (»Beginn das Gespräch« ist noch so eine Lieblingsformulierung von ihm.)

Die Sache ist die, ich war ihm einen Schritt voraus. In der letzten Stunde hatte ich eine Themenliste für die Sitzung aufgestellt, damit es aussah, als würde ich mich öffnen; aber es waren unverfängliche Themen, Dinge, bei denen er keine Gelegenheit hätte, Fragen über ES zu stellen. Ich erzählte ihm vom Reach-For-The-Top-Team (»Toll, dass du Anschluss gefunden hast, Henry, super«) und ich erzählte ihm ein bisschen über Farley (»Heiliger Strohsack, du hast schon einen Freund gefunden! Fantastisch.«) Danach erzählte ich ihm von der Verrückten.

»Ihr fehlen jede Menge Zähne«, sagte ich. »Und sie singt diese ausgedachten Lieder … Ihre Stimme ist schrecklich. Und ihre Gitarre ist aus Plastik. So ein Ding aus einem dieser Schnäppchenläden.«

»Sie gibt dir ein ungutes Gefühl, wenn du sie siehst.«

»Sie macht mich *traurig*. Ich überlege jedes Mal, ob sie immer schon so war? Oder ist ihr irgendwas passiert? Vielleicht hat sie irgendwo einen Ehemann und Kinder. Wissen sie, wo sie ist? Wissen sie, dass sie nicht mehr ganz richtig tickt?«

»Manche Leute fallen durch die Lücken im System.«

»Ja, aber das sollten sie nicht. Es sollte keine Lücken geben.«

»Nein. Sollte es nicht.« Er schaute mir in die Augen. »Henry, deine Mutter ist in guten Händen.«

Wut stieg in mir auf. »Wer hat etwas über meine Mutter gesagt? Ich erzähle Ihnen von der Verrückten!«

Cecil meint es gut. Aber er versucht, etwas in Dinge hineinzuinterpretieren, das nicht da ist.

Vermutlich hat er früher viel gekifft.

»Hast du angefangen, in das Tagebuch zu schreiben?«, fragte er und wechselte das Thema.

»Ein bisschen«, sagte ich. »Aber nur, weil Sie es verlangt haben.«

»Ich habe es nicht verlangt. Ich dachte nur, es würde dir vielleicht helfen.«

»Tja, tut es nicht.«

»Schade.«

»Es ist schwachsinnig.« Ich war immer noch sauer wegen der Verrückten.

»Niemand zwingt dich, es zu tun, Henry.«

»Dann kann ich ja auch aufhören.«

»Okay. Wenn du das willst.«

»Sie haben keine Ahnung, was ich will.«

»Das habe ich auch nie behauptet.«

»Sehr gut. Sie wissen es nämlich nicht.«

»Und was willst du?«

*Ich möchte die Zeit ein Jahr zurückdrehen. Ich möchte den Gang der Geschichte ändern. Ich möchte das, was ich in der Nacht vom dreißigsten April getan habe, rückgängig machen.*

»Ich möchte, dass unsere Sitzung vorbei ist, weil sie langweilig ist und Sie dumm sind«, sagte ich.

Falls es ihn verletzte, zeigte er es jedenfalls nicht. Er sagte bloß: »Okay. Dein Wunsch sei dir gewährt.« Er stand auf. »Tschüs, Henry. Bis nächste Woche.« Danach ging er Papiere auf seinem Schreibtisch durch und behandelte mich wie Luft.

Nicht sehr professionell, wenn ihr mich fragt. Ich wette, er berechnet die volle Stunde, obwohl wir noch ganze zehn Minuten gehabt hätten.

Ich sollte seinen Vorgesetzten schreiben und ihnen mitteilen, dass sie sein Honorar kürzen sollen.

## 3 Uhr

Ich hatte gerade die beiden Albträume, die immer wieder kommen. Sozusagen das Zwei-für-Eins-Schnäppchen.

Im ersten Traum verstecke ich mich in der gelben Rutschröhre und ich höre Jesses Schreie. Dann geht dieser Traum in einen zweiten über und ich bin plötzlich am Tatort und weiß nicht, wem ich zuerst helfen soll.

Die Hälfte der Zeit entscheide ich mich für Scott. Ich versuche die Blutung mit SpongeBob-Pflastern zu stillen, aber egal wie viele ich aufklebe, das Blut sprudelt immer weiter aus seiner Brust.

In der anderen Hälfte entscheide ich mich für Jesse. Ein Teil seines Kopfes liegt neben einer Spindwand auf dem Boden. Es ist sauber herausgebrochen und sieht aus wie ein Stück von einer Porzellanpuppe. Ich hebe es vorsichtig auf. Ich drücke es auf den Rest seines Kopfes, der noch auf dem Körper sitzt, und versuche, nicht auf das Hirn zu schauen, das vollständig offen liegt. Dann hole ich eine Flasche mit Klebstoff heraus und klebe meinen Bruder wieder zusammen.

»Danke«, sagt Jesse lächelnd. »Du bist doch nicht so ein nutzloser Scheißkerl, wie ich dachte.«

Plötzlich lässt sein Lächeln nach, weil der Klebstoff nicht hält. Es ist der totale Albtraum.

## Mittwoch, 13. Februar

Am Ende von Hauswirtschaft verkündete Mrs Bardus heute, dass wir nächste Woche eine neue Unterrichtseinheit »Kochen und Ernährung« anfangen würden. »Es gibt allerdings nicht genug Kochplätze, dass jeder für sich arbeiten kann«, sagte sie.

Ich wusste, was als Nächstes kommen würde und es graute mir schon davor. Als sie sagte: »Bitte sucht euch einen Partner oder eine Partnerin. Sagt mir beim Rausgehen, mit wem ihr zusammenarbeiten werdet«, versuchte ich lässig und unbeteiligt auszusehen.

Ich kannte meinen Marktwert als Neuer. Ich stand auf der untersten Stufe der Leiter. Deshalb wartete ich geduldig und ging davon aus, dass ich, nachdem sich die anderen aus der Klasse zusammengetan hatten, der Person zugeteilt würde, die auf der zweitniedrigsten Stufe stand. Ich tippte auf Paula Peters. Sie ist superschüchtern und ihre Schultern sind voller Schuppen. Aber sie wurde sofort von dem Mädchen gefragt, das neben ihr sitzt.

Plötzlich fiel mir auf, dass ich nicht der Einzige war, der sich bemühte, lässig und unbeteiligt auszusehen. Alberta versuchte es auch. Sie zupfte verlegen am Ärmel ihres viel zu großen Männerjackets, das sie über einem knielangen T-Shirt und dicken Strumpfhosen mit schwarzen und roten Tupfen trug. Sie ging auf niemanden zu und niemand ging auf sie zu.

Das überraschte mich. Ich war davon ausgegangen, sie hätte massenhaft Freunde.

Meine Klassenkameraden bildeten schnell Zweiergruppen. Und mein Hirn muss einen Aussetzer gehabt haben, denn plötzlich hörte ich mich fragen: »Alberta, wollen wir zusammenarbeiten?«

Sie verdrehte die Augen. »Wenn's sein muss.«
»Heißt das Ja?«
»Was sonst.«
»Könntest du einfach Ja oder Nein sagen?«
»Gott! Ja, okay? Geh mir nicht auf Sack.«
Ungezogen.

## Donnerstag, 14. Februar

Heute haben wir in Englisch ein Haiku geschrieben. Das sind superkurze Gedichte ohne Reim – erste Zeile fünf Silben; zweite Zeile sieben Silben; dritte Zeile fünf Silben. Weil Valentinstag war, forderte uns Mr Schell auf, Bezug darauf zu nehmen. Ich bekam neun von zehn Punkten.

*Haiku* von Henry K. Larsen

Valentinstag heißt
Schokolade wenn verliebt
Nullrunde wenn nicht

Hier ist noch eines, das ich nicht abgegeben habe.

Dein Pferdelachen
Mot-ten-ku-geln-kla-mot-ten
Dein Schielauge links.

# Freitag, 15. Februar

Heute Morgen stand ich gerade an meinem Spind, als Farley durch die Türen am Ende des Gangs gestürmt kam. »Rate was! Rate was!«, rief er und stürzte auf mich zu, sodass sich wirklich jeder auf dem Gang nach uns umdrehte.

»Was denn?«

»Rate!« Er stellte seinen Aktenkoffer ab. Er war so aufgeregt, dass er auf den Fußballen auf- und abwippte.

»Farley. Wie soll ich denn raten –«

»Die GWF kommt nach Seattle! Die GWF kommt nach Seattle!« In seinen Mundwinkeln sammelte sich schnell und viel Speichel.

Ein aufgeregtes Kribbeln lief meine Wirbelsäule hoch. »Wann?«, fragte ich.

»Am dreißigsten April.«

Ich kippte fast aus den Schuhen. Der dreißigste April war der Jahrestag Der Anderen Sache. Ich schwöre, mit einem Mal roch ich Plastik und Pisse.

»Die billigsten Tickets kosten zwanzig US-Dollar, aber ich finde, wir sollten versuchen, gute Karten zu kriegen, oder?«, sagte Farley. »Die besten Plätze!«

Ich konnte nicht antworten, meine Zunge lag dick und schwer in meinem Mund.

»Stell dir vor, wir sehen Vlad the Impaler live! Stell dir vor, wir sehen Great Dane! Stell dir vor, wir sehen, wie Vlad jemanden mit seinem Double Ax Handle plattmacht!«

Farley faltete die Hände, schwang die Arme und machte eine Drehung, um zu zeigen, was er meinte –

Und traf Troy im Rücken.

Zuerst sah Troy eher erschrocken als sauer aus. »Was soll das, du Penner?«

Penner, das war auch eine von Scotts Lieblingsbeleidigungen gewesen. So nannte er meinen Bruder immer, wenn er genug davon hatte, ihn Schlappsack zu nennen.

Mit einem Mal lief ich wieder mit Jesse auf dem Gehweg in Port Salish. Es war im Sommer vor zwei Jahren gewesen und Jesse hatte gute Laune, weil er gerade von seinen Rasenmähersparnissen eine Hantelbank und Gewichte im Sears Outlet bestellt hatte. Ich hatte gute Laune, weil ich erst elf, bald zwölf, war und es mir noch Spaß machte, mit meinem älteren Bruder durch die Stadt zu ziehen.

»Ich werde anfangen, Gewichte zu stemmen«, erklärte er mir. »Ich werde Muskeln haben wie Great Dane.«

»Darf ich auch Gewichte stemmen?«

»Vielleicht. Aber nur, wenn ich dabei bin.« Sein Hirn ratterte auf Hochtouren. »Als Nächstes kaufe ich mir einen Boxsack. Und vielleicht lerne ich auch Karate. Ich wüsste gerne, wie lange es bis zum schwarzen Gürtel dauert.«

»Was willst du mit dem schwarzen Gürtel?«

Er gab keine Antwort auf meine Frage. »Hast du Lust auf ein Eis? Ich lad dich ein.«

Ich weiß noch, wie ich dachte, dass ich einen tollen Bruder habe.

Dann fuhr Scott mit ein paar Freunden vorbei. Wie jeder kannte ich den Spitznamen, den Scott Jesse verpasst hatte. Ich wusste, dass Jesses erstes Jahr an der Highschool nicht gut lief. Aber bis zu diesem Tag hatte ich nicht verstanden, wie schlimm es war.

»Hey, da ist Jodies Bruder«, sagte ich.

Jesses Gesicht erstarrte. Er nahm meine Hand und begann schneller zu laufen. »Schau nicht hin«, sagte er.

Der Wagen fuhr langsamer. Dann brüllte Scott durch das Beifahrerfenster: »Hey, Jesse! Du Penner!« Etwas flog aus dem Fenster. Es war eine halbvolle Coladose, die Jesse am Kopf treffen sollte.

Sie verfehlte ihr Ziel knapp und landete auf dem Gehweg vor uns. Coke spritzte gegen Jesses Hosenbeine und der Wagen fuhr mit quietschenden Reifen davon.

Wir gingen nicht Eis essen. Wir liefen einfach direkt nach Hause. Ich weiß noch, dass Jesse total verlegen war. Und ich erinnere mich daran, dass ich auch verlegen war, weil ich nun mit hundertprozentiger Sicherheit wusste, dass mein Bruder uncool war. Mein Bruder war der Typ, über den sich andere lustig machten.

Ich glaube, das war der Tag, an dem ich aufhörte, zu ihm aufzublicken. Ich glaube, das war der Tag, ab dem ich mich ein wenig für ihn schämte.

Diese beiden letzten Sätze aufzuschreiben war schwierig.

Was soll's.

Ich hatte diese Erinnerung wirklich tief in mir vergraben. Die Tatsache, dass sie plötzlich in Technicolor in meinem Kopf ablief, nahm mir jeden Kampfgeist, und vielleicht habe ich deshalb nichts unternommen, um das, was als Nächstes passierte, zu verhindern. Troy packte Farley und ließ seinen Kumpel Mike Farleys Spindtür aufhalten. »Wenn du mich noch einmal anrührst, Schlitzauge, bist du tot.« Farley versuchte, sich loszureißen und rief: »Es war keine Absicht! Ehrenwort!«

Troy stieß Farley in seinen Spind. Mike knallte die Tür zu. Farley rief weiter; bloß klang es nun etwas gedämpfter. Troys anderer Kumpel Josh drehte an Farleys Zahlenschloss. Anschließend schlenderten die drei lachend davon.

In Fernsehshows und Filmen hatte ich schon gesehen, wie Leute in Spinde gesperrt wurden, aber noch nie in echt. Es sah nicht annähernd so lustig aus im Film.

»99-10-12!«, schrie Farley durch den Türspalt. »99-10-12!«

Es dauerte einige Sekunden, bis ich kapierte, dass er mir die Zahlenkombination seines Spindschlosses zurief. Ich erwachte aus meiner Schockstarre und drehte an seinem Schloss. Ich riss die Tür auf. Farley kam heraus und rückte sein Brille zurecht.

»Er ist ein Psychopath«, sagte Farley.

»Ein rassistischer Psychopath«, fügte ich hinzu.

»Einmal hat er versucht, Ambrose umzubringen.«

»Ach komm.«

»Doch, wirklich. Sie waren auf derselben Grundschule. Obwohl sie wussten, dass er allergisch ist, haben Troy und seine Freunde eine Erdnuss in Ambroses Sandwich gesteckt. Er wäre fast gestorben.«

Bei mir schrillten die Alarmglocken. »Das ist schrecklich«, sagte ich.

»Ach, Scheibenkleister.« Farley blickte auf sein Hemd. Die Brusttasche war etwas abgerissen und man sah den Plastikschutz und die Stifte. »Er hat mein Hemd zerrissen.«

Seine Brillengläser beschlugen und mir wurde klar, dass er gegen Tränen ankämpfte.

»Willst du den Direktor informieren?«, fragte ich.

Farley schaute mich an, als hätte ich sie nicht mehr alle. Er brauchte kein Wort zu sagen; ich wusste genau, was er meinte. Zum Direktor zu gehen, würde Dinge vielleicht besser machen, vielleicht aber auch schlechter.

Jesse ist einmal zu seinem Direktor gegangen. Und der hat mit Scott gesprochen. Und wisst ihr, was passiert ist? Scott hat es nur besser vertuscht. Und Jesse hatte seinen Ruf als Petze weg.

Farley zog ein Stofftaschentuch aus der Hosentasche und putzte sich laut die Nase. Er klang wie eine Trompete.

»Komm«, sagte er. »Ich habe bisher keine Fehlzeiten.« Er stopfte das Taschentuch wieder in die Hosentasche und wir gingen zum Unterricht.

Am besten gefällt mir an Farley, dass er wie ein Gummiball ist. Egal, wie hart man ihn wirft, er kommt gleich wieder angehüpft.

Am meisten hasse ich an Farley, dass er wie ein Gummiball ist. Egal, wie hart man ihn wirft, er kommt gleich wieder angehüpft.

»Hör zu«, sagte er sofort nach Unterrichtsschluss, »rede mit deinem Vater. Frag, ob er uns nach Seattle fahren kann – meine Eltern können das ja bekanntlich nicht, weil sie in Hongkong sitzen. Und Maria hat keinen Führerschein. Wir könnten am selben Tag hin- und zurückfahren. Außerdem«, fuhr er fort und unterbrach seinen Schnellfeuermonolog nur kurz, um tief Luft zu holen, »brauchen wir Geld, um die Tickets zu kaufen. Und für Benzin und Essen und so was.« Er fing an, auf seinen Fußballen zu wippen. »Ich habe die Kosten gestern Abend mal in einer Excel-Tabelle zusammengestellt. Sie basieren darauf, dass wir zu dritt fahren. Ich, du und dein Vater.«

Er kniete sich auf den Boden und öffnete seinen Aktenkoffer, dann reichte er mir ein Blatt Papier.

| | |
|---|---|
| 3 Eintrittskarten | $ 200.00 |
| Benzin | $ 50.00 |
| Essen | $ 50.00 |
| Souvenirs | $ 100.00 |
| *Gesamt* | *$ 400.00* |

»Das ist eine Menge Geld«, erklärte ich ihm.

»Die Tickets werden vielleicht ein bisschen billiger, aber ich musste diese dummen Gebühren mit einkalkulieren. Und ich weiß, dass ich nicht ohne ein GWF-Shirt und ein Vlad-the-Impaler-Poster von dort wegfahren werde.«

»Ich habe überhaupt kein Geld.«

»Ich auch nicht. Meine Eltern verdienen zwar einen Haufen in Hongkong, aber sie sind geizig. Sie geben Maria gerade so viel, dass wir davon leben können.«

Wir waren beim Englischkurs angekommen. Farley setzte sich neben mich. »Würden dir deine Eltern das Geld vielleicht leihen und wir überlegen uns, wie wir es ihnen zurückzahlen können?«

Ich schaute in die andere Richtung. Wie konnte ich ihm erklären, dass meine Eltern überhaupt keine Kohle hatten? *Tja, Farley, meine Mutter kann nicht arbeiten, weil sie in der Klapse sitzt, und unser Haus in Port Salish steht immer noch zum Verkauf, weil niemand im Haus eines Mörders wohnen will. Oh, und da mein Bruder nicht mehr strafrechtlich belangt werden kann, weil er tot ist, haben die Marlins eine Schadensersatzklage gegen meine Eltern angestrengt. Falls sie gewinnen, schulden wir ihnen möglicherweise eine Menge Geld, das wir nicht haben.*

Tja, nein.

»Frag sie einfach am Wochenende, okay? Wir müssen da hin und es uns ansehen! Wir müssen!«

Als der Lehrer hereinkam, dachte ich, Farley würde Ruhe geben. Aber selbst als Mr Schell mit dem Unterricht anfing, flüsterte er laut weiter. »Bitte! Bitte!«.

»Henry Larsen, sag deinem Freund Mr Wong, er soll den Mund halten«, sagte Mr Schell.

Aber nicht mal das brachte Farley zum Schweigen. Er flüsterte immer und immer wieder »Bittebittebittebittebittebittebittebittebitte –«

»Von mir aus!«, sagte ich. »Ich werde fragen.«
Obwohl ich wusste, dass ich es nicht tun würde.

## Später

Ich hasse Cecil.

Als ich heute Nachmittag in sein Büro kam, fragte er: »Was hältst du davon, wenn wir ein bisschen spazieren gehen? Es ist ein wunderschöner Tag.«

Das Büro zu verlassen kam mir ziemlich »unpsychologenhaft« vor, aber da es ein wirklich schöner Tag war – sonnig nach wochenlangem Regen – stimmte ich zu.

Sobald wir draußen waren, erzählte er mir eine lange langweilige Geschichte über die Suppe mit Matzeknödeln, die ihm seine Mutter bei Erkältungen immer gekocht hatte, und wie sehr sie ihm geholfen hatte. Obwohl ich am liebsten gegähnt hätte, nickte ich höflich.

»Willst du mir vielleicht auch eine glückliche Erinnerung an deine Familie erzählen?«, fragte er.

Ich habe viele schöne Erinnerungen an meine Familie. Aber vielleicht wollte ich Cecil provozieren, denn ich sagte: »Wir standen alle auf Pupswitze.«

Er reagierte sofort. »Super. Erzähl mir einen.«

»›Warum liegst du auf dem Rücken und streckst die Beine in die Luft?‹ ›Ich mache Yoga.‹ ›Und warum pupst du dabei?‹ ›Ist eine Duftkerze‹.«

Er lachte. »Der ist ziemlich gut.«

Also erzählte ich ihm noch einen. »Warum können

Frauen so schlecht furzen? Weil sie den Mund nicht lange genug halten können, um den nötigen Druck aufzubauen!«

Cecil scheint auf Schmuddelhumor zu stehen, denn er lachte richtig laut, und wahrscheinlich fühlte ich mich deshalb so gut, dass ich weitererzählte.

»Wenn wir zu Pop-Pop und Grams nach Ontario fahren, furzt Pop-Pop jedes Mal bei Tisch. Und zwar richtig laut.«

»Heiliger Strohsack.«

»Er ist sehr schwerhörig und vermutlich denkt er, wenn er es nicht hört, können wir es auch nicht hören. Aber natürlich hören wir es. Und wir müssen uns jedes Mal total zusammenreißen, nicht loszulachen. Mom zieht am Ende die Nase hoch. Jesse und ich drücken uns unter dem Tisch ganz fest die Knie –«, ich redete nicht weiter.

Ich hatte zwei Regeln gebrochen. Ich hatte Jesses Namen ausgesprochen. Und noch schlimmer, ich hatte über ihn geredet, als wäre er noch am Leben.

»Erzähl mir noch eine schöne Erinnerung.«

»Nein, danke.«

»Bitte?«

»Nein, danke.«

»Henry«, setzte er an, »es ist in Ordnung, wenn du über deinen Bruder redest. Es ist gesund.«

»Ich. Bin. Ein. Einzelkind«, antwortete ich mit Roboterstimme.

»Nein, bist du nicht. Du hattest einen Bruder und du hast ihn geliebt. Und ich wette, du liebst ihn immer noch, auch wenn du gleichzeitig sehr wütend auf ihn bist. Diese widersprüchlichen Gefühle sind völlig normal.«

Ich gab keine Antwort.

»Dein Vater hat mir erzählt, was einen Monat vor Jesses Tod im Park passiert ist –«

»Systemversagen!«, rief ich mit Roboterstimme. »Systemversagen! Systemversagen!« Passanten auf dem Gehweg drehten sich nach uns um.

»Ist gut, Henry. Beruhige dich –«

»Systemversagen!«, rief ich immer wieder, drehte mich im Kreis und schwang die Arme dabei.

»Lass uns ins Büro zurückgehen –«

»System versagt!«, rief ich noch einmal, danach rannte ich so schnell von Cecil weg, wie es meine Stummelbeine und mein Bauchschwabbel zuließen, was nicht sehr schnell war. Aber Cecil rannte mir nicht hinterher. Vermutlich dachte er, es würde kein gutes Bild auf ihn werfen – ein alter Sack mit Pferdeschwanz, der versucht, einen Jungen festzuhalten.

Als ich nach Hause kam, war Dad noch nicht da, ich ging deshalb in sein Zimmer und holte den Schuhkarton unter dem Bett hervor.

»Scheißkerl«, flüsterte ich. »Danke, dass du mein Leben zerstört hast.«

Danach zog ich meinen Schlafanzug an und verdrückte vier Brote mit Erdnussbutter und Gelee hintereinander.

## Samstag, 16. Februar

Faszinierend: Bis in die Vierzigerjahre gab es keine Wochenenden. Henry Ford war einer der ersten Arbeitgeber, der seinen Arbeitern zwei Tage am Stück frei gab; 1926 dachte er sich, die Leute, die sein Model T kauften, bräuchten auch freie Zeit, um darin herumzufahren.

Bevor ES passierte, habe ich Wochenenden geliebt. Meine Familie hat sich immer schöne Wochenenden gemacht. Bei gutem Wetter haben wir das Auto vollgepackt und sind Zelten oder Angeln gefahren. Bei schlechtem Wetter haben wir Brot oder Plätzchen gebacken und haben Brettspiele gespielt und uns natürlich *Saturday Night Smash-Up* angeschaut.

Momentan sind Wochenenden eine Qual. Heute hat Dad zum Beispiel fast den ganzen Tag wegen einer »Erkältung« im Bett verbracht. Ich bin ziemlich sicher, dass es ein Codewort für »Kater« war. Normalerweise trinkt er nur Bier, aber am Freitagabend brachte er eine Flasche Jack Daniel's mit nach Hause und heute Morgen fiel mir auf, dass sie nur noch halbvoll war.

Da er sich nicht wohl fühlte, machte ich ein bisschen Hausarbeit. Ich zog mir sogar Gummihandschuhe an, steckte mir was in die Nase und schrubbte zum ersten Mal seit unserem Einzug das Klo. Widerlich. Anschließend schleppte ich einen Müllsack mit dreckigen Kleidern in die Waschküche im Keller. Als der nervend langsame Aufzug nach unten fuhr, malte ich mir aus, wie ich mir das *GWF Smash-Up Live!* in Seattle ansehen würde. Aber das konnten wir uns niemals leisten. Ich wusste, dass ich mir keine Hoffnungen machen durfte.

In der Waschküche waren alle Maschinen belegt. Da eine durchgelaufen war, nahm ich die Wäsche heraus und legte sie auf die Arbeitsfläche. Glaubt mir, ich hatte nicht die geringste Lust, die Wäsche von irgendjemand anderem anzufassen – vor allem nicht irgendjemandes *Rüschenunterwäsche.* Doch als etwas herunterfiel, blieb mir nichts anderes übrig, als es aufzuheben. Zufälligerweise war es ein sehr roter BH mit gigantischen KÖRBCHEN und als ich ihn auf die Arbeitsfläche legen wollte, hörte ich: »Spielst du mit meinem BH rum?«

Karen. Sie stand mit verschränkten Armen in der Waschküchentür und feixte.

Innerhalb von Sekunden fühlte sich mein Gesicht an, als würde es brennen, und ich wusste, dass sogar meine Sommersprossen rot wurden. »Ich habe nur die Maschine ausgeräumt, damit ich sie benutzen kann«, sagte ich und hasste sie.

»Du weißt, dass du das nicht tun solltest«, sagte sie und begann, ihre Sachen in den Trockner zu werfen. »Niemand mag es, wenn seine Wäsche von Fremden betatscht wird.«

»Ich habe nichts betatscht!«

»Das sah aber anders aus«, sagte sie und grinste wieder spöttisch.

Und damit der Scheißtag noch beschissener wurde,

tauchte auch noch Mr Atapattu in der Waschküche auf. »Henry, hallo! Wie geht's!«

»Gut«, brummte ich, während Mr Atapattu den Trockner öffnete und seine Kleider herausholte.

»Er hat meine Unterwäsche betatscht«, sagte Karen und mir wurde klar, dass sie es genoss.

»Hab ich nicht! Ich habe bloß die Maschine ausgeräumt!«

Mr Atapattu sah Karen fragend an. »Hallo. Ich glaube, wir kennen uns noch nicht. Suresh Atapattu, 213.«

»Karen Vargas, 311.«

Sie schüttelten sich die Hand.

»Ich habe Harry hier gerade erklärt –«, setzte Karen an.

»Henry!«, verbesserte ich, lauter, als ich vorgehabt hatte. Ich wollte nur noch weg. Ich stopfte unsere Kleider in die Maschine, füllte Waschmittel ein und kramte in meiner Tasche nach einer Dollarmünze.

»Verzeihung. Ich habe *Henry* gerade erklärt, dass man nicht die Wäsche von jemand anderem aus den Maschinen räumt.«

»Oh, davon weiß ich nichts«, sagte Mr Atapattu. »Es kann sehr lästig sein, wenn andere Mieter ihre Maschinen nicht gleich ausräumen.«

»Das stimmt, aber trotzdem, fremde Kleider anzufassen – das ist ein Eingriff in die Privatsphäre.«

»Das ist nun mal der Preis, wenn man in einem Gebäude mit Gemeinschaftswaschmaschinen lebt«, erwiderte Mr Atapattu. »Etwas weniger Privatsphäre.«

Karen verschränkte die Arme und zog eine Schnute. »Wollen Sie damit sagen, nur weil sich manche von uns nicht leisten können, in ein Haus mit eigenen Waschmaschinenanschlüssen zu ziehen, müssen wir uns mit weniger Privatsphäre abfinden?«

»Sie haben meine Worte falsch aufgefasst. Ich wollte nur sagen, wenn eine große Anzahl Menschen sich wenige Gemeinschaftseinrichtungen teilen muss, müssen zum Wohl aller die Regeln eingehalten werden, stimmt's Henry?«

Aber ich hatte endlich die Maschine in Gang gesetzt und war schon halb aus der Tür. Während ich auf den Aufzug wartete, konnte ich sie diskutieren hören.

»Wenn Sie nicht möchten, dass jemand Ihre Sachen anfasst, sollten Sie hier sein, wenn Ihre Wäsche fertig ist.«

»Ich war zehn Minuten zu spät! Verklagen Sie mich doch!«

Ich konnte es nicht länger ertragen und nahm die Treppe.

Als es später an der Zeit war, unsere Wäsche in den Trockner umzuladen, näherte ich mich der Waschküche wie ein Scharfschütze in *Call of Duty 4*. Ich spähte hinein, um mich zu vergewissern, dass die Luft rein war. War sie nicht. Karen hängte gerade ein großes handgeschriebenes Schild über die Maschinen, auf dem stand: BITTE HOLEN SIE NICHT DIE WÄSCHE ANDERER MIETER HERAUS. Anschließend nahm sie ihren Wäschekorb mit trockenen Kleidern.

Ich bekam Panik. Da ich unter keinen Umständen noch

einmal mit ihr über ihre *Unterwäsche* oder Ähnliches reden wollte, huschte ich auf den Gang zurück. Doch statt nach *rechts* zur Treppe zu gehen, ging ich nach *links* zum Aufzug, und erst als ich an den Kellerverschlägen vorbeikam, wurde mir mein Fehler bewusst. Es dauerte ewig, bis der Aufzug kam. Karen würde mich nicht nur einholen, wir müssten auch *zusammen* auf engem Raum fahren. Mit ihren BHs!

Plötzlich fiel mir ein, dass der Schlüssel zu unserem Keller an meinem Schlüsselbund hing. Ich schloss ihn schnell auf und schlüpfte hinein. Da die Verschläge eigentlich nur Metallkäfige vom Boden bis zur Decke sind, kann jeder hineinsehen, aber ich versteckte mich hinter einigen Kisten, und zum Glück bemerkte mich Karen nicht, als sie vorbeiging.

Eigentlich wollte ich gehen, sobald sie weg war, doch dann fing ich an, die Aufkleber auf den Kisten zu lesen: KÜCHE, WÄSCHE, FOTOALBEN.

JESSE & HENRY.

Eigentlich wollte ich nur einen kurzen Blick hineinwerfen. Aber bevor ich wusste, was ich tat, sah ich jeden einzelnen Gegenstand durch: unsere alten fadenscheinigen Decken (seine hieß Softie, meine Blankie); unsere Zeugnisse; die gehäkelte Mütze, die Jesse als Baby getragen und die ich geerbt hatte, einige Bilder von uns, unter anderem ein Feuerwehrauto, das Jesse mit sechs gemalt hatte. Er hatte es mit STEVE unterschrieben. Plötzlich lachte ich, denn mir fiel ein, dass er in der ersten Klasse einen Monat lang darauf bestanden hatte, Steve genannt zu werden. Wir haben nie herausgefunden warum, aber es wurde eine unserer Lieblingsfamilienanekdoten.

In der Kiste waren sogar unsere Lego-Führerscheine. Ich war bei dieser Reise sieben und Jesse neun gewesen – die Traumreise schlechthin in unseren Augen. Mom und Dad hatten an allen Ecken und Enden gespart und Geld zusammengekratzt, um eine Woche mit uns nach Kalifornien zu fahren. Wir hatten in San Diego den Zoo und die SeaWorld besucht und natürlich Legoland, wo wir mit Lego-Autos herumgefahren waren und Lego-Führerscheine gemacht hatten.

In der Kiste lagen zwei Umschläge, auf einem stand HENRY, auf dem anderen JESSE. In jedem war eine Haarlocke vom ersten Mal Haareschneiden – Jesses war dunkelbraun, meine leuchtend rot. Jesses Haare in der Hand zu halten, jagte mir einen Schauer über den Rücken, abgesehen vom Inhalt des Schuhkartons hielt ich alles in der Hand, was noch von ihm übrig war.

Und dann drückte ich dämlicherweise Softie an mein Gesicht und atmete tief ein, was das Schlimmste war, was ich tun konnte, denn ich *roch* Jesse, ich schwör's, ich konnte ihn riechen und plötzlich heulte ich wie ein Schlosshund. Als ich hörte, dass sich die Aufzugtüren öffneten, stopfte ich mir Softie in den Mund. Mein Körper bebte weiter, aber geräuschlos. Mr Atapattu ging vorbei, sah mich aber nicht. Als er schließlich wieder hochgefahren war und ich mich vergewissert hatte, dass die Luft rein war, zwang ich mich, alles in die Kiste zurückzupacken. Ich verließ den

Kellerverschlag und ging zur Waschküche, um unsere Wäsche aus dem Tróckner zu holen.

Mr Atapattau hatte ein neues handgeschriebenes Schild unter Karens geklebt. Darauf stand WENN SIE IHRE WÄSCHE NICHT RECHTZEITIG AUS DER MASCHINE NEHMEN (WIE ES SICH GEHÖRT), WIRD ES JEMAND ANDERES TUN!!!

Manchmal hasse ich es wirklich, in diesem Haus zu leben.

### Mitternacht

Fragen, die ich Jesse gern stellen würde:

1) Warum hast du das gemacht, du Vollidiot?
2) Hast du dir einen Moment überlegt, was es für deine Familie bedeutet?
3) Wo hast du das »Siedler von Catan«-Spiel hingeräumt, es ist unauffindbar.
4) Warum hast du es gemacht, du Vollidiot?

## Montag, 18. Februar

Farley »Nein« beizubringen ist ungefähr so, wie einem brandneuen Welpen beizubringen, dass er nicht ins Haus pinkeln soll: unmöglich. Sobald er mich im Mathekurs erspähte, kam er auf mich zu und setzte sich an den Nachbartisch.

»Hier bist du also! Ich suche dich schon den ganzen Tag!«

*Und ich bin dir den ganzen Tag aus dem Weg gegangen!*, hätte ich gern gesagt.

»Und? Hast du mit deinem Vater geredet?«

»Nein«, erklärte ich ihm.

Er machte ein langes Gesicht. »Warum nicht?«

Ich holte tief Luft. »Das ist eine lange Geschichte.«

»Ich hab Zeit.«

Um meine Ruhe zu haben, erzählte ich Farley einen Teil der Wahrheit. »Wir haben überhaupt kein Geld. Mein Dad kann momentan kaum die Miete bezahlen und meine Mutter arbeitet nicht …«

Farley musterte mich mit seinen großen brillenvergrößerten Augen. »Wo ist deine Mom überhaupt?«

»Wie?«

»Sie lebt nicht mit euch zusammen.«

»Wer hat dir das erzählt?«

»Niemand. Es ist mir aufgefallen. Bei euch zu Hause war kein Frauenzeugs.«

»Hast du rumgeschnüffelt?«

»Nein. Es ist eine einfache Beobachtung. Nur Männerschuhe, keine Kosmetik im Badezimmer, solche Sachen.«

Meine Ohren wurden heiß. »Das geht dich nichts an«, erklärte ich ihm. In diesem Moment kam Ms Wrightson ins Zimmer.

»Ich habe das nicht gesagt, um dich zu ärgern«, erklärte Farley. »Außerdem ist es überhaupt keine große Sache. Wusstest du, dass achtunddreißig Prozent aller Eheschließungen vor dem dreizehnten Jahr in einer Scheidung enden? Das habe ich bei einem Projekt in Sozial-«

»Meine Eltern sind nicht geschieden!«, sagte ich, lauter als beabsichtigt. Ein paar Mitschüler drehten sich nach uns um.

»Farley und Henry, schaut nach vorn und haltet den Mund«, sagte Ms Wrightson mit ihrer ätzenden monotonen Stimme. »Bitte anschnallen, heute betreten wir die spannende Welt der Trigonometrie.«

Farley versuchte während der ganzen Stunde, meine Aufmerksamkeit zu erregen – er starrte mich an, räusperte sich, einmal piekte er mich sogar mit seinem Zirkel in den Arm. Aber ich tat ihm nicht den Gefallen zu reagieren. Ich befolgte einfach Ms Wrightsons Anweisungen und hielt den Mund.

Sobald Mathe vorbei war, sprang ich auf und steuerte auf die Tür zu, doch Farley heftete sich an meine Fersen.

»Wo willst du hin? Wir müssen zu dem Treffen in der Eingangshalle.«

»Wozu?«

»Für unser Reach-For-The-Top-Spiel!«

Das hatte ich völlig vergessen. Fünf Minuten später scheuchte uns Mr Jankowitsch alle zur Bushaltestelle. Wir drängten uns in die Nummer 99. Zum Glück stellte Jerome Farley Fragen und er konnte mich nicht mehr wegen der GWF nerven.

Wir spielten gegen die Borden Junior High im Ostteil der Stadt. Und ratet: Wir haben gewonnen!! Das andere Team war wirklich gut, vor allem dieses Mädchen namens Phoebe, die bestimmt die Hälfte der Punkte für sie gewonnen hat. In kanadischer Geschichte waren sie allerdings schwach. Zum Glück für uns ist Jerome ein Profi in kanadischer Geschichte (wer hätte gedacht, dass es sowas gibt). In der letzten Runde bekamen wir eine »Teamfrage«. Das bedeutet, das Team, das die erste Zehn-Punkt-Frage richtig beantwortet, darf die nächsten drei Fragen beantworten, und da alle Fragen zu Sir Wilfrid Laurier waren, einen von Kanadas Premierministern in grauer Vorzeit, schaffte Jerome jede davon. Wir schlugen die Borden mit zwanzig Punkten Vorsprung.

Auf dem Heimweg waren alle guter Stimmung. Der Bus war voll und die meisten von uns mussten stehen. Ein paar meiner Mitstreiter fanden hinten einen Platz. Ich landete mit Alberta vorn.

Sie trug Männerhosen aus Schottenstoff und einen Reißverschlusspulli mit einem Hirsch auf dem Rücken, der nach Mottenkugeln und Käse müffelte. Das weiß ich, weil sie fast zehn Zentimeter größer ist als ich und meine Nase bei jedem Schlingern des Busses gegen ihre Schulter gedrückt wurde.

Als ich aufblickte, starrte sie mir in die Augen.

»Interessantes Outfit«, sagte ich.

»Danke«, erwiderte sie und entschied, es als Kompliment aufzufassen. »Ich hole mir alle meine Kleider bei der Heilsarmee und im Secondhandladen. Ich nenne es Recycle Look.«

»Du warst gut heute«, sagte ich, obwohl sie nur zwei Fragen richtig beantwortet hatte, die Antworten hatten Lady Gaga und Paris Hilton gelautet.

»Ja, danke.«

Plötzlich hielt der Bus mit einem Ruck an und wir umklammerten dieselbe Stange, um das Gleichgewicht zu halten. Ihre Hand war direkt über meiner, so nah, dass ihr kleiner Finger meinen Daumen berührte.

Ich will da nichts hineininterpretieren. Ganz bestimmt war es reiner Zufall. Vermutlich bemerkte sie überhaupt nicht, dass sich unsere Finger berührten.

Aber trotzdem, sie zog ihre Hand während der ganzen Heimfahrt nicht weg.

Und ich auch nicht.

Als ich nach Hause kam, war es fast sechs. Ich hörte Dad bevor ich ihn sah. Er war am Telefon. »… Lockige rote Haare, knapp einssechzig groß …«

Fast hätte ich gebrüllt, *Nicht nur knapp!*

»Ja, ich *weiß*, dass es nur einige Stunden sind. Aber verstehen Sie nicht –«

Ich ging ins Wohnzimmer. Er lief auf und ab und fuhr sich ununterbrochen mit einer Hand durch die Haare, wie er es immer tut, wenn er besorgt oder angespannt ist. Er trug noch seine Arbeitsstiefel und verteilte überall auf dem Teppich Schmutz.

Sein Blick traf meinen. »Schon gut. Es tut mir leid. Er ist gerade nach Hause gekommen.«

Er beendete das Gespräch. Als er »Henry Kaspar Larsen!« sagte, wusste ich, dass ich Ärger kriegen würde. Er nennt mich nur bei meinem vollständigen Namen, wenn er richtig sauer auf mich ist. »Ich habe mir solche Sorgen gemacht.« Seine Stimme versagte. Er packte mich und drückte mich so fest, dass ich kaum noch Luft bekam.

»Es tut mir leid«, sagte ich in sein Flanellhemd. »Ich hatte ein Reach-For-The-Top-Spiel. Das habe ich vergessen, dir zu sagen.«

Dad löste die Umarmung, ließ aber seine Hände auf meinen Schultern liegen. »Tu das *nie* wieder, vergiss *nie* wieder, mir Bescheid zu sagen – verstanden?!« Er schüttelte mich und einen Moment lang hatte ich fast Angst. Mein Vater ist ein ziemlich kräftiger Typ, nicht übermäßig groß, aber massig und stark.

»Dad, es tut mir leid!«

Er ließ sich aufs Sofa fallen und stützte den Kopf in die Hände. Seine Schultern hoben und senkten sich und zuerst dachte ich, er würde lachen.

Aber er lachte nicht. Er weinte. Eigentlich war es eher ein Schluchzen.

Dad war schon immer nah am Wasser gebaut gewesen. Wir haben uns früher oft lustig über ihn gemacht, weil er bei fast allem im Fernsehen Tränen in den Augen hatte, sogar bei Werbespots für Kinderschokolade oder Babywindeln. Mom hat immer gesagt, er sei wie eine Pfefferminzpraline: harte Außenseite, aber in der Mitte weich und klebrig.

Das hier war anders. Ich hatte ihn bisher nur einmal so weinen gesehen. Das war ungefähr eine Woche nach Jesses Trauerfeier gewesen. Wir hatten Geschirr gespült und plötzlich legte er sich auf den Boden und heulte wie ein Säugling los, ich hatte das Gefühl, es ging stundenlang. Meine Mutter und ich ließen ihn schließlich auf dem Boden liegen und liefen nach oben, um dem schrecklichen Geräusch zu entfliehen.

Ich bin nicht blöd. Ich weiß, was ihm durch den Kopf gegangen ist, als er nach Hause kam und ich war nicht da. Nach einem Selbstmord in der Familie ist es nicht so abwegig anzunehmen, dass es noch mal passieren könnte. Man fängt an, es wie ein Grippevirus zu betrachten. Es könnte sich ausbreiten.

Ich setzte mich neben ihn und strich ihm über die buschigen roten Haare und es dauerte nicht lange, da heulte ich auch, ich kam mir total idiotisch vor, denn meine Tränendrüsen machten in letzter Zeit wirklich Überstunden.

»Es tut mir so leid, Dad. Ich wollte nicht, dass du dir Sorgen machst. Ich hab dich lieb.«

»Ich hab dich auch lieb, Henry. Ich liebe dich so sehr.«

Nach einer Weile fühlten wir uns *beide* wie Idioten. »Meinst du, Great Dane heult auch manchmal?«, fragte mein Vater, als er sich die Nase putzte.

»Bestimmt.«

»Und wie sieht es mit Vlad the Impaler aus?«

»Niemals. Seine Mutter hat seine Tränendrüsen entfernen lassen, als er noch ein Baby war.«

Mein Vater lachte. »Wir müssen dir ein Telefon kaufen.«

»Dad, das können wir uns nicht leisten.«

»Wir nehmen das billigste mit dem günstigsten Vertrag. Ich muss wissen, dass ich dich anrufen kann.« Er putzte sich noch einmal die Nase. »Ich habe mich überhaupt nicht ums Abendessen gekümmert.«

»Nicht schlimm. Ich mach uns was zu essen«, sagte ich. Ich ließ ihn zwischen den drei Gerichten wählen, die ich zubereiten kann. »Bohnen mit Wiener Würstchen, Rührei mit Wiener Würstchen, oder Käsemakkaroni mit Wiener Würstchen.«

»Bohnen und Wiener klingt köstlich.«

Wir aßen vor dem Fernseher. Danach bat ich Dad, mich zu messen und ratet: Ich bin jetzt einseinundsechzig! Selbst Dad stimmte zu, dass es dieses Mal nicht nur meine Haare waren.

»Sag mir, wenn dein nächster Reach-For-The-Top-Wettbewerb ist«, sagte er, als wir beide vor dem Waschbecken standen und uns die Zähne putzten. »Nicht nur, damit ich mir keine Sorgen machen muss – sondern, damit ich kommen kann.«

Fast hätte ich wieder zu heulen angefangen, denn *das* ist der Vater von früher. *Das* ist der Vater, den ich bis zum ersten Juni hatte, der Typ, der zu all unseren Schulkonzerten und Sporttagen und Theateraufführungen kam.

Es war ein *so tolles* Gefühl, als mir klar wurde, dass *dieser* Vater noch irgendwo in ihm steckte.

Aber ich sagte bloß: »Natürlich, Dad. Klar.«

### 1 Uhr morgens

Mr Atapattu schaut wieder Teleshopping. Sie werben für etwas namens Slanket.

### 1 Uhr 30 morgens

Ich bin ziemlich sicher, dass Albertas kleiner Finger meinen nur zufällig berührt hat.

Jep. Ziemlich sicher.

## Donnerstag, 19. Februar

Faszinierend: Kakerlaken gibt es schon seit dreihundertfünfzig Millionen Jahren. Sie überleben alles, sogar Atombomben. Und man wird sie nur extrem schwer wieder los.

Farley ist sozusagen meine privatpersönliche Kakerlake.

Heute saß er mir in der Cafeteria gegenüber. »Um es noch mal zusammenzufassen«, fing er an. »Wir können deine Eltern nicht um Geld bitten, damit wir das *GWF Smash-Up Live!* sehen können. Richtig?«

»Richtig.«

»Was bedeutet –«

»Wir können nicht hinfahren.«

Er schüttelte den Kopf. »Henry, du enttäuschst mich. Es bedeutet, dass wir einen Weg finden müssen, Geld zu verdienen.«

»Farley«, sagte ich und versuchte, geduldig zu sein, »vergiss es einfach. Es ist absolut utopisch, dass wir von jetzt bis Ende April so viel Geld auftreiben.«

»Es ist überhaupt nicht utopisch. Wir haben zweieinhalb Monate. Wir organisieren uns Jobs.«

»Was denn? Wir sind erst dreizehn.«

»Wir werden babysitten.«

»Hast du einen Babysitterkurs gemacht?«

»Nein.«

»Hast du irgendeine Ahnung von Kindern?«

»Nein.«

»Kennst du jemanden, der Kinder hat?«

»Nein.«

»Beweisführung abgeschlossen.«

»Was ist mit Gelegenheitsarbeiten? Wir könnten Zettel im Viertel aufhängen, Gartenarbeit übernehmen, Rasen mähen – solche Sachen.«

»Farley, es ist *Februar*. Außerdem bräuchten wir dazu eine Ausrüstung.«

»Hey, ihr Streber.« Ich blickte auf. Alberta kam mit einem Teller Pommes mit Sauce auf uns zu. Mit Jeans und einem rosa T-Shirt mit brauner Aufschrift sah sie heute fast normal aus. Aber dann las ich, was auf dem Shirt stand:

*Hätte Gott nicht gewollt, dass wir Tiere essen, hätte er sie nicht aus Fleisch gemacht.*

»Rück mal«, sagte sie und rutschte neben mich. Ihr Schenkel streifte meinen und ich war plötzlich sehr froh, dass der Tisch den unteren Teil meines Körpers verdeckte.

»Alberta, vielleicht kannst du uns helfen«, sagte Farley.

Ich versuchte Farley ein Zeichen zu geben, er solle den Mund halten.

»Wir überlegen gerade, wie wir in zweieinhalb Monaten vierhundert Dollar verdienen können«, erklärte ihr Farley.

»Für was?«

»Nichts –«, setzte ich an.

»Die *Smash-Up* Live-Show‹ der Global Wrestling Foundation kommt Ende April nach Seattle. Und Henry und ich sind Riesenfans.«

Ich wartete darauf.

Und sie enttäuschte mich nicht.

»*Ha-ha-ha-hu-hu-ha HÖÖ-HÖÖ!*«, lachte sie. »Und du hast das Reach-For-The-Top-Team strebermäßig gefunden.«

»Wirklich?«, fragte Farley, aber Alberta wieherte weiter und ich brauchte nicht zu antworten.

»*Ha-ha-ha-ha-ha-ha-HÖÖ-HÖÖ*!« Als sie endlich zu lachen aufhörte, machte sie sich über ihre Pommes her, und damit meine ich wirklich hermachen, sie schaufelte sie in den Mund, als hätte sie seit einer Woche nichts gegessen. Es war eklig, aber irgendwie auch seltsam süß.

»Mach nichts nieder, bevor du es gesehen hast«, sagte Farley zu ihr. »Vielleicht änderst du ja deine Meinung.«

»Oh, ich hab mir das ein- oder zweimal angeschaut. Du weißt, dass es ein total abgekartetes Spiel ist?«

»Na und? Darum geht es doch nicht«, sagte Farley. »Es sind einfach unglaubliche Sportler. Sie werden im Ring wirklich verletzt.«

»Es ist wie Theater«, fügte ich hinzu. »Es ist aufregend zuzuschauen. Sie erfinden diese ganzen Handlungsstränge, die immer weitergehen und jeder Wrestler hat eine andere Rolle … Es ist wie …«, sagte ich und suchte nach Worten.

»Wie eine Seifenoper für Jungs«, sagte Alberta.

Ich ließ es mir einen Moment durch den Kopf gehen. »Ja. Vermutlich ist es das.«

»Klingt absurd, aber nachvollziehbar«, sagte sie. »Wie ›Schatten der Leidenschaft‹, nur für Y-Chromosomen.«

»Genau«, sagte Farley in dem Moment, als ihn eine leere Dose an der Schläfe traf.

Da Alberta und ich ihm gegenübersaßen, konnten wir den Übeltäter sehen. Troy saß mit Mike und Josh zwei Tische hinter uns. Ein vorbeilaufender Lehrer blieb stehen und schaute ihn streng an. »Ups, tut mir leid«, sagte Troy und grinste entschuldigend. »Ich wollte sie eigentlich in den Mülleimer werfen.«

Der Eimer stand direkt hinter Farley. »Nächstes Mal stehst du auf und wirfst sie hinein«, sagte der Lehrer und fiel auf Troys Geschichte rein.

»Jawohl, Sir!«, antwortete Troy. »Tut mir leid, Sir.«

Manchmal sind Lehrer so doof.

Farley sagte kein Wort. Er hob bloß die Dose vom Boden auf, drehte sich um und stopfte sie in den Mülleimer, der vor Dosen und Flaschen überquoll.

»Da hast du deine Antwort«, sagte Alberta. Wir sahen sie verständnislos an. »Ihr braucht schnell vierhundert Dollar.« Sie deutete auf die Recyclingtonnen. »Sie werden zweimal die Woche geleert. Wenn ihr das Wiederverwertbare am Vortag aussortiert, könnt ihr es beim Recyclingdepot am Broadway abgeben und euch das Pfand dafür holen.«

Farley bekam große Augen. »Und es gibt«, er rechnete im Kopf, »zwanzig Recyclingtonnen in der Schule ... zwölfhundert Schüler ... Wenn wir aus jeder Tonne pro Woche nur fünfundzwanzig Dosen oder Flaschen holen ... wie viel gibt es gleich, ungefähr zehn Cent pro Dose oder Flasche? Damit verdienen wir fünfzig Dollar die Woche!« Er hielt die Hand hoch, um Alberta ein High-Five zu geben. Sie schlug ein.

»Gern geschehen«, sagte sie leicht spöttisch grinsend.

»Nein«, sagte ich. »Nie im Leben. Das würde heißen, wir *wühlen im Müll rum*. Vor der *gesamten Schule.*«

»Nicht, wenn wir es frühmorgens machen, bevor die anderen Schüler kommen«, sagte Farley. »Wir können alles in unseren Spinden bunkern und es nach der Schule zum Recyclinghof bringen.« Er fing an, Zahlen aufzuschreiben. »Sie leeren die Tonnen Dienstag- und Donnerstagabend, wenn wir unsere Runden also am Dienstag- und Donnerstagmorgen drehen würden –«

»Ich mach das nicht.«

»Komm schon, Henry, das ist leichtverdientes Geld!«

»Nein! Wir werden wie die letzten Deppen aussehen.«

Alberta schnaubte. »Ich will euch ja nicht zu nahe treten«, sagte sie, aber ihr zwei seid GWF-Fans. Den Deppenstempel habt ihr sowieso schon.« Sie hielt den Teller vors Gesicht und leckte die restliche Sauce ab, ohne Scheiß. »Man sieht sich.«

Sie wollte gehen, aber dann blieb sie stehen. »Hey, was hat acht Zähne und einen IQ von 73?«

Wir zuckten die Achseln.

»Die ersten zwei Reihen Zuschauer bei einem Wrestlingmatch.«

Ich wartete wieder darauf.

»*Ha-ha-ha-ha-ha-ha-HÖÖ-HÖÖ!*«

## Mittwoch, 20. Februar

Ich schreibe es auf, damit es offiziell ist: Ich werde niemals, niemals, *niemals* so tief sinken, dass ich Müll sammle, um Geld zu verdienen, ganz egal wie sehr Farley bettelt und fleht.

Was er jetzt gerade im Englischunterricht tut.

NIEMALS

Das war für Farley gedacht, der ständig versucht, über meine Schulter mitzulesen.

FARLEY NERVT

Das war auch für ihn gedacht.

## Freitag, 22. Februar

Ich bin so wütend, dass ich zittere.

Als ich nach der Schule zu meiner Sitzung mit Cecil kam, trat diese dürre Dame mit den kurzen Locken und den hervorstehenden Augen ins Wartezimmer, sie trug ein gelbes *Up With Life!*-Shirt. *Up with Life!* Das ist dieser Verein, der helfen will, Selbstmordgefährdete früh zu erkennen. Plumper geht es ja wohl nicht. »Henry Larsen?«, fragte sie.

»Ja«, antwortete ich.

»Ich bin Carol. Komm mit.« Erst als ich in ihrem Büro in der Falle saß, erzählte sie mir, dass Cecil mit einer Erkältung zu Hause lag, ich aber stattdessen mit ihr reden könne. Ich sagte: »Nein, ist schon gut«, aber sie war nicht zu bremsen. Sie sah meine Akte durch und dann sagte sie. »Dein Bruder hat also auf einen jungen Mann geschossen und ihn getötet und sich anschließend selbst das Leben genommen … Stimmt, davon habe ich in den Nachrichten gehört.«

!!!!

Danach fing sie an, in ihren Unterlagen herumzublättern, ohne mich weiter zu beachten, aber als sie mich anschaute, schaute sie auf meinen Bauchschwabbel!! Und sie sagte: »In der Akte steht, dass du seit dem tragischen Vorfall zugenommen hast. Benutzt du Essen als Trostmechanismus, wenn du niedergeschlagen bist?

!!!!????

Ich wurde wütend und schaltete sofort auf Roboter-Henry um. »Auf Meinem Planeten. Ist Bauchschwabbel Ein Zeichen. Von Vornehmheit Und Wohlstand.«

Ihr Gesichtsausdruck war super. Als hätte sie gerade eine scharfe Chilischote runtergeschluckt.

»Warum redest du in dieser Stimme mit mir?«

»Welche Stimme? Was Meinst Du Damit, Erdling? Erkläre Es Mir. Sonst Werde Ich Dich. Mit Meiner Laserkanone Auslöschen.«

Sie schaute mich an, als würde sie sich gleich in die Hose machen und steuerte auf die Tür zu. Ich konnte nicht anders, ich stapfte wie ein Roboter hinter ihr her. »Du Kannst Davonlaufen, Erdling. Aber Du. Entkommst. Mir. Nicht.«

Carol riss die Tür auf und rannte den Flur hinunter. Ich hörte sie mit der Rezeptionistin an der Anmeldung reden. Ich schnappte mir meinen Rucksack und verließ ihr Büro. Als ich in den Wartebereich kam, erstarrte Carol. »Du Bist. Eine Beschissene. Beschissene. Therapeutin«, sagte ich in Roboterstimme. Dann ging ich.

Wenn ich Cecil das nächste Mal sehe, werde ich das absolut klarstellen: Ich rede nur mit ihm.

Er mag eine Lusche sein. Aber er ist *meine* Lusche.

Mitternacht

Ich fass es nicht, dass Cecil in meiner Akte über meinen Bauchschwabbel geschrieben hat!!!!

## Samstag, 23. Februar

Faszinierend: Ein Omen ist ein Zeichen, dass etwas Schlimmes passieren wird. Manche Leute glauben zum Beispiel, dass es Unglück bringt, wenn einem eine schwarze Katze über den Weg läuft oder man einen Schirm in einem geschlossenen Raum öffnet oder wenn einem ein Vogel ins Haus fliegt.

Ich hatte heute eine Art Omen. Allerdings war es kein Vogel im Haus.

Meines war eine Frau in unserer Wohnung.

Es war kurz vor dem Abendessen. Ich hatte einen langen Spaziergang am Jericho Beach gemacht, von unserer Wohnung ist es zu Fuß ungefähr eine Viertelstunde dorthin; zum Teil, weil mein Vater angefangen hatte, sich durch die zweite Hälfte der Jack-Daniel's-Flasche zu arbeiten, zum Teil, weil ich beschlossen habe, meinen Bauchschwabbel mit mehr Bewegung in Angriff zu nehmen. Als ich unsere Wohnungstür öffnete, hörte ich eine weibliche Stimme.

Mein Herz schlug einen Salto. Fast hätte ich *Mom!* gerufen, aber bevor ich auch nur ein Wort herausbrachte, wusste ich schon, dass es nicht Mom war.

Es war Karen. Sie saß auf unserer Couch, ihre Füße lagen auf unserem Couchtisch, sie trug ein tief ausgeschnittenes Top, das viel zu viel Vorbau preisgab. Dad saß ihr gegenüber in seinem Lederfernsehsessel. Jeder von ihnen hielt ein Glas Jack Daniel's auf Eis in der Hand.

Als mein Vater mich sah, begrüßte er mich mit »Hi, Henry«, als wäre alles völlig normal und nicht absolut daneben. »Karen hat uns unsere Post vorbeigebracht.«

»Der Briefträger hat sie gestern in meinen Kasten gesteckt statt euren«, sagte sie.

»Sie hat mir von ihrer Arbeit beim Film erzählt. Sie ist Hairstylistin.«

»Na ja, momentan arbeite ich hauptsächlich an einer Friseurschule«, sagte sie. »Aber von Zeit zu Zeit mache ich immer noch Filme.«

»Sie kennt eine Menge berühmte Leute«, sagte Dad.

»Sollten wir nicht Mom anrufen?«, fragte ich.

Dad sah mich verdattert an. »Nein, ich glaube nicht. Hey, stell dir mal vor, Karen hat Tom Hanks getroffen –«

Ich drehte mich auf dem Absatz um und ging hinaus.

Meine Wut brach wie eine Flutwelle über mir zusammen. Ich sah schwarze Flecken vor den Augen. Ich war so stinkesauer, dass ich vergaß, meine Schuhe anzuziehen, das merkte ich allerdings erst, als ich in Socken vor dem Haus stand und nasse Füße bekam, weil es in Strömen goss. Ich machte kehrt und wollte ins Haus zurück, kam aber nicht rein, weil ich meinen Schlüssel auf der Flurkommode hatte liegen lassen. Ich überlegte, bei uns zu klingeln, aber damit wäre mein Hinausstürmen völlig sinnlos gewesen.

Fünf Wörter bewegten sich in Endlosschleife durch meinen Kopf: *Wie bescheuert ist mein Vater?* Kapierte er nicht, was Karen vorhatte? Konnte er nicht sehen, dass sie ihn sich krallen wollte, weil Mom nicht da war?

Danach übernahmen fünf neue Wörter: *Es ist scheißkalt hier draußen!!*

»Henry – was ist denn los?« Es war Mr Atapattu, der mit Einkaufstüten den Bürgersteig hinunterkam.

Meine Zähne klapperten so heftig, dass ich nicht antworten konnte.

»Rein mit dir«, befahl er und öffnete die Tür. »Hast du dich ausgesperrt?«

»Ja«, sagte ich.

»Ohne Schuhe?«

»Ja.«

»Ich hab den Transporter von deinem Vater gesehen. Kannst du nicht klingeln?«

Ich schaute bloß auf meine Füße. Aus meinen Socken lief Wasser.

Mr Atapattu musterte mich einen Moment lang. »Nun gut«, sagte er. »Ich bin froh, dass du hier bist. Der Aufzug funktioniert nämlich mal wieder nicht und ich könnte mit diesen ganzen Tüten wirklich Hilfe brauchen.«

Ich half ihm, seine Einkäufe in die Wohnung hochzutragen. »Danke«, sagte er, als er die Tür öffnete. »Trinkst du eine Tasse Tee mit mir? Ich habe gestern Abend wieder *Barfi* gemacht. Und ich kann dir trockene Socken geben.«

Ich wollte nicht in Mr Atapattus Wohnung. Aber ich fror. Und ohne Schuhe konnte ich nirgendwo anders hin.

Ich sah ihn an. Er sah nicht wie ein Pädophiler oder Mörder aus, und selbst wenn, tja, das würde Dad nur recht geschehen.

Deshalb sagte ich: »Okay.«

Mr Atapattus Wohnung stinkt nach Curry, was mich nicht im Geringsten überrascht, denn ich rieche es selbst in meinem Zimmer noch. Es ist kein ekliger Geruch, nur sehr intensiv.

Ich zog meine nassen Socken an der Tür aus. Er führte mich ins Wohnzimmer, das eine Art Spiegelbild von unserem ist, bloß bunter, mit leuchtenden gemusterten Kissen und Lampenschirmen und Teppichen. »Setz dich, setz dich«, sagte er. Er eilte in sein Schlafzimmer und kam mit einem Paar dicker Wollsocken zurück. Es war ein komisches Gefühl, die Socken eines Fast-Fremden überzuziehen, aber ich tat es trotzdem. Meine Füße wurden sofort wärmer.

»Hier, zieh auch noch das Slanket an«, sagt er und reichte mir eine große rote Decke mit Ärmeln.

»Haben Sie das im Teleshopping gekauft?«, fragte ich.

»Ja. Die Produkte dort haben mich noch nie enttäuscht.« Er lächelte breit und man sah alle seine Zähne. »Bemerkst du den Unterschied? Ich benutze auch diese elektrische Zahnbürste, damit meine Zähne weißer werden!«

Ich steckte meine Arme in das Slanket. Es war wirklich gemütlich.

Mr Atapattu ging in die Küche, um Tee aufzubrühen. Im Gegensatz zu unseren Wänden waren seine mit gerahmten Fotos bedeckt. Ich stand auf, um sie mir näher anzuschauen. Viele von ihnen zeigten eine ältere Frau – und es gibt einfach keine nette Umschreibung dafür –, die unglaublich hässlich war. Ich rede hier von Warzen im Gesicht und sogar einem Schnurrbart.

Mein neues Telefon klingelte. Ich wusste, dass es Dad war. Ich war sauer auf ihn, aber da ich auch nicht wollte, dass er einen Herzinfarkt bekam, wartete ich, bis es zu klingeln aufhörte und schrieb ihm dann eine Nachricht. *Ich komme zurück, wenn sie weg ist.*

Er schrieb mir zurück: *Du benimmst dich albern.*

*Nein, du bist albern,* tippte ich.

Mr Atapattu kam ins Zimmer, als ich mein Handy wegsteckte. Er stellte ein Tablett auf den Couchtisch und reichte mir eine kleine Tasse ohne Henkel. »Chai«, erklärte er. Es roch würzig.

»Wer ist das?«, fragte ich und deutete auf das Foto eines jungen Paars. Sie trug ein buntes sariähnliches Kleid und er ein weißes kragenloses Hemd mit passenden Hosen.

»Das sind meine Frau und ich an unserem Hochzeitstag«, erklärte er mir.

»Das sind Sie?«, fragte ich und beugte mich vor, um das Foto genauer zu betrachten.

Er lachte. »Ja, das bin ich. Unglaublich, dass ich mal jung war und gut ausgesehen habe, oder?«

»Wo ist Ihre Frau?«

»Sie ist vor fünf Jahren gestorben. Krebs.« Er schwieg einen Moment. »Das ist sie, ein Jahr vor ihrem Tod.« Er deutete auf das Foto von der Frau mit den Warzen und dem Schnurrbart, und ja, ich kam mir wie ein Arschloch vor. Mr Atapattu seufzte tief. »Sie war die Liebe meines Lebens.«

Da ich nicht wusste, was ich darauf antworten sollte, trank ich einen Schluck Tee. Er war süß und köstlich. »Was ist das für ein Auto?«, fragte ich und deutete auf ein Foto, auf dem Mr Atapattu vor einem gelben Taxi stand.

Er grinste. »Chandrika.«

»Chandrika?«

»Ich habe es nach meiner sri-lankischen Lieblingscricketspielerin benannt. Chandrika war meine Existenzgrundlage. Ich bin mit ihr über zwanzig Jahre Taxi gefahren.«

»Sind Sie in Rente?«

»Könnte man so sagen. Ich habe chronische Rückenschmerzen. Deshalb habe ich die Taxilizenz von Chandrika an einen Freund von mir verkauft.«

»Fehlt Ihnen das Taxifahren?«

»Oh, ja. Ich habe es geliebt. Ich habe viele interessante Leute kennengelernt. Einmal hab ich Daniel und Henrik Sedin in ein Restaurant gefahren.«

»Daniel und Henrik Sedin von den Vancouver Canucks, die Eishockeyspieler?«

Er nickte. »Sie haben mir ein sehr gutes Trinkgeld gegeben. Aber genug von mir«, fuhr er fort. »Erzähl mir alles über dich. Was sind deine Lieblingsfächer? Machst du gern Sport? Solche Sachen.«

Ich erzählte Mr Atapattu ein bisschen von der Schule und von *Reach For the Top*. Und ich erzählte ihm, dass ich mir gern die GWF im Fernsehen anschaute.

»GWF schau ich mir auch an«, sagte er, was mich überraschte. »Mein Lieblingswrestler ist der Exterminator.«

»Der Exterminator? Ist das Ihr Ernst?«

Wir argumentierten eine Weile, was am Exterminator besser war als an Great Dane und es war wirklich eine gute Diskussion. Plötzlich fragte er aus heiterem Himmel: »Ist bei dir zu Hause alles in Ordnung?«

»Wie meinen Sie das?«

»Ich hab dich bei strömendem Regen in Socken vor dem Haus angetroffen. Und du wolltest nicht bei deinem Vater klingeln, obwohl er zu Hause zu sein scheint.«

»Oh. Alles bestens«, sagte ich. »Ehrlich.«

Wie auf Kommando piepte mein Telefon. Es war eine Nachricht von meinem Vater: *Die Luft ist rein.*

Ich stellte meine Tasse ab und schlüpfte widerwillig aus der Decke. »Ich muss gehen. Danke für den Tee.« Auf dem

Weg zur Tür kam ich an einem komischen Gerät vorbei, das auf einem Stuhl lag.

»Was ist das?«

»Ein Bauchmuskeltrainer. Auch ein Teleshoppingkauf. Mir persönlich ist er zu kompliziert. Wenn du möchtest, kannst du ihn dir gern mal ausleihen.« Das sagte er ohne einen einzigen Seitenblick auf meinen Bauchschwabbel.

»Gern«, sagte ich. »Danke.«

»Du kannst jederzeit rüberkommen, Henry«, erklärte er mir, als ich ging, in einer Hand den Bauchmuskeltrainer, in der anderen meine nassen Socken. »Und die Socken kannst du behalten.«

»Was ist das?«, fragte Dad, als ich die Wohnung betrat.

Ich gab keine Antwort, sondern stellte nur den Bauchmuskeltrainer ab und wartete auf seine Entschuldigung.

Aber er entschuldigte sich nicht. »Werde ich jetzt ausgeschwiegen?«

Genau das.

»Henry, sie hat uns bloß unsere Post vorbeigebracht.«

»Ist mir egal. Ich will sie nie wieder in unserer Wohnung sehen.«

»Das hast du nicht zu bestimmen. Verdammt nochmal, wir haben uns bloß ein bisschen unterhalten.«

»Für mich sah es aus, als würdest du dich blendend amüsieren.«

»Hab ich auch. Es war die erste Unterhaltung mit einem Erwachsenen seit einer Ewigkeit.«

»Du redest mehrmals die Woche mit Mom.«

Dad wandte sich ab. »Diese Gespräche sind etwas anderes. Die setzen mir ziemlich zu, Henry.«

»Außerdem arbeitest du jeden Tag unter Erwachsenen.«

»Klar, aber außer ›Gib mir den Hammer‹ oder ›Mach schneller, Larsen‹ wird da nicht viel geredet. Die meisten Arbeiter sprechen nicht mal Englisch.«

»Sie will dich Mom ausspannen.«

Er seufzte. »Henry. Mich wird keine ›ausspannen‹. Aber ich glaube, wir müssen das realistisch betrachten …«

»Wie realistisch?«

Es entstand eine Pause. »Nichts.«

»Nein, sag es.«

»Nichts. Ich fange mit Kochen an.« Er drehte sich um und ging in die Küche.

»Mom wird kommen!«, rief ich ihm hinterher.

»Hab ich das Gegenteil behauptet?«, brüllte er zurück.

»Nein, aber du denkst es!«

Nun war er an der Reihe, nicht zu antworten.

## Sonntag, 24. Februar

### 7 Uhr morgens

Mir ist eine geniale Idee gekommen. Und die habe ich Hayley Mills zu verdanken. Sie ist der Star der Originalversion des Films *Die Vermählung ihrer Eltern geben bekannt*.

Ich hatte mal wieder nicht schlafen können. Um vier Uhr morgens gab ich es schließlich auf und ging ins Wohnzimmer. Ich zappte mich durch die Programme und landete bei diesem Film.

Hayley Mills spielt eine Doppelrolle – die Zwillinge Sharon und Susan. Sharon und Susan versuchen die meiste Zeit des Films, ihre geschiedenen Eltern wieder zusammenzubringen. Sie überraschen sie sogar damit, dass sie ihre erste Begegnung nachspielen. Und ratet was? Es *klappt*. Es gibt ein glückliches Ende.

Als der Film vorbei war, krabbelte ich wieder ins Bett. Ich war gerade am Einschlafen, da kam mir eine Idee: Ich kann dasselbe tun. Ich kann meine Eltern wieder zusammenbringen. Ich kann ihre erste Verabredung nicht nachstellen, aber ich *kann* den tollsten Abend unseres Lebens planen.

Ich kann sie zum *GWF Smash-Up Live!* nach Seattle bringen.

Müllsammeln, ich bin dabei!

## Dienstag, 26. Februar

*Recycling Service – Verhaltensregeln*

von Henry K. Larsen

1. *Gummihandschuhe tragen. Nur weil auf den Recyclingtonnen NUR DOSEN UND FLASCHEN steht, heißt das noch lange nicht, dass sich alle Schüler daran halten.*

Bei der ersten Tonne, die wir heute Morgen um halb acht leerten, steckte ich den Arm praktisch bis zur Achselhöhle hinein und berührte weder Metall noch Glas, sondern etwas Schleimiges und Weiches. Als ich es herauszog, kreischte ich wie ein Mädchen. Ich hielt eine halb aufgegessene Frikadelle in der Hand, auf der sich Würmer kringelten. Ich werde nicht erwähnen, was Farley und ich heute sonst noch anfassten, aber sagen wir mal so, es waren drei benutzte Rotzfahnen dabei, ein Becher erstarrte Bratensauce und eine tote Maus. Was zu Regel Nummer 2 führt.

2. *Schutzkleidung tragen.*

Die erstarrte Bratensauce war nicht so erstarrt, wie sie aussah, sondern spritzte auf mein Hemd. Außerdem fanden wir heraus, dass unsere Mitschüler jede Menge halbvolle Dosen in den Müll werfen. Spritzschutz ist unbedingt erforderlich.

3. *Seife, Handtuch und Deo im Spind bereithalten.*

Der Recycling Service ist eine überraschend schweißtreibende Arbeit. Ich hatte nichts dabei, um mich frisch zu machen, und als ich in Hauswirtschaft neben Alberta an unserer Kochstation stand, meinte sie: »Du stinkst.«

Ungezogen.

4. *Wer sich auf ein neues Unternehmensmodell einlässt, das die Entfernung von Schuleigentum einschließt, tut gut daran, sich vorher eine Erlaubnis zu holen.*

Farley durchwühlte gerade die dritte Tonne (wir wechselten uns damit ab, während der andere den Müllsack aufhielt), als unser stellvertretender Direktor, Mr Mackey, um die Ecke bog. »Was tut ihr zwei da?«, fragte er.

»Oh, hallo, Mr Mackey«, sagte Farley, ohne im geringsten verlegen zu sein. Danach erzählte er Mr Mackey *bis ins kleinste Detail* von unserem Plan, Geld für das GWF Smash-Up Live! in Seattle zusammenzukratzen.

Mr Mackey ließ es sich durch den Kopf gehen. »Solange ihr keine Schweinerei veranstaltet, ist es vermutlich in Ordnung. Und solange ihr nicht während der Unterrichtszeit sammelt.«

»Abgemacht, Sir!«, sagte Farley. Er wollte Mr Mackey die Hand schütteln, doch der warf nur einen Blick auf Farleys schmutzige, klebrige Finger und ging davon.

5. *Route sorgfältig planen.*

Kurz vor halb neun waren wir in der Nähe der Jungsumkleide – genau um die Zeit, zu der die Mannschaftstrainings anfangen.

Da Farleys Arm tief in der Tonne steckte und er in die

andere Richtung schaute, bekam er nicht mit, als Troy in schlammverschmierter Rugbymontur durch die Doppeltür hereingestürmt kam. Er steuerte auf die Umkleide zu, in die entgegengesetzte Richtung. Ich stieß schon einen erleichterten Seufzer aus – da brüllte Farley: »Hier ist alles voll mit Gatorade-Flaschen! Fette Beute!«

Ich war sicher, dass Troy sich umdrehen würde. Aber das Glück war auf unserer Seite. Er lief weiter zur Umkleide.

Trotzdem. Das wäre um ein Haar böse in die Hose gegangen. Wir sind uns einig, dass wir uns eine Route überlegen müssen, bei der die Gefahr ertappt zu werden möglichst gering ist. Donnerstag *beginnen* wir in der Nähe der Umkleide.

6. *Vor Arbeitsbeginn benötigte Transportmittel analysieren*

Heute Morgen haben wir vier Müllsäcke mit Dosen und Flaschen gefüllt. Es war ganz schön Arbeit, sie in unsere Spinde zu stopfen. Aber nach der Schule standen wir vor der wirklichen Herausforderung: nämlich, wie wir die Säcke zu der Recyclingstelle acht Blocks weiter schleppen sollten.

Erstmal mussten wir eine gute halbe Stunde warten, bis die meisten Schüler gegangen waren. Danach versuchten wir, jeder zwei Säcke zu tragen, aber bevor wir auch nur die Treppe erreichten, wussten wir, dass wir es nicht schaffen würden. »Wir müssen zweimal gehen«, sagte Farley.

Aber selbst einen Sack zu schleppen war harte Arbeit. Die Flaschen waren schwer und schlugen uns gegen die

Schienbeine. Mein Sack wäre fast geplatzt. Als wir an der Recylingstelle ankamen, waren wir total erledigt.

Im Depot drängelten sich viele Menschen. Einige waren mit Subaru Outbacks und Volvo-Kombis da; die meisten jedoch mit Einkaufs- oder Kinderwagen, die bis obenhin mit Dosen und Flaschen vollgepackt waren.

Wir mussten über zwanzig Minuten in einer Schlange warten. Der Typ hinter uns begann, mir grob auf die Schulter zu tippen. Ich drehte mich um. Er stank ziemlich eklig und seine Haare waren lang und verfilzt.

»Wo habt ihr'n die ganze Beute her?«, fragte er.

Wahrscheinlich machte mich sein Gestank und sein Mund voller vergammelter Zähne sprachlos, denn ich antwortete nicht gleich.

»Nehmt gefälligst nichts zwischen Broadway und 16. Straße«, sagte er. »Das is nämlich *mein* Revier.«

»Wir waren nicht mal in der Nähe deines Reviers«, sagte Farley und trat einen Schritt zurück. »Ehrlich.«

»Die Sachen haben wir aus den Recyclingtonnen an unserer Highschool«, erklärte ich ihm.

Er grinste. »Nicht blöd.« Er streckte mir eine raue schmutzige Hand entgegen. »Heiß Bruder Paul. Wenner Rat braucht, bin ich der Richtige.«

Da wir nicht unhöflich sein wollten, schüttelten wir ihm beide die Hand.

»Der erste Rat«, fuhr er fort, obwohl wir ihn nicht darum gebeten hatten, »organisiert euch 'nen Kinderwagen oder 'ne Einkaufskarre.«

Während wir langsam in der Schlange vorrückten, gab er uns noch weitere Ratschläge. Sachen wie: »Denkt dran, die Regierung überwacht euch Tag und Nacht« und »Lasst euch nie 'nen Mikrochip ins Hirn setzen.«

Schließlich konnten wir unsere Dosen und Flaschen in flache Pappkisten sortieren. Als wir damit fertig waren, gaben wir sie dem Mitarbeiter hinter dem Tresen.

Er tippte ein paar Zahlen in seine Kasse, öffnete sie – und gab uns elf Dollar und fünfzig Cent.

Farley und ich nickten Bruder Paul zum Abschied zu und verließen das Depot. Wir liefen die ganze Strecke zur Schule zurück, schnappten uns die anderen beiden Säcke, liefen wieder den ganzen Weg zurück und warteten wieder zwanzig Minuten in der Schlange.

Dieses Mal gab uns der Mitarbeiter zwölf Dollar und zehn Cent.

Wir verließen den Recyclinghof und bogen um die Ecke. Dort fielen wir uns um den Hals und sprangen auf und ab. »Dreiundzwanzig Dollar und sechzig Cents!«, rief Farley. »Das ist unglaublich!«

Wir nahmen unser Geld und gingen in den großen Dollar-Store ganz in der Nähe. Wir kauften Gummihandschuhe, besonders stabile Müllsäcke, zwei Küchenschürzen und Seife. Danach hatten wir noch genau einen Dollar und siebzehn Cents.

Trotzdem. Wir machten schon Gewinn.

»*GWF Smash-Up Live!* wir kommen!«, verkündete Farley.

»Mmh. Wenn es für dich okay ist, würde ich gern noch jemanden mitnehmen.«

»Wen?«

»Meine Mutter.«

»Ist sie ein GWF-Fan?«

»Und wie.«

»Dann lassen sie sich also doch nicht scheiden.«

»Hab ich je gesagt, dass sie sich scheiden lassen?«

»Aber wo ist sie dann?«

»Weg. Geschäftlich.«

Farley musterte mich mit seinen vergrößerten Augen. Ich sah ihm an, dass er mir nicht glaubte. Aber er antwortete bloß: »Noch ein Ticket und noch ein bisschen mehr Taschengeld ... Wir sollten vielleicht noch hundert Dollar drauflegen. Damit brauchen wir insgesamt fünfhundert.«

»Ich weiß, es ist nicht fair, weil ich dreiviertel des Geldes verbrauchen werde –«

»Na und? Ist mir völlig egal.« Dann öffnete er die Hand und zeigte mir die Dollarmünze und das verbliebene Wechselgeld. »Hier. Uns fehlen nur noch vierhundertachtundneunzig Dollar und dreiundachtzig Cent.«

Vielleicht brauche ich doch keinen anderen Freund.

## Donnerstag, 28. Februar

Nachdem Farley und ich heute Morgen unsere Runde gedreht hatten (die dank unserer neuen Regeln wesentlich glatter ablief), schleiften wir die Müllsäcke zu unseren Spinden zurück. An meiner Spindtür lehnte etwas.

Es war ein dick eingestaubter Kinderwagen.

»Da hängt ein Zettel dran«, sagte Farley.

Ich nahm ihn und las: »*Damit ihr euren Mül herumfaren könnt, Alberta.*«

»Wow. Jetzt weiß ich, warum sie bei *Reach For The Top* nie die Buchstabierfragen beantwortet«, sagte Farley.

Später in Hauswirtschaft bedankte ich mich bei ihr.

»Kein Thema. Hab ich bei uns im Keller gefunden.«

»Und deine Eltern haben ganz sicher nichts dagegen?«

»Soll das ein Witz sein? Da unten sieht es aus wie in einer Folge von ›Leben im Chaos‹«, sagte sie. »Glaub mir, es wird niemandem auffallen, dass er fehlt.« Wir standen an unserer Kochstation und buken Muffins.

Die Zeitschaltuhr piepte. Ich nahm mein Blech Apfel-Zimt-Muffins aus dem Ofen. Sie sahen perfekt aus – golden und köstlich. Alberta holte ihres heraus. Sie waren braun und verbrannt.

Mrs Bardus machte ihre Runde. Kurz bevor sie zu uns kam, sagte Alberta: »Oh Gott, schau mal!« und deutete über meine Schulter auf etwas.

Ich drehte mich um. »Was? Ich seh nichts.«

Als mich wieder zu Alberta wandte, stand auf der Arbeitsfläche vor mir ihr Blech mit den verbrannten Muffins. »Tsts«, sagte Mrs Bardus, die plötzlich hinter uns auftauchte. »Ich habe mehr von dir erwartet, Henry. Die sehen steinhart aus und fassen sich auch so an. Völlig ungenießbar.« Danach drehte sie sich zu Alberta, die *meine Muffins* in den behandschuhten Händen hielt. Mrs Bardus nahm ein Muffin vom Blech und biss ein Stück ab. »Köstlich!«, sagte sie mit vollem Mund. »Gut gemacht, Alberta. Das ist ja mal was Neues.«

Mrs Bardus ging zur nächsten Station weiter. Und Alberta fing an zu lachen. »*Ha-ha-ha-ha-ha-ha-HÖÖ-HÖÖ*!«

UNGEZOGEN!!!

Und ratet was? Der Kinderwagen ist genial. Wenn wir die Säcke richtig sorgfältig ausbalancieren, können wir sie alle auf einmal zum Depot bringen. Es ist egal, dass eines der Räder wackelt und den Wagen ständig nach links ausscheren lässt – er ist trotzdem eine gewaltige Verbesserung.

Lachen andere Schüler, wenn sie uns einen Kinderwagen schieben sehen, der bis obenhin mit Müllsäcken vollgepackt ist? Ja. Lachen sie, wenn sie uns mit unseren Schürzen und Gummihandschuhen in der Schule sehen (denn egal, wie früh wir sind, es gibt immer ein paar Mitschüler, die noch früher unterwegs sind als wir)? Natürlich lachen sie. Aber wenn sie mitkriegen, wie viel Geld Farley und ich in einer einzigen Woche verdient haben, lachen sie schon viel weniger.

Und natürlich endet meine Arbeit nicht mit dem Recycling Service. Ich leiste auch schon die Vorarbeit für meinen Plan.

Jedes Mal, wenn Mom und ich reden, bin ich betont gesprächig. Sie will alles über die Schule wissen. Also erzähle ich ihr jedes klitzekleine Detail. Ich bin nie kühl zu ihr. Ich erzähle ihr vom Reach-For-The-Top-Team; ich erzähle ihr von Farley und Alberta. Ich erzähle ihr von Mr Atapattu.

Ich erzähle ihr nichts von Karen.

Ich erzähle ihr von den Blumen, die schon im Februar blühen, und den Bäumen voller Kirschblüten, denn ich weiß, dass es zu dem gehört, was ihr am Leben an der Westküste am besten gefällt.

Ich strenge mich an, ein nettes glückliches Bild von unserem Leben hier zu zeichnen.

Und immer, wenn sie eine der GWF-Shows verpasst hat, erzähle ich ihr alles so ausführlich, dass sie sagt: »Ich habe das Gefühl, dabei zu sein.«

Und im Hinterkopf denke ich: *Du WIRST dabei sein! Und zwar schneller, als du denkst!*

## Samstag, 2. März

Cecil ist ein Idiot.

Gestern begann er unsere Sitzung mit einer Diskussion, wie ich mich Carol gegenüber verhalten habe. »Du hast ihr wirklich Angst gemacht, Henry. Du hast ihr gesagt, du würdest sie erschießen.«

»Hab ich nicht! Ich hab ihr gesagt, ich würde sie *aus-*

*löschen.* Mit meiner Laserkanone. Großer, gewaltiger Unterschied.« Ich zog den Reißverschluss meines Rucksacks auf und stopfte meine Mütze hinein.

»Du solltest trotzdem überlegen, dich bei ihr zu entschuldigen.«

»*Sie* sollten sich entschuldigen.«

»Wofür?«

»Dass Sie mich einer so schrecklichen Therapeutin ausgeliefert haben! Von nun an spreche ich nur noch mit Ihnen.«

Er lächelte. »Dann willst du also doch mit mir sprechen.«

»Ich will nicht. Aber wenn ich mit jemandem sprechen muss, dann möchte ich, dass Sie es sind.«

Ich schwöre, er sah ein bisschen erfreut aus, so, als hätte ich ihm gerade ein Kompliment gemacht.

»Wie ich sehe, hast du das Tagebuch dabei, das ich dir gegeben habe.« Er deutete auf meinen Rucksack, der immer noch geöffnet auf dem Boden stand. Und natürlich musste das Buch genau so weit herausstehen, dass er es erkennen konnte.

»Und? Ich benutze es für Hausaufgaben.«

»Oh. Okay.«

Danach saßen wir mindestens eine Minute schweigend da. Wahrscheinlich hoffte er, dass ich klein beigeben und zu reden anfangen würde, aber da konnte er warten, bis er schwarz wurde.

»Was gibt's Neues bei dir?«, fragte er schließlich.

Ich erzählte ihm also vom Recycling Service. Ich erklärte

ihm, dass Farley und ich schon sechsunddreißig Dollar und neunundzwanzig Cent verdient hatten, und zwar *nach* Abzug unserer Ausrüstung. Ich erzählte ihm, unser Ziel sei, von jetzt bis Ende April mindestens fünfzig Dollar die Woche zu verdienen, die Märzferien ausgenommen.

Er war beeindruckt. »Heiliger Strohsack! Du bist ja ein richtiger Unternehmer, Henry. Sparst du auf irgendetwas Besonderes?«

»Oh ja.«

»Was denn?«

Also erzählte ich ihm vom *GWF Smash-Up Live!* in Seattle.

»Wer begleitet dich?«

»Meine Mutter und mein Vater.«

Er schwieg einen Moment. »Deine Mutter und dein Vater?«

Ich nickte. »Sie wissen noch nichts davon. Es soll eine Überraschung sein.«

Er zog an seinem Pferdeschwanz. »Deine Mutter ist immer noch in der Klinik, Henry. In Ontario.«

»Na und? Sie wird nicht ewig dort sein. Bis zum *GWF Smash-Up Live!* sind es noch zwei Monate.«

Er zog noch mal an seinem Pferdeschwanz. »Wenn sich in einer Familie eine Tragödie ereignet … dauert es manchmal lange, bis die Wunden verheilt sind. Manchmal wird nichts mehr so, wie es vorher war.«

»Schon klar«, sagte ich. Aber ich wusste, worauf er hinauswollte. Er wollte mir sagen, dass meine Eltern vielleicht *nie wieder* zusammenkommen würden. Cecil und mein Vater könnten eigentlich einen Pessimistenclub gründen.

»Ich möchte nur nicht, dass du dir allzu große Hoffnungen machst.«

Ich gab keine Antwort.

Er legte die Füße auf den Tisch. Dieses Mal waren seine Socken pink und die linke Ferse schaute durch. »Was denkst du?«

»Ich Denke. Sie Sollten Endlich. Im Einundzwanzigsten. Jahrhundert. Ankommen. Und Diesen. Widerlichen. Pferdeschwanz. Abschneiden«, sagte ich mit Roboterstimme.

Dann stand ich auf und ging.

Scheiß auf Cecil.

Scheiß auf dieses Tagebuch.

Ich habe diesen Eintrag nur geschrieben, damit ich folgende Ansage machen kann: Ich werde aufhören.

## Freitag, 8. März

Okay, ich habe nicht aufgehört. Aber ich schreibe nur, weil ich festhalten muss, was heute passiert ist.

Erstens musste ich meine Sitzung mit Cecil heute ausfallen lassen (Halleluja!), weil wir nach der Schule unseren siebten Reach-For-The-Top-Wettkampf hatten. Es fand an der St. Patrick's statt, einer Privatschule oben in den Bergen.

Sie haben uns plattgemacht.

»Keine Angst, Leute«, erklärte uns Mr Jankowitsch, als wir unsere Sachen zusammenpackten. »Wir fahren trotzdem Anfang April zu den Regionalwettkämpfen in Richmond.«

»Wir sind bei den Regionalwettkämpfen dabei?«, fragte ich. »Das ist toll.«

»*Jedes* Team kann an den Regionalwettkämpfen teilnehmen«, sagte Koula abschätzig.

»Ja, aber nicht *jedes* Team hat bisher fünf von sieben Spielen gewonnen«, erwiderte Mr Jankowitsch.

Als wir die Schule verließen, war ich total überrascht, Dad auf dem Parkplatz zu sehen. Er trug noch immer Arbeitskleidung und Stiefel und lehnte an seinem Transporter.

»Du hast es gesehen?«, stöhnte ich.

Aber er strahlte. »Das war der Hammer! Ich hatte keine Ahnung, dass du so viel weißt«, sagte er. Dann strubbelte er mir vor meinen sämtlichen Mitspielern durch die Haare, was ich gleichzeitig nett und peinlich fand. »Von dem Käserollwettbewerb in Gloucestershire wusstest du bestimmt aus dem Guinnessbuch der Rekorde, stimmt's?«

Ich lächelte. »Bingo.«

»Stellst du mich deinen Freunden vor?«

Er meinte Farley und Alberta, die sich hinter mir herumdrückten. Ich war zwar immer noch sauer auf Alberta, weil sie die Muffins vertauscht hatte, aber ich stellte sie trotzdem beide vor.

»Hat jemand Lust auf einen Eisbecher bei Dairy Queen?«, fragte Dad.

Ich bekam Angst. *Was, wenn Dad anfängt, über Jesse zu reden?*, dachte ich. Aber eigentlich war das höchst unwahrscheinlich; selbst wenn wir nur zu zweit sind, redet er niemals über Jesse.

Farley und Alberta bejahten beide, und kurz darauf drängten wir uns alle in den Transporter. Farley rief: »Beifahrersitz«, was ich ziemlich unfair fand, schließlich war es das Auto *meines* Vaters. Aber ich sagte nichts, sondern quetschte mich mit Alberta auf die vollgepackte Rückbank.

Während der Viertelstunde Fahrt kaute Farley meinem Vater das Ohr ab. »Ich habe gehört, dass Sie ein großer GWF-Fan sind«, begann er und ich trat gegen die Rückenlehne seines Sitzes, weil ich Angst hatte, er würde unsere Überraschung verraten.

Tat er aber nicht. Er fragte meinen Vater bloß nach dessen Lieblingswrestler (Twister) und verglich die Daten von Twister (Größe: einsachtzig, Gewicht: 120 kg, Markenzeichen: Atomic Skull Crusher) mit denen von Vlad the Impaler (Größe: einsdreiundneunzig, Gewicht: 136 kg, Markenzeichen: Human Torture Rack).

Während sie sich über Wrestling unterhielten, versuchte Alberta, meine Aufmerksamkeit durch einen Rippenstoß auf sich zu lenken. Zuerst ignorierte ich sie. Aber als ich genug hatte, platzte ich heraus: »Hör auf, mich anzufassen.«

Danach fing sie an, dicht vor meinem Gesicht mit dem

Finger herumzuwackeln. »Ich berühre dich nicht. Ich berühre dich nicht.«

Früher hat Jesse das mit mir gemacht. Es hat mich in den Wahnsinn getrieben. Am Ende packte ich seine Hand und versuchte, ihn mit einem Supersonic Arm Twist (dem Markenzeichen von Exterminator) niederzuringen, aber er konnte sich immer mühelos befreien und zog mich auf den Boden und kitzelte mich, bis ich mir fast in die Hosen pinkelte.

Da es unmöglich war, Alberta auf der Rückbank eines Transporters mit einem Supersonic Arm Twist außer Gefecht zu setzen (und wenn ich ehrlich bin, denke ich auch, dass sie es problemlos mit mir aufnehmen könnte), drehte ich mich einfach weg und starrte aus dem Fenster.

Da Farley mit voller Lautstärke auf dem Vordersitz redete, hörte ich nicht, dass Alberta den Reißverschluß meines Rucksacks aufzog. Das stimmt nicht ganz – ich hörte, dass sie *einen* Rucksack öffnete und ging einfach davon aus, es wäre *ihrer.* Einen Moment später fragte sie: »Wofür steht das K?«

Ich drehte mich zu ihr. Sie hielt mein Tagebuch in der Hand, genau das Buch, das ich seit meiner letzten Sitzung mit Cecil in meinem Rucksack gelassen hatte. »Die hohe Kunst unterm Radar zu bleiben? Warum willst du unterm Radar bleiben?«, fragte sie.

Ich entriss ihr das Tagebuch. »Hör auf rumzuschnüffeln! Das ist privat.«

»Ich habe es nicht aufgeschlagen. Als würde es mich interessieren, worüber du schreibst.«

Ich stopfte es in meinen Rücksack zurück und presste ihn an den Oberkörper.

Kurz darauf fragte sie: »Schreibst du darin über mich?«

»Kaum«, fauchte ich, aber ich spürte, wie meine Ohren brannten. »Außerdem dachte ich, es interessiert dich nicht, worüber ich schreibe.«

»Tut es auch nicht.«

Alberta und ich schwiegen den Rest der Fahrt. Als wir auf dem Parkplatz von Dairy Queen hielten, sprang ich fast aus dem Transporter.

Wir hatten Spaß bei Dairy Queen. Dad kaufte jedem von uns ein Blizzard-Softeis. Farley nahm es mit Smarties, Alberta und ich mit Cookie Dough.

Farley ging kurz vor sechs, weil er Maria versprochen hatte, zum Abendessen zu Hause zu sein. Irgendwann verschwand mein Vater auf die Toilette und Alberta sagte: »Du bist sauer wegen der Muffins.«

»Ja.«

»Ziemlich albern, findest du nicht?«

»Wegen dir habe ich eine schlechte Note.«

»Na und. Wir reden hier von Hauswirtschaft.«

»Tja, wenn es für dich *na und* ist, dann tu es nicht wieder.«

»Wie du meinst, Henry Kenneth Larsen.«

»Netter Versuch.«

»Karl? Kerby? Kenilworth?«

»Nicht mal warm.«

»Hör zu«, sagte sie. »Ich habe eine Idee. Warum kommst du nicht am Wochenende zu mir und bringst mir Backen bei? Dann muss ich nie wieder so eine Tauschaktion abziehen. Sonntag um eins?«

Ich hätte mich fast an einem Klumpen des Plätzchenteigs verschluckt. »Könnte ich machen.«

Sie holte einen Stift aus ihrem Rucksack, nahm meine Hand und schrieb mir ihre Adresse auf die Handfläche. Dann kam mein Vater zurück und fragte Alberta, ob er sie nach Hause fahren solle.

»Nee, aber vielen Dank. Ich wohne nur ein paar Blocks von hier.« Sie zog ihren Mantel an, er war aus Schaffell und stank nach vergammeltem Tierfleisch. »War nett, Sie kennenzulernen, Mr Larsen. Und vielen Dank für den Blizzard.«

Auf dem Heimweg meinte Dad: »Manitoba mag dich.«

»Alberta. Und tut sie nicht.«

Aber insgeheim denke ich schon, dass sie mich mag.

Als wir unser Haus betraten, standen Karen und Mr Atapattu in der Eingangshalle und brüllten sich an.

»Es gehört sich einfach, die Werbung in den Müll zu werfen!«, sagte er.

»Aber ich habe ein Schild an meinem Briefkasten – KEINE WERBUNG! Und nach wie vor werfen sie Werbung ein! Es sollte nicht meine Aufgabe sein, sie zu entsorgen!«

»Wer soll sie denn dann entsorgen?«

»Wer immer sie einwirft!«

»Und wann denken Sie wird das passieren? Am Sankt Nimmerleinstag vielleicht?«

»Alles in Ordnung hier?«, fragte mein Vater.

Karen nickte. Sie trug zentnerschweres Make-up, einen Minirock und ein weiteres Paar höchst unpraktischer Schuhe. »Es ist nur dieser Blödmann«, sagte sie und deutete mit einer Handbewegung auf Mr Atapattu. »Aber mit dem werde ich fertig.« Ein Taxi fuhr vor. »Da ist mein Taxi.«

Sie stöckelte auf ihren hochhackigen Schuhen zur Eingangstür, und als sie an mir vorbeikam, roch ich die Parfüm- und Schnapswolke.

»Sie ist eine schreckliche Frau!«, sagte Mr Atapattu, als sie weg war.

»So schlimm ist sie nicht«, sagte mein Vater.

»Ich bin Mr Atapattus Meinung«, sagte ich. »Sie ist widerlich.«

Da der Aufzug immer noch kaputt war, gingen wir drei gemeinsam die Treppe zum ersten Stock hoch.

»Und ich bin *kein* Blödmann«, brummte Mr Atapattu.

»Natürlich nicht«, bestätigte mein Vater.

Wir kamen zu unserer Tür. »Ich habe heute Nachmittag einen großen Topf Hühnercurry gekocht«, sagte Mr Atapattu. »Falls Sie noch nicht gegessen haben, würden Sie mir eine große Ehre erweisen, wenn Sie mit mir essen würden.«

»Ich wollte Pizza bestellen«, sagte mein Vater. »Das Hockeyspiel beginnt jeden Moment.« Mr Atapattu sah enttäuscht aus. Dann sagte Dad: »Wenn es Ihnen nichts ausmacht, vor dem Fernseher zu essen, können Sie uns gern Gesellschaft leisten.«

Mr Atapattu grinste. »Das würde ich sehr gern tun.«

Und wisst ihr was? Wir hatten einen ziemlich netten Abend.

Und wisst ihr was noch? Ich glaube, seine Zähne werden tatsächlich weißer.

## Sonntag, 10. März

Das war das beste Wochenende meines Lebens. Und gleichzeitig das schlimmste.

Am Samstagmorgen klingelte gegen zehn Uhr morgens unser Telefon. Ich lag noch im Bett und machte keine Anstalten ranzugehen, weil ich annahm, es sei einer dieser Telefonverkäufer. Doch mein Vater rief: »Henry, für dich.«

Es war Farley. »Hast du Lust, auf ein paar Videospiele vorbeizukommen?«, fragte er.

Ich bin also zum ersten Mal, seit wir hierhergezogen sind, zu einem Freund nach Hause gegangen. Ich glaube, Dad war ziemlich froh, denn er bekam ganz feuchte Augen und sagte: »Bleib solange du willst. Ich übernehme das Einkaufen.«

Ich ging nach dem Frühstück. Im Eingangsbereich hingen zwei neue Schilder. Auf dem ersten Stand BITTE HALTEN SIE GEMEINSCHAFTSBEREICHE

SAUBER UND WERFEN SIE IHRE WERBUNG IN DIE RECYCLINGTONNE. Auf dem zweiten stand: WAS IST DAS HIER, EINE DIKTATUR???

Ich lief zu Farley. Er wohnt in der 15. Avenue, ungefähr sechs Straßen weiter den Hügel hoch. Als ich vor seinem Haus stand, klappte mir fast die Kinnlade herunter. Es ist *riesig*. Die Fassade ist beige verputzt und es hat tatsächlich Säulen.

Farley stand am Fenster und hielt nach mir Ausschau. Er kam zur Eingangstür gerannt und riss sie auf. »Hi! Super, dass du da bist! Komm rein!«

Er zeigte mir das ganze Haus. Das dauerte eine Weile, denn sein Zuhause ist mindestens fünfmal so groß wie unsere Wohnung. Aber es war komisch. Nur wenige Räume waren möbliert: Farleys Zimmer, eines der Gästezimmer (für Maria), das Wohnzimmer und die Küche. Alle anderen Zimmer waren leer. Das Haus fühlte sich wie eine Geisterstadt an.

In der Küche zog Maria gerade ihren Mantel an. »Mach keine Dummheiten«, sagte sie zu Farley und tätschelte ihm die Wange. Dann ging sie.

»Samstags besucht sie immer ihre Schwester in Surrey«, erklärte Farley. »Aber sie hat uns was zu essen hingestellt.«

Wir setzten uns ins Wohnzimmer und daddelten stundenlang auf Farleys PS3. Danach gingen wir in den Park um die Ecke und spielten Frisbee. Als wir zurückkamen, ging es mit Videospielen weiter. Irgendwann gegen fünf sagte ich ihm schließlich, dass ich besser gehen sollte. Maria war noch immer nicht zurück.

»Sie bleibt zum Abendessen dort und nimmt dann den letzten Bus nach Hause«, erklärte er mir. »Das ist okay, ich habe Geld, um mir Pizza zu bestellen. Und nachher kommt *Saturday Night Smash-Up*.«

Mit einem Mal tat mir Farley richtig leid, nach Monaten, in denen ich mich in Selbstmitleid gesuhlt hatte, war das geradezu eine Wohltat. »Du kannst mit zu uns kommen«, sagte ich. »Wir werden auch Pizza bestellen.«

Er grinste. »Echt?«

Also kam Farley mit und wir drei bestellten Pizza und schauten uns zusammen *Saturday Night Smash-Up* an. Als Great Dane seinem Gegner Vlad the Impaler den Body Splash verpasste, jubelte ich und Farley buhte. Es machte Spaß.

Danach brachten Dad und ich Farley nach Hause. Es brannte kein Licht; Maria war immer noch nicht da.

»Ist okay«, sagte er. »Um Mitternacht ist sie zurück.« Wir warteten, bis er sicher im Haus war. Er sah winzig aus vor dem riesigen leeren Haus.

Später, nachdem ich meine Zähne geputzt hatte, drückte ich Dad.

»Wofür ist das denn?«, fragte er und drückte mich ebenfalls.

»Nichts.« Ich hatte keine Lust zu erklären, dass ich zum ersten Mal, seitdem ES passiert ist, wirklich froh war, dass ich wenigstens *einen* Elternteil hatte, zu dem ich gehen konnte.

Der Sonntagmorgen zog sich endlos hin. Dad merkte, dass ich nervös war, denn ich wechselte fünfmal das T-Shirt (Ich entschied mich schließlich für hellgrau) und zweimal die Hose. Ich wählte die Cargohose. Sie saß locker; ich musste mir von Dad einen Gürtel leihen. Vielleicht zahlt sich die Schinderei mit dem Flaschensammeln und den Bauchmuskelübungen allmählich aus.

Um Viertel nach zwölf hielt ich es schließlich nicht mehr aus. Ich musste los.

»Viel Spaß mit Ontario«, sagte Dad.

»Alberta!«, rief ich und schloss die Tür.

Alberta wohnt zehn Blocks von mir entfernt, auf der anderen Seite der Schule. Da ich nur eine Viertelstunde bis dorthin brauchte, lief ich immer wieder um den Block.

Von außen ist ihr Haus das Gegenteil von Farleys. Es ist klein und aus Holz und in einer Farbe gestrichen, die man nur als *neongelb* bezeichnen kann. Es sieht aus, als würde es jeden Moment in sich zusammenfallen.

Der Rasen macht den Eindruck, als sei er seit Jahren nicht gemäht worden. Überall auf dem Rasen und der schiefen Veranda liegen Spielzeug, Tretroller und verrostete Gartenmöbel herum.

Um Punkt ein Uhr – nach sechs Runden um den Block – klingelte ich. Fast augenblicklich öffnete ein Mädchen die Tür. Bis auf das Schielauge und den einmaligen Modegeschmack war sie eine ältere, größere, dünnere Version von Alberta. Sie trug ein Fussballtrikot voller Grasflecken und schien gerade von einem Spiel zurückgekommen zu sein.

»Du bist bestimmt Albertas kleiner Freund«, sagte sie und ich schwöre, die Betonung lag auf *kleiner.*

»Und du bist bestimmt Cricket«, erwiderte ich.

»Cricket, ich habe gesagt, dass ich aufmache!«, rief Alberta und kam zwei Stufen auf einmal nehmend die Treppe herunter. Sie trug weiße Schlafanzughosen mit schwarzen Schafen darauf und ein T-Shirt mit der Aufschrift *Menschenfeindin.* Sie versuchte, ihre ältere Schwester zur Seite zu schubsen, aber Cricket stemmte einfach die Arme gegen den Türrahmen und rührte sich nicht vom Fleck.

»Warst du das, der immer wieder an unserem Haus vorbeigelaufen ist?«, fragte Cricket. »*Stalkst* du uns?«

Ich flehte mein Gesicht an, nicht rot zu werden. Ich glaube nicht, dass es zugehört hat. »Ich war zu früh«, sagte ich und meine Stimme versagte.

»Zieh Leine, Cricket! Kümmere dich um deinen eigenen Scheiß.«

Cricket zuckte bloß die Achseln. »Seid anständig«, sagte sie, als sie endlich die Tür freigab und die Treppe hochlief.

Alberta zog mich ins Haus. »Ich *hasse* sie!«, rief sie.

Das hatte ich von Jesse auch immer gesagt. »Du hasst sie nicht wirklich«, antwortete ich. »Dir gefällt bloß manchmal nicht, wie sie sich dir gegenüber verhält.«

»Nein. Ich hasse sie«, sagte Alberta. »Komm, wir gehen in die Küche.«

Im Haus war es ebenso unordentlich wie draußen. Es war

genaugenommen nicht nur unordentlich, es war verdreckt. Im Spülbecken stapelten sich Teller mit angetrockneten Essenresten; Zeitungen, Bücher, Schulhefte, Rechnungen und mindestens drei einzelne Stinkesocken lagen überall auf den Tischen, Stühlen und Arbeitsflächen herum. Der Boden war voller Wollmäuse und Krümel. Dad und ich sind wirklich nicht die Vorzeigehausmänner, aber im Vergleich zu Albertas Zuhause ist es bei uns blitzsauber.

»Wo sind deine Eltern?«

»Mom arbeitet. Sie ist Altenpflegerin in einem Seniorenheim. Und Dad ist vermutlich mit Dylan in der Garage. Sie bauen für irgendein großes Rennen im Frühling eine Seifenkiste.«

»Wer ist Dylan?«

»Mein kleiner Bruder.«

»Ich wusste nicht, dass du einen Bruder hast.«

»Er ist acht. Ihn mag ich.«

Ich hatte ein Rezept für Bananenmuffins mit Schokostückchen mitgebracht, das ich im Internet gefunden hatte. Wir machten uns an die Arbeit. Und obwohl Cricket uns ständig zwischen den Füßen herumlief und Sachen abließ wie »Ich möchte, dass ihr zwei mindestens immer fünfzehn Zentimeter Abstand haltet« und obwohl Dylan in die Küche gerannt kam und unsere Schüssel mit frischgerührtem Teig auf den verdreckten Boden stieß und obwohl ich fast gekotzt habe, als Alberta sich bückte und den Teig *in die Schüssel zurücklöffelte*, war es ein toller Nachmittag. Albertas Mutter kam nach Hause, als die Muffins gerade abkühlten, und jeder, sogar Cricket, kostete einen. Trotz des ein oder anderen Haars schmeckten sie köstlich.

»Gut gemacht, Süße«, sagte ihre Mutter und nahm Alberta fest in den Arm. Alberta sagte zwar »Mom!«, aber man sah ihr an, dass sie sich darüber freute. Irgendwie wäre ich auch gern von ihrer Mutter umarmt worden.

Danach sind ihre Eltern einkaufen gegangen und Dylan hat sich im Wohnzimmer einen Film angesehen. Alberta hat mir ein paar Muffins eingepackt.

»Danke, dass du mir heute geholfen hast, Henry«, sagte sie, als sie mir die Muffins in die Hand drückte. Dann hat sie mich geküsst.

Ja, ganz richtig: Sie hat mich geküsst. Nicht auf die Wange. Auf den Mund. Ihre Lippen waren weich, wie kleine Kissen.

Ich erwiderte ihren Kuss. Ich schloss nicht die Augen, wie es vermutlich richtig gewesen wäre. Ich starrte sie an, als sie mich küsste.

»*Mööp! Mööp!* Übertretung des Fünfzehn-Zentimeter-Abstandes! Übertretung des Fünfzehn-Zentimeter-Abstandes! Alarm! *Mööp! Mööp*!« Cricket. Man sah ihr an, dass sie sich diebisch freute.

»Zieh Leine!«, rief Alberta. Sie jagte ihre Schwester durch die Küche und schlug mit einem nassen Küchenhandtuch nach ihr. Cricket bekam bloß einen Lachanfall nach dem anderen. Dann klingelte ihr Handy und sie verließ den Raum.

»Du wirst nicht *glauben*, wobei ich meine kleine Schwester gerade erwischt habe«, hörten wir sie sagen. »Sie ist so eine Schlampe!«

»*Aaaaargh!!!* Wie ich sie hasse«, sagte Alberta. »Ich wünschte, sie wäre tot!«

»Nein, das wünschst du dir nicht.«

»Oh doch und wie ich mir das wünsche. Mein Leben wäre *so viel besser*!«

»Nein, wäre es nicht.«

Ich glaube, meine Stimme klang komisch. Denn sie sah mich plötzlich an, und zwar mit beiden Augen.

»Woher willst du das wissen?«

Ich zuckte die Achseln. »Ich denke bloß, du solltest aufpassen, wenn du so etwas sagst. Denn wenn es plötzlich so wäre, würdest du dich für immer hassen.«

Sie nahm meine Hand. »Sprichst du aus persönlicher Erfahrung?«

Ich weiß nicht, ob es an unserem Kuss lag, oder an der Besorgnis in ihrer Stimme, oder wie sich ihre überraschend raue Hand auf meiner anfühlte, jedenfalls sagte ich: »Ich hatte einen Bruder.«

»Ist er gestorben?«

Ich nickte.

»Scheiße, Henry. Ich weiß nicht, was ich sagen soll. Es tut mir wirklich leid. Woran ist er gestorben?«

Die Lüge fiel mir leicht. »Krebs.«

»Welche Art?«

»Die tödliche.«

»Nein, wo?«

»… im Gehirn.«

»Ein Tumor?«

»Ja.«

»Wie lange ist es her?«

»Es war letzten Juni.« Dieser Teil entsprach der Wahrheit.

»Lebt deine Mom deshalb nicht bei euch?« Sie bemerkte den Ausdruck auf meinem Gesicht. »Farley hat es mir erzählt.«

»Sie ist in Ontario. Aber sie zieht bald wieder zu uns. Sie brauchte nur ein bisschen Zeit, um den Kopf frei zu bekommen.«

»Oh.«

»Bitte erzähl es niemandem«, sagte ich. »Vor allem nicht Farley. Außer dir weiß es niemand. Und ich hätte gern, dass das so bleibt.«

Alberta nickte. Dann küsste sie mich noch einmal.

Und dieses Mal unterbrach uns ihre Schwester nicht.

Als ich nach Hause kam, ging ich in mein Zimmer und ließ den Kuss in meinem Kopf in Endlosschleife ablaufen. Ich war *so glücklich*. Aber plötzlich traf es mich wie ein Schlag in den Magen: Jesse würde nie den Mund eines Mädchens auf seinem spüren. Er würde nie Gelegenheit haben, Brüste zu berühren; er würde nie aufs College gehen, nie wieder einen Fisch fangen oder reisen oder Kinder haben.

Er würde nie wieder irgendetwas erleben, nie wieder. Und Scott genauso wenig.

Plötzlich taten sie mir beide so *leid*, allerdings besonders mein Bruder, ich weiß, das ist nicht richtig, aber es ist trotzdem so, schließlich war er *mein Bruder*. Und dann, *bumm*, wandelte sich meine Traurigkeit in Wut, weil mir plötzlich klar wurde, dass *absolut jedes Mal*, wenn ich etwas SCHÖNES erlebe, mir Jesse über die Schulter schauen wird, wie die große unentrinnbare Macht der Verderbnis, und zwar *für den Rest meines Lebens*.

*Ich habe bloß getan, was du mir befohlen hast!*, hätte ich gern geschrien. *Es ist nicht meine Schuld! Du hast mir befohlen, niemandem zu erzählen, was am 30. April im Park passiert ist! Ich musste es dir versprechen!*

### 2 Uhr morgens

Manchmal wünsche ich mir, Jesse wäre noch am Leben. Nur damit ich ihn umbringen könnte.

## Montag, 11. März

### 6 Uhr morgens

Ich hatte gerade den abgefahrensten Traum.

Ich stehe beim *Saturday Night Smash-Up* im Ring. Ich trage ein ähnliches Trikot wie Great Dane. Ich bin größer und muskulöser als im wirklichen Leben. Mein Bauchschwabbel ist weg.

Mein Gegner wird angekündigt. Es ist Vlad the Impaler. Vlad tritt in den Ring. Allerdings ist es nicht Vlad. Er trägt zwar Vlads Kostüm und sogar die kleine schwarze Maske, die die obere Gesichtshälfte verdeckt, aber ich erkenne die Augen, die mich ansehen. Es sind Jesses.

Der Kampf beginnt. Vlad ist kein ebenbürtiger Gegner. Ich setze jeden schmutzigen Trick ein, den es gibt, einschließlich Schläge auf die Augen, Bisse und Hiebe unter die Gürtellinie, aber Vlad wehrt sich kaum.

Der Kampf endet, als ich ihm immer wieder einen Metallstuhl auf den Kopf schlage. Er bricht auf der Matte zusammen und bleibt reglos liegen.

Der Schiedsrichter hält meinen Arm hoch und ich tanze zum Jubel der Menge um den Ring.

Doch durch das Johlen nehme ich ein Geräusch wahr: Klebeband, das von einer Rolle abgerissen wird. Der Schiedsrichter hält nicht länger meinen Arm in die Höhe. Er beugt sich über Jesse und legt einen Kissenbezug über seinen Kopf. Dann blickt der Schiedsrichter auf und lächelt mich an. Es ist Scott Marlin.

In diesem Moment bin ich keuchend und schweißgebadet aufgewacht.

## Dienstag, 12. März

Fortschritte. Ernsthafte Fortschritte.

Ich machte gerade Bauchmuskelübungen mit dem Gerät von Mr Atapattu, da rief Mom an.

Ich nahm das Telefon mit in mein Zimmer. Wir haben lange geredet. Nachdem ich ihr erzählt habe, dass ich bei Farley zu Hause gewesen bin und mit Alberta Muffins gebacken (minus des Kusses) und ihr die besten Kämpfe beim *Saturday Night Smash-Up* geschildert habe, sagte sie: »Ich habe gute Neuigkeiten.«

»Was denn?«

»Ich bin nicht mehr in der Klinik. Dr Dumas und ich waren uns einig, dass ich wieder nach Hause kommen kann.«

Mein Herz schlug einen Salto. »Nach Hause?«

»Zu Pop-Pop und Grams«, sagte sie. »Ich muss Dr Dumas immer noch mehrmals die Woche aufsuchen, aber als ambulante Patientin.«

»Oh.«

»Ich würde dich sehr gern in den Frühjahrsferien sehen.«

»Die Frühjahrsferien sind nächste Woche.«

»Ich weiß.«

Meine Knie wurden weich und ich musste mich hinsetzen. »Ich würde dich auch gern sehen«, sagte ich. Untertreibung des Jahres. »Wann kommst du?«

»Eigentlich«, sagte sie, »habe ich gehofft, dass du herkommst.«

»Warum?«

»Pop-Pop und Grams haben angeboten, dass du auf ihre Bonusmeilen fliegen kannst. Sie haben genug Punkte.«

»Aber wenn die Punkte reichen, dass ich zu dir fliegen kann, reichen sie doch auch, damit du hierher fliegen kannst.«

Es entstand eine Pause. »Ich möchte meine Sitzungen bei Dr Dumas nicht ausfallen lassen. Überlegst du es dir? Bitte? Ich würde dich wirklich gern sehen.«

Es gab nichts zu überlegen. »Ich werde kommen«, sagte ich.

»Oh, hurra!«, erwiderte sie. Hingeschrieben sieht es aufgesetzt aus, aber als sie es sagte, klang es ehrlich.

Nachdem ich aufgelegt hatte, ging ich wieder ins Wohnzimmer. Dad schaute fern. Ich erzählte ihm, was Mom gesagt hatte. »Du kannst mitkommen. Dann können wir sie gemeinsam überzeugen, mit uns zurückzukommen.«

Dad bekam diesen komischen Gesichtsausdruck. »Ich glaube, deine Mutter möchte mit dir allein sein, Henry.«

»Aber dich will sie auch sehen.«

»Hat sie das gesagt?«

»Nein, aber das denkt sie bestimmt.«

Dad seufzte. »Ich kann mir sowieso nicht freinehmen. Ich bin mitten in diesem großen Projekt …«

»Na und. Bitte um eine Woche Urlaub.«

»Ich kann es mir nicht leisten, eine Woche Urlaub zu nehmen, Henry. Das weißt du.«

Sein Tonfall machte klar, dass ich die Sache besser auf sich beruhen ließ.

Die Situation ist also nicht perfekt. Aber schon ziemlich nahe dran. Und wenn ich meine Mutter erst mal vor mir habe, wird es viel einfacher sein, sie davon zu überzeugen, dass es an der Zeit ist, wieder eine Familie zu sein.

## Freitag, 15. März

Faszinierend: Am 17. Dezember 1903 flogen die Wright-Brüder mit einem ihrer Flugapparate zwölf Sekunden am Stück. Es war der erste erfolgreiche bemannte Flug der Geschichte.

Und jetzt fliege ich, ein Jahrhundert später, vier Stunden nach Toronto. Ich weiß nicht, wie viele Zwölf-Sekunden-Flüge das sind, aber auf jeden Fall eine Menge. Danach nehme ich noch ein kleineres Flugzeug nach Kingston, wo mich Pop-Pop abholen wird.

Es ist mein fünfter Flug. Die ersten beiden Male sind wir zu Pop-Pop und Grams geflogen. Das dritte Mal nach San Diego und Legoland. Beim vierten Mal sind wir zu Pop-Pop und Grams geflogen, um bei ihnen zu wohnen, nachdem ES passiert ist.

Das war eine schreckliche Reise. Mom war so mit Beruhigungsmitteln vollgepumpt, dass sie nur noch lallte und einige Passagiere sie für betrunken hielten. Dad war still, aber von Zeit zu Zeit stieß er diese tiefen, zitternden Seufzer aus. Ich saß zwischen ihnen und es waren die vier längsten Stunden meines Lebens. Jesse war nicht dabei; wir hatten ihn in einem Kellerverschlag zurückgelassen. Das klingt vermutlich herzlos, aber wir konnten ihn ja schlecht in den Koffer packen. Und stellt euch die Fragen vom Sicherheitspersonal vor, wenn wir versucht hätten, ihn als Handgepäck mitzunehmen.

Aber genug davon. Ich werde mir die Reise nicht von schlechten Erinnerungen verderben lassen. *Diese* Reise wird schön. Ich fliege für eine ganze Woche, von Freitag bis Freitag. Das waren die Termine, die Pop-Pop mit seinen Bonusmeilen buchen konnte.

Das Beste an der Freitag-bis-Freitag-Reise: Ich werde zwei, bitte mitzählen, zwei Sitzungen mit Cecil verpassen!!!

Ich habe einen Fensterplatz und es ist ein klarer Tag. Ich starre auf die Rocky Mountains hinunter und sie sind der Hammer. Auf dem Gangplatz sitzt ein Geschäftstyp im Anzug, der Mittelplatz ist frei. Ich habe mir schon einen Film angeschaut, den ich, als er herauskam, nicht hatte sehen dürfen, weil ihn meine Eltern für »ungeeignet« hielten. Pop-Pop hat mir noch einen Essensgutschein gekauft, von dem ich mir fünf Minidosen Pringels geholt habe.

Berge zu meiner Linken. Pringles zu meiner Rechten. Mein eigener Fernseher.

Das ist ein Leben.

Gestern Morgen haben Farley und ich unsere bisher größte Ausbeute eingesammelt. Aber da wir nach der Schule einen Reach-For-The-Top-Wettkampf hatten, haben wir uns darauf geeinigt, die Dosen und Flaschen in unseren Spinden aufzubewahren und sie am Montag nach den Ferien abzugeben.

Unsere Geschäftsidee hat sich herumgesprochen und die Reaktion darauf ist größtenteils gut. Etliche Mitschüler geben uns sogar ihre Dosen und Flaschen, wenn sie uns an unseren Spinden sehen, was uns ein bisschen Arbeit spart.

Troy hat schließlich auch mitbekommen, was wir vorhaben. Da sein Spind genau gegenüber von unseren ist, war das vermutlich unvermeidlich. Er macht sich über uns lustig. Aber gestern, als er wieder anfing, über die Müllsammelaktion von Dick und Doof abzulästern, meinte Farley: »Lach ruhig, Troy. Wir haben in drei Wochen fast hundertfünfzig Dollar verdient.«

Da hielt er den Mund.

### 11 Uhr 05 Westküstenzeit/14 Uhr 05 Ostküstenzeit

Die Flugbegleiterin hat mir gerade mehrere Tütchen Salzbrezeln geschenkt. Wie cool ist das?

### 11 Uhr 45/14 Uhr 45

Der Typ auf dem Gangplatz ist eingeschlafen. Ihm läuft ein bisschen Speichel aus dem Mund.

Übrigens. Ich hatte vor meinem Abflug eine kleine Unterhaltung mit Dad. Ich sagte: »Komm bloß nicht auf die Idee, Karen in unsere Wohnung einzuladen.«

Dad seufzte. Er stand in der Schürze, die Mom ihm vor ein paar Jahren zu seinem Geburtstag genäht hat, in unserer Küche und kochte Abendessen. Ich deckte den Tisch. »Henry. Ich kenne sie kaum. Ich würde sie nicht mal als Freundin bezeichnen, aber mehr ist sie ganz sicher nicht.«

»Das denkst *du*«, erwidert ich, »aber was denkst *sie?*«

»Woher soll ich das wissen?« Er verteilte Rührei und Toast auf zwei Teller. Mittlerweile geben wir uns wirklich Mühe, selbst zu kochen, um Geld zu sparen und besser zu essen, aber bis Mrs Bardus mir in Hauswirtschaft mehr als Backen beibringt, ist unsere Liste von Gerichten ziemlich kurz.

»Weißt du noch den Sommer vor zwei Jahren?«, fragte ich. »Als wir für eine Woche diese Hütte gemietet haben?«

»Natürlich erinnere ich mich. Das Angeln war super. Jesse hat diesen Blaurückenlachs gefangen –«, Dad redete plötzlich nicht mehr weiter. Er hatte gerade unser ungeschriebenes Gesetz gebrochen: Niemals Jesses Namen auszusprechen.

»Und man konnte sich an der Rezeption Filme ausleihen«, erinnerte ich ihn. »Die meisten waren richtig alt. Wir haben uns einen mit dem Titel *Eine verhängnisvolle Affäre* angesehen.«

»Und?«

»Und? Woher willst du wissen, dass Karen nicht wie diese Verrückte im Film ist?« Darin hat ein glücklich verheirateter Familienvater eine Wochenendaffäre mit dieser Frau, die sich als totale Psychopathin entpuppt und ihn und seine Familie stalkt. Als die Familie eines Tages nach Hause kommt, finden sie einen kochenden Wassertopf auf dem Herd vor. Und wisst ihr, was darin war, als sie den Deckel anhoben?«

*Das Kaninchen der Tochter!!!*

»Immerhin hast du kein Haustier«, erwiderte mein Vater.

»Haha. Ich meine es ernst, Dad. Sie ist einsam, sie ist verzweifelt und sie ist hinter dir her. Und du bist *vergeben*.«

Dad legte sein Besteck hin und sah mich an. Ich dachte, er würde mir einen Vortrag halten, aber er sagte bloß: »Henry, du hast mein Wort. Ich werde Karen während deiner Abwesenheit nicht in unsere Wohnung lassen.«

»Danke«, sagte ich. Und damit er meine Forderung nicht völlig überzogen fand: »Aber Mr Atapattu kannst du von mir aus gern jederzeit einladen.«

### 13 Uhr/16 Uhr

In weniger als einer Stunde landen wir schon. Die Flugbegleiterin hat mir gerade noch eine Dose Cola gebracht. Und ich hab nicht mal danach gefragt!

## 21 Uhr/24 Uhr

Ich bin in meinem Zimmer bei Pop-Pop und Grams. Es ist ihr Gästezimmer und es ist unter dem Dach. Es hat schräge Decken und Holzböden und ein winziges Fenster. Wenn ich mich auf die Zehenspitzen stelle, kann ich hinausschauen. Es ist gemütlich. Ich bin gern hier.

Als ich auf dem Flughafen gelandet bin, gab es eine schöne Überraschung für mich: Mom war da, um mich abzuholen. Sie hatte eine Sitzung mit Dr Dumas in Kingston gehabt und danach in der Stadt meinen Flug abgewartet. Sie drückte mich an sich, als wolle sie mich nie wieder loslassen. Es gab eine Menge Tränen, nicht nur auf ihrer Seite.

Ich weinte, weil ich mich daran erinnerte, wie es früher gewesen war, bevor Jesse alles kaputt gemacht hat. Und ich weinte, weil Mom nicht besonders toll aussieht. Sie hat mehr Gewicht verloren, als ich seit dem ersten Juni zugelegt habe. Sie hat dunkle Augenringe. Und mir ist aufgefallen, dass ihre Haare dünner geworden sind. Schlimmer noch, als sie sich gebückt hat, um meinen Seesack hochzunehmen, habe ich eine kahle Stelle entdeckt.

Auf dem Heimweg in Pop-Pops altem Ford Escort, streichelte sie mir von Zeit zu Zeit über den Arm und berührte mein Gesicht. »Henry. Mein Henry«, sagte sie immer wieder. Es war nicht so abgedroschen, wie es vielleicht klingt. Eigentlich war sie in ziemlich guter Stimmung. »Nach meinen Sitzungen fühle ich mich immer besser«, sagte sie.

Es war schon dunkel, als wir nach Hause fuhren. Sie

nahm den Highway 33, was bedeutete, dass wir die Glenora-Fähre nehmen mussten, was einfach meine Lieblingsfähre auf der ganzen Welt ist. Es dauert nur zehn Minuten, die Bucht zu überqueren, aber man hat das Gefühl, zu einem ganz besonderen Ort zu fahren – auf eine Insel oder so. Dabei ist die Fähre eigentlich nur eine Verlängerung des Highways.

Pop-Pop und Grams haben sich total gefreut, mich zu sehen. Zum Abendessen hat Grams mein Lieblingsgericht gekocht: Roast Beef. Mitten beim Essen pupste Pop-Pop. Laut.

Ich schaute meine Mutter an. Sie schaute mich an. Und wir begannen beide zu lachen. Wir lachten so heftig, dass wir gar nicht mehr aufhören konnten. Wir lachten, bis uns die Tränen übers Gesicht liefen.

Das war ein toller Moment.

Es war genau wie früher.

## Samstag, 16. März

Ich habe zehn Stunden lang geschlafen. Ich bin um ein Uhr morgens eingeschlafen (Picton-Zeit) und erst um elf Uhr morgens wieder aufgewacht (Picton-Zeit).

Zum ersten Mal seit Monaten hatte ich keine Albträume. Zum ersten Mal seit Monaten schlief ich die ganze Nacht durch.

## Dienstag, 19. März

Vier Tage sind schon vorbei, drei Tage habe ich noch. In Anbetracht der Umstände läuft es überraschend gut, *da staunst du, was, Cecil!* Mom sieht vielleicht nicht besonders toll aus, aber in anderer Hinsicht scheint es ihr viel besser zu gehen als im Dezember, als Dad und ich abgefahren sind.

Wir haben einen gleichbleibenden Tagesablauf. Mom wartet mit dem Frühstück auf mich (auch wenn ich erst um elf aufstehe, was bisher jeden Tag der Fall war) und sie kocht mir alles, was ich mir wünsche: Pancakes, Waffeln, Eier und Speck, alles. Sie selbst isst nicht viel, obwohl, heute Morgen hat sie zwei ganze Pancakes aufgegessen.

Danach machen wir dick eingemummelt einen langen Spaziergang, hier liegt nämlich immer noch Schnee und man sieht seinen Atem. Mom stellt mir eine Menge Fragen. Sie möchte alles wissen, bis ins kleinste Detail.

»Wichtigstes Körpermerkmal von jedem deiner Lehrer«, verlangte sie gestern.

»Mr Coulter, Sport: kein Hals. Ms Wrightson, Mathe: redet wie eine Bauchrednerpuppe. Mr Jankowitsch, Sozialkunde: trägt Sandalen mit Socken. Mrs Bardus, Hauswirtschaftslehre: verzieht keine Miene. Mr Schell, Englisch: große Ohren.«

»Drei Wörter, mit denen du deinen Freund Farley beschreiben würdest. Schnell, ohne lange nachzudenken.«

»Schräg. Begeisterungsfähig. Loyal.«

»Und Alberta?«

»Ungezogen. Frech. Einzigartig. Hübsch.«

Meine Mutter lächelte. »Das sind vier Wörter.«

Am Montag fuhr sie zu ihrer Sitzung mit Dr Dumas nach Kingston und ich blieb bei Pop-Pop und Grams. Grams und ich haben den ganzen Nachmittag Rummoli gespielt. Heute sind wir zu viert ans Meer gefahren. Es war ein milder Tag und wir sind über eine Stunde lang durch die Dünen und am Strand entlang gelaufen.

An den meisten Nachmittagen nehmen Mom und ich uns eines von Pop-Pops und Grams' alten Brettspielen und spielen im Wohnzimmer. Dabei reden wir über die Person, die Dad und ich zu Hause totschweigen.

Jesse. Mom redet viel über Jesse.

Eines Tages sagte sie: »Weißt du noch, wie sich Jesse mit vier den Plastikkäse aus dem Mausefallenspiel in die Nase gesteckt hat? Und ich ihn in die Notaufnahme bringen musste, um ihn herausholen zu lassen?«

Ich erinnerte mich nicht, weil ich zu diesem Zeitpunkt ja erst zwei gewesen war, aber da ich die Geschichte schon tausend Mal gehört hatte, sagte ich »Ja«.

An einem anderen Tag fragte sie: »Weißt du noch, wie wir in der Nähe von Tofino gezeltet haben? Und Dad Jesse und dir einen Drachen gekauft hat?«

Ich erinnerte mich. Es war ein wunderschöner Drachen gewesen, ein regenbogenfarbiger Schmetterling.

»Jesse hat diesen Drachen geliebt«, sagte sie und spähte

an mir vorbei aus dem Fenster. »Er hat das Ding jeden Tag stundenlang fliegen lassen.«

*Ich habe diesen Drachen auch geliebt. Ich habe ihn auch jeden Tag stundenlang fliegen lassen*, dachte ich. »Aber ich sagte bloß »Ja, das hat er.«

Heute sagte sie: »Weißt du noch, als Jesse in der zweiten Klasse war und diese Comedy-Nummer für die Talentshow aufgeführt hat?« Sie gluckste. »Er stand auf der Bühne und hat fünf Minuten nonstop Witze erzählt.«

»Das war ich«, sagte ich.

»Wie bitte?«

»Das war ich«, wiederholte ich. »Nicht Jesse.«

Ihr Lächeln verschwand. »Bist du sicher?«

Ich nickte. »Was macht eine Blondine wenn der Computer brennt? Sie drückt die Löschtaste.«

Sie kicherte, oder so was Ähnliches. Eine Viertelstunde später murmelte sie »Ich bin sicher, dass es Jesse war.«

Sie spricht nie über das, was er getan hat. Genaugenommen spricht sie nie über die letzten beiden Jahre seines Lebens. Es ist, als wäre er für sie nie älter als zwölf geworden.

Die meiste Zeit denke ich, dass es ein gutes Zeichen ist, wenn sie über Jesse redet. Sie frisst nicht alles in sich hinein, wie Dad und ich es tun.

Da wir schon von Dad sprechen. Wenn ich sie bloß dazu bringen könnte, über *ihn* zu reden. Aber ich habe das Gefühl, jedes Mal, wenn ich ihn erwähne, wechselt sie das Thema.

Vielleicht bilde ich mir das auch nur ein.

Noch ein gutes Zeichen: Mom hat mich gebeten, morgen zu ihrer Sitzung mit Dr Dumas mitzukommen. Sie sagt, er möchte mich kennenlernen. Ich würde ihn auch gern kennenlernen. Ich möchte ihm sagen, dass ich ihm für alles danke und so, aber dass es jetzt an der Zeit ist, dass meine Mutter nach Hause zurückkommt.

### Mittwoch, 20. März

Eine Sache.

### Donnerstag, 21. März

Eine Sache.

### Freitag, 22. März

Eine Sache.

### 15 Uhr Ostküstenzeit/12 Uhr Westküstenzeit

Als Cecil mir dieses Notizbuch gab, sagte er mir, wenn ich einen schlechten Tag habe – *vor allem,* wenn ich einen schlechten Tag habe, solle ich versuchen, *eine Sache* in mein Tagebuch zu schreiben.

Ausnahmsweise habe ich mich mal an seinen Rat gehalten.

### 16 Uhr/13 Uhr

Ich sitze im Flugzeug. Und fliege nach Hause. Allein.

Es ist nicht wie geplant gelaufen.

Der Mittwoch fing gut an. Mom und ich sind gegen zehn Uhr morgens nach Kingston gefahren. Sie hatte sich die Haare gewaschen und einen sauberen Pulli angezogen und ich glaube, sie hatte sich sogar ein bisschen geschminkt. Es war ein wunderschöner Tag – wolkenloser blauer Himmel und eine frische Schneeschicht. Wir nahmen wieder die Glenora-Fähre, die uns nach Adolphustown brachte, ein kleines unbedeutendes Nest.

Die Landschaft ist hübsch. Nicht hübscher als British Columbia, nur anders.

Als wir uns Kingston näherten, kamen wir am Gefängnis vorbei. So komisch es klingt, ich mag dieses alte Gebäude. Ich weiß noch, wie Jesse und ich bei einem unserer Besuche bei Pop-Pop und Grams die riesige Steinfestung mit dem hoch aufragenden roten Dach vom Rücksitz des Wagens anstarrten und er sagte: »Da will ich wohnen.«

Und die Erwachsenen haben sich vor Lachen gar nicht mehr eingekriegt und Grams sagte: »Hoffen wir, Junge, dass du das niemals musst!«

Was irgendwie schräg ist, wenn man sich überlegt, dass er in einem Gefängnis gelandet wäre, wenn er überlebt hätte.

Unsere ersten Stunden in Kingston waren toll. Mom ging mit mir zu Cooke's Fine Food and Coffee, was einfach mein Lieblingsladen ist. Es gibt ihn schon ewig. Er ist dunkel und groß und hat hohe Decken und Holzböden und es duftet superlecker dort. Mom kaufte mir eine Zuckerstange.

Danach haben wir bei Chez Piggy zu Mittag gegessen, was nicht nur der tollste Name aller Zeiten ist, sie haben auch das tollste Essen aller Zeiten. Wir haben viel geredet und Mom alberte sogar mit unserem Kellner herum. Für eine kurze Stunde war es fast so, als wäre ES nie passiert.

Dann gingen wir in Dr Dumpfbackes Büro.

Das ist mein neuer Name für Dr Dumas. Gegen diesen Typen wirkt Cecil wie ein Genie.

Da Dr Dumpfbacke mit ein paar anderen Psychiatern in der Klinik arbeitet, saßen wir mit einer Handvoll Leute im Wartezimmer, die total gestört aussahen. Ein Typ mit langen Zottelhaaren führte Selbstgespräche und lachte leise, außerdem gab es noch eine alte Frau ohne Zähne, die nur ins Leere starrte. Sie war bestimmt mit jeder Menge Medikamente abgefüllt. Im Vergleich zu ihnen sah meine Mutter *hundert Prozent normal* aus!!! Kein Wunder war ich so optimistisch.

Mom ging zu ihrem Termin in Dr Dumpfbackes Büro. Es war vereinbart, dass sie mich in der letzten Viertelstunde holen würde, damit ich ihn kennenlernen konnte. Weil mich der Typ mit den langen Zottelhaaren anstarrte und lachte, was ich obergruselig fand, musste ich eine dreiviertel Stunde lang so tun, als würde ich drei Jahre alte Ausgaben irgendwelcher Klatschzeitschriften (gähn) lesen.

Endlich öffnete sich die Tür von Dr Dumpfbackes Büro und er kam heraus. Er ist supergroß – fast zwei Meter –

dürr und hat blonde, dünne Haare. Sein Gesichtsausdruck ist nicht zu deuten, was bei einem Psychiater vermutlich gut ist, andererseits würde er ebenso zu einem Serienmörder passen.

Wie dem auch sei, er lächelte mich nur mit dem Mund an und schüttelte mir die Hand. Dad findet, die Art, wie ein Mann einem die Hand drückt, sage viel über ihn aus. Dr Dumpfbackes Händedruck war schlaff.

»Du musst Henry sein«, sagte er. Ich blickte zu den zwei Bekloppten im Wartezimmer und dachte, *Scharfsinnig kombiniert, Sherlock.* »Komm herein.«

Ich folgte ihm in sein Büro. Es war viel größer und sauberer und ordentlicher als Cecils Büro. An der Wand hingen jede Menge gerahmte Urkunden. Mom saß in einem der beiden Sessel vor seinem Schreibtisch. Ich ließ mich in den anderen fallen. »Deine Mutter spricht viel über dich«, sagte er.

Danach versuchte er mich auszufragen, wie ich zurechtkam und ich sagte »Gut«.

Und er antwortete: »Das ist ein sicherer Ort, Henry. Du kannst offen über deine Gefühle reden.«

Und ich sagte: »Dafür habe ich meinen eigenen Arzt, danke.«

»Nun, worüber würdest du denn gern reden?«, fragte er.

»Meiner Mutter scheint es sehr gut zu gehen«, sagte ich.

Er lächelte meine Mutter an. »Das ist in der Tat so.«

»Ich finde, es ist an der Zeit, dass sie nach Hause kommt.« Ich wandte mich zu meiner Mutter. »Du könntest am Freitag mit mir nach Hause fliegen. Oder wenn das zu bald ist, könntest du nächste Woche kommen.«

Im Raum wurde es totenstill. Mom und Dr Dumpfbacke wechselten einen Blick.

»Henry«, setzte der Arzt an, »deine Mutter macht große Fortschritte –«

»Ja, und dafür haben wir Ihnen zu danken.«

»Aber ich denke, es ist das Beste für sie, wenn sie ihre Sitzungen mit mir noch eine Weile fortsetzt.«

Ich drehte mich zu Mom und nahm ihre Hand in meine. »Na ja, das entscheiden nicht Sie, oder?«, erklärte ich Dr Dumpfbacke.

Mom blickte auf meine Hand. »Henry, du weißt, wie lieb ich dich habe ...«

»Genau deshalb musst du nach Hause kommen.«

»Genau deshalb kann ich es nicht. Noch nicht.«

So hatte ich das nicht in meinem Kopf geprobt. »Hab dich nicht so, Mom. Die ganze Nummer mit dem Nervenzusammenbruch wird allmählich ein bisschen unglaubwürdig.«

Tödliches Schweigen. »Ein bisschen unglaubwürdig?«, fragte Dr Dumpfbacke. »Du scheinst zu denken, dass deine Mutter ihre Krankheit nur vorschiebt.«

Ich hatte keine Ahnung, wovon er redete. »In Vancouver gibt es auch gute Ärzte«, erklärte ich Mom. »Du könntest zu meinem Psychologen gehen, Cecil. Er ist vielleicht kein Überflieger, aber er ist in Ordnung.«

»Du begreifst es nicht«, sagte Mom. »Ich bin noch nicht so weit. Ich habe schon ein Kind enttäuscht ...«

»Du hast Jesse nicht enttäuscht! Was Jesse getan hat, ist nicht deine Schuld.« Ich sah Dr Dumpfbacke an. »Sie haben ihr gesagt, dass das, was passiert ist, nicht ihre Schuld ist, oder?«

»Ja. Aber deine Mutter muss selbst an diesen Punkt kommen, Henry. Wir haben zwar große Fortschritte gemacht, aber wir sind noch nicht am Ziel.«

»Mom, bitte. Du darfst dir nicht die Schuld geben.«

»Tu ich aber. Und ich muss lernen, mir selbst zu verzeihen.« Sie hielt einen Moment inne. »Ich muss lernen, deinem Vater zu verzeihen.«

Es gefiel mir überhaupt nicht, in welche Richtung sich das alles bewegte. »Es war auch nicht seine Schuld.«

»Es war sein Gewehr. Ich habe ihm gesagt, dass ich keinerlei Waffen im Haus haben möchte. Ich habe ihm gesagt, er soll es weggeben –«

»Er konnte es doch nicht ahnen. Er hat es vorschriftsmäßig weggeschlossen, das hat selbst die Polizei bestätigt.«

»Wir hatten ein Kind, das eine Krise durchlebte. Es hätte kein Gewehr im Haus sein dürfen.« Sie wurde allmählich wütend.

»Das ist so dumm –«

»Nein, Henry, es gibt keine dummen Gefühle«, fiel mir Dr Dumpfbacke einfach ins Wort.

Ich schaute bloß weiter meine Mutter an. »Wenn du jemandem die Schuld geben musst, gib sie Jesse! Du darfst nicht Dad die Schuld geben. Er liebt dich. Du liebst ihn. Wir brauchen dich. Du fehlst uns schrecklich!«

»Aber verstehst du nicht, Henry, ich bin nicht ich selbst, ich bin ein Wrack –«

»Und?? Ich möchte lieber ein Wrack von Mutter als überhaupt keine Mutter!«

Es entstand eine Pause. Ich dachte schon, ich sei endlich zu ihr vorgedrungen. Da sagte sie »Es tut mir leid. Ich bin einfach noch nicht so weit.«

Ich fühlte mich, als hätte mich ein Laster überrollt. »Jesse hättest du das nie angetan«, sagte ich.

»Wie meinst du das?«

»Wenn ich es gewesen wäre und nicht er. Jesse hättest du *niemals* im Stich gelassen.«

»Das ist ungerecht.«

»Er war immer dein Liebling. Er ist *immer noch* dein Liebling, obwohl er tot ist, obwohl er unser Leben für immer zerstört hat!« Mittlerweile schrie ich wirklich laut. »Ich habe einfach nur versucht, normal zu sein, und das ist der Dank dafür.«

»Henry«, sagte meine Mutter. Sie begann zu weinen.

Dr Dumpfbacke leckte sich die Lippen, als fände er es richtig aufregend. »Nein, nein, das ist gut, Francine. Er gesteht sich seine Gefühle ein –«

Wut überkam mich. Ich sprang aus meinem Sessel und stützte die Hände auf seinen Schreibtisch. Nur Zentimeter trennten mich von seinem Serienmördergesicht. »Halten Sie verdammt nochmal den Mund!!«

Er rollte auf seinem Stuhl nach hinten an die Wand. »Henry, du solltest tief durchatmen.«

Da fing ich an, mit Roboterstimme zu reden.

»Dr Dumpfbacke. Du. Bist Ein Schwachkopf«, sagte ich tonlos.

»Ich heiße Dumas.«

»Dumpfbacke. Dumpfbacke. Dumpfbacke.« Dann wandte ich mich zu Mom. »Mom-bot. Du. Bist Erbärmlich. Ich Hasse Dich. Und Ich Hasse Jesse. Ihr könnt Beide. Zur Hölle Fahren. Oh. Moment. Jesse Ist Vermutlich. Schon Dort.«

Anschließend stapfte ich wie ein Roboter aus Dr Dumpfbackes Büro. Der zottelhaarige Typ saß immer noch im Warteraum und lachte, als er mich sah.

»Hör Auf Zu Lachen. Du Freak.«, sagte ich mit Roboterstimme. »Freak. Zombie. Idiot.«

Es funktionierte. Er hörte auf zu lachen. Er hielt die Hände vors Gesicht und schien auf Schläge zu warten. Und wisst ihr was? Für den Bruchteil einer Sekunde gab mir das voll den Kick.

Dann verflüchtigte sich der Kick und ich kam mir wie ein Riesenarschloch vor.

»Tut. Mir. Leid«, sagte ich auf Robot zu dem verrückten Typen. »Wirklich. Leid.«

Dann marschierte ich im Robotergang hinaus.

Mom und ich fuhren schweigend nach Hause. Sie heulte den ganzen Weg, wofür ich sie am liebsten geschlagen hätte. *Krieg dich ein,* hätte ich am liebsten geschrien. *Glaubst du, du bist die Einzige, die leidet??*

Aber ich war fertig. Meine Wut war verraucht. Ich presste die Wange gegen die kalte Fensterscheibe und schloss die Augen.

Donnerstag blieb ich in meinem Zimmer. Grams stellte mir ein Essenstablett vor die Tür. Heute hat mich Pop-Pop zum Flughafen gebracht. Mom kam nicht mit.

Pop-Pop versuchte, mit mir zu reden, aber ich war einfach zu müde, um zu antworten.

»Sie liebt dich, Henry. Mehr als irgendwas«, sagte er, als wir vor der Sicherheitskontrolle standen.

Ich sah ihm nicht in die Augen. Ich schwang mir den Rucksack auf die Schulter, drehte mich um und wollte mich in die Schlange vor der Sicherheitskontrolle stellen.

»Bekommt dein Pop-Pop nicht mal mehr eine Umarmung?«

Nein. Bekam er nicht.

Als ich mich kurz vor der Milchglasscheibe noch einmal umdrehte, sah ich, dass Pop-Pop weinte.

Wenn ich daran denke, krampft sich mein Magen zusammen. Aber Pop-Pop und Grams sind nicht unschuldig. Sie sind Mittäter in diesem Verbrechen. Ich habe von Fällen gelesen, in denen Menschen in Kirchen Asyl suchen, zum Beispiel illegale Einwanderer oder Flüchtlinge, die in ihre Heimatländer abgeschoben werden sollen. Sie verstecken sich in einem Gotteshaus, weil sie dort niemand rausholen darf. Tja, Pop-Pop und Grams verhalten sich wie die Kirche. Sie bieten meiner Mutter einen Unterschlupf.

Und es ist nicht fair, denn sie gehört zu meinem Vater und mir.

### 17 Uhr Ostküstenzeit/14 Uhr Westküstenzeit

Dieser Flug nervt. Mein Fernseher ist kaputt. Und ich sitze zwischen zwei Fettis eingequetscht auf dem Mittelplatz. Ich weiß, ich hab selbst auch Bauchschwabbel, aber gegen die zwei sehe ich aus wie ein Strich in der Landschaft. Die eine versucht zu lesen, was ich schreibe. Die Fettis reisen zusammen, aber glaubt ihr, sie würden sich nebeneinander setzen und mir das Fenster oder den Gang überlassen? Nein. Sie zwingen mich, in der Mitte zu bleiben, wo ich in einem Meer aus Speckringarmen und gewaltigen flabberigen Schenkeln, die auf meinen Platz herüberquellen, in der Falle sitze.

Ich glaube, Fensterfetti hat gesehen, was ich geschrieben habe. Sie macht keine Anstalten mehr, über meine Schulter zu spähen, und sie sieht aus, als würde sie gleich losheulen.

Wie Alberta sagen würde, *was soll's.*

### 23 Uhr

Dad hat mich am Flughafen abgeholt. Er nahm mich fest in den Arm. »Die Wohnung war viel zu still ohne dich«, sagte er, ohne mich loszulassen, und ich merkte, dass er über meine Rückkehr richtig froh war.

Wenigstens ein Elternteil liebt mich.

Im Wagen redeten wir nicht viel. Als er sich weder nach der Reise noch nach Mom erkundigte, wurde mir klar, dass er Bescheid weiß. Er hatte schon mit Mom gesprochen und vielleicht auch mit Pop-Pop und Grams. Er hatte die blutigen Einzelheiten schon gehört.

»Du schaffst sogar noch deinen Termin bei Cecil«, sagte er, als wir uns Kitsilano näherten. »Ich habe ihn angerufen. Er hat gesagt, er würde dich gern sehen.«

Ich war von mir selbst überrascht, dass ich »Okay« sagte.

Ich erzählte Cecil alles über meinen Besuch. Ich geb's zu, ich habe auch ein bisschen geweint. Er hat einfach nur zugehört. Er mag kein großer Psychologe sein, aber er ist ein toller Zuhörer.

Als ich in dem schäbigen kleinen Büro mit den abgeschrabbelten Möbeln und dem ekelhaften Teppich saß, wurde mir etwas klar: es hatte mir gefehlt. Cecil hatte mir gefehlt.

Und das Beste an unserer Sitzung: Obwohl er versucht hatte, mich zu warnen, dass meine Reise vielleicht nicht wie geplant laufen würde, hat er kein einziges Mal *Hab ich's dir nicht gesagt* abgelassen.

Dad hat während der ganzen Stunde, die die Sitzung dauert, draußen in seinem Transporter gewartet, damit er mich anschließend nach Hause fahren konnte. Wir haben hinter dem Haus geparkt, bei den Müll- und Recyclingtonnen, über denen neue Schilder hingen. Ich erkannte die Handschrift. Auf dem ersten stand BITTE TRENNEN SIE IHREN GLAS- UND PLASTIKWERTSTOFF SORGFÄLTIGER. Auf dem zweiten stand BITTE, SPIELEN SIE NICHT DEN BLOCKWART!!

»Mr Atapattu hat uns heute Morgen Hühnchencurry vorbeigebracht«, erzählte mir Dad, als wir die Wohnung betraten. »Er wusste, dass du heute Abend nach Hause kommst.«

Dad kochte Reis dazu und wir aßen vor dem Fernseher.

»Ich hab dich lieb, Dad«, sagte ich, ohne den Blick vom Fernseher abzuwenden.

»Ich hab dich auch lieb, Henry.« Er strubbelte mir durch die Haare. Seine Augen sahen feucht aus. Aber ich glaube, das kam bloß von den Gewürzen im Curry.

## Dienstag, 26. März

Faszinierend: Obstfliegen vermehren sich wie verrückt. Ein Weibchen kann Hunderte von Eiern auf einmal legen. Sie werden von allem angezogen, was süß und klebrig ist.

Warum ich das schreibe?

Lest weiter.

Gestern Morgen wartete Farley vor der Schule auf mich. Bevor ich ihn aufhalten konnte, schlang er schon die Arme um mich. »Willkommen zurück!« Als wir ins Schulgebäude und die Treppe zu unseren Spinden hochliefen, redete er wie ein Wasserfall. »Die Ferien waren *so was von langweilig*. Oh, und Alberta liegt mit einer Erkältung im Bett. Sie hat mir auf Facebook aufgetragen, dir das auszurichten. Außerdem soll ich dir von ihr ausrichten, du sollst endlich in der Neuzeit ankommen und dich bei Facebook anmelden. Wie war deine Woche?«

Die Antwort blieb mir erspart, denn als wir auf unsere Spinde zugingen, sahen wir sofort, dass wir ein Problem hatten.

Durch die Ritzen unserer Spindtüren kamen Wolken winzig kleiner Fliegen.

Als wir sie öffneten, wurde es noch zehnmal schlimmer. Horrorfilmschlimmer. *Tausende* von Obstfliegen schwärmten heraus.

Wir schlugen die Spindtüren zu. »Kein Problem«, sagte Farley. »Wir bringen die Säcke einfach nach der Schule zur Recyclingstelle. Morgen sind die Fliegen weg.«

Schöner Traum.

Nach der Schule brachten wir die Säcke ins Depot.

Als wir dort ankamen, waren es nur noch ein paar Fliegen, wahrscheinlich hat die kalte Luft sie umgebracht. Wir hielten unser Problem für gelöst. Aber nachdem wir heute Morgen unsere Runde gedreht und die neuen Säcke zu unseren Spinden geschleppt hatten, mussten wir feststellen, dass wir uns getäuscht hatten. Die Obstfliegen waren nicht verschwunden; wenn überhaupt hatten sie sich vermehrt. Talia, eine Zehntklässlerin, die den Spind zwischen Farley und mir hat, war angewidert. »Holt das Zeug da raus!«, jaulte sie, bei »raus« flog ihr eine Obstfliege in den Mund. »Igitt, ich kotze gleich!!« Sie rannte den Gang zum Mädchenklo hinunter. Ich habe nie herausgekriegt, ob sie sich wirklich übergeben hat.

»Wenn sie es dem Direktor erzählt, ist das das Ende unserer ganzen Aktion«, sagte Farley.

Ich nickte. »Wir müssen uns darum kümmern. Sofort.«

Als Erstes schleppten wir die neuen Wertstoffsäcke in Mr Jankowitschs Klassenzimmer und flehten ihn an, sie bis Schulschluss aufzubewahren. Er stimmte widerwillig zu. »Bis spätestens Viertel nach drei sind sie hier raus, Jungs.«

Nach dem Klingeln versteckten wir uns dann auf dem Jungsklo und überlegten, wie wir die Tausende von Obstfliegen loswerden konnten. Das war hart für Farley, weil er nun unentschuldigte Fehlzeiten eingetragen bekommen würde.

Ich wünschte, unsere letzte Idee wäre uns als erste eingefallen: Unsere letzte Idee war eine Dose Raid Insektenspray und sie funktionierte.

Unsere erste Idee war ein Staubsauger.

Wir fanden einen der Hausmeister in seinem Büro im Keller. Er blätterte eine Angelzeitung durch.

»Können wir uns einen Staubsauger ausleihen?«, fragte ich.

Er blickte nicht mal auf. »Bringt ihn zurück, wenn ihr fertig seid«, grunzte er.

Wir schleiften den Staubsauger zwei Treppen zu unseren

Spinden hoch. Ich fand eine Steckdose. Farley nahm den Aufsatz ab, sodass nur noch das Rohr übrig war. Er schaltete den Staubsauger an und hielt das Rohr wie eine Waffe vor sich. »Bist du soweit?«, fragte er.

»Bin soweit«, erwiderte ich. Dann öffnete ich meine Spindtür und Farley hielt das Rohr hinein und saugte jede einzelne Fruchtfliege ein. Dasselbe taten wir mit seinem Schrank. Mittlerweile hatte sich ein Grüppchen Zuschauer versammelt.

Als wir fertig waren, klatschten ein paar. Ich bin ziemlich sicher, dass es ironisch gemeint war. Aber Farley war völlig im Hype. »Danke, danke, wir erledigen nur unsere Arbeit«, erklärte er, als wäre er ein Feuerwehrmann, der gerade einen Säugling aus einem brennenden Gebäude gerettet hatte.

Aber unsere Sternstunde war von kurzer Dauer. Jemand rief: »Sie fliegen wieder raus!« Und tatsächlich flog ein Schwarm Obstfliegen *aus genau dem Rohr, das sie gerade aufgesaugt hatte!!*

Obstfliegen sind unverwüstlich!!

Farley und ich schauten uns an und versuchten, nicht panisch zu werden. »Komm mit!«, sagte Farley. Also hielt ich die Hand über den Stutzen und folgte Farley aufs Klo, den Staubsauger zog ich hinter mir her.

Sobald wir in den Toiletten waren, rief Farley: »Gib mir einen Dollar, SCHNELL!«, als wäre er ein Arzt bei einem medizinischen Notfall. Ich fischte eine Dollarmünze aus meiner Hosentasche und gab sie Farley. Verdutzt sah ich zu, wie er sie in einen Kondomautomaten warf.

»Was machst du da?«, fragte ich, während eine Toilettenspülung rauschte.

»Ja, was machst du da?«, fragte eine vertraute Stimme.

Troy.

Farley rief: »Ich kaufe ein Kondom für mein Rohr, damit nichts mehr rausfliegt!«

Jep. Das hat er gesagt. Ich zitiere nur.

Troys Augenbrauen wanderten nach oben. Einen Moment lang herrschte tiefes Schweigen.

Dann brach er in Gelächter aus. Er lachte so heftig, dass er sich vornüberbeugen musste. Farley dämmerte allmählich, was er gerade abgelassen hatte. »Ich meinte das Rohr des Staubsaugers! Damit keine Obstfliegen mehr rauskommen!«

Dann passierte etwas völlig Schräges.

Troy klopfte Farley auf die Schulter. »Bei dir könnte ich mich echt wegschmeißen, Kleiner. Bei dir und Sommersprosse da drüben.« Er begann, sich die Hände zu waschen. »Wie gehen die Geschäfte so?«

»Super. Wir haben schon fast zweihundert Dollar«, sagte Farley.

»Wow. Zwei richtige Unternehmer«, erwiderte Troy, dann legte er mir ebenfalls einen Arm um die Schultern.

Ich dachte, er würde unsere Köpfe nehmen und sie gegeneinanderschlagen. Das hätte Vlad the Impaler getan.

Aber er tat es nicht. Er sagte bloß: »Man sieht sich«, und verließ das Jungsklo.

Farley und ich schauten uns verblüfft an. »Das war komisch«, sagte ich.

»Vielleicht will er einen Neuanfang machen.«

»Vielleicht.«

Farley riss die Kondomverpackung auf und rollte das Kondom über das Rohr des Staubsaugers, wie wir es unseren Biolehrer bei einer Banane hatten tun sehen. Anschließend rollten wir das ganze Ding ins Freie und gaben unser Bestes, es zu leeren.

In der Mittagspause investierten wir einen Teil unseres sauer verdienten Geldes in eine Dose Insektenspray und sprühten unsere Spinde aus, um die letzten verirrten Obstfliegen loszuwerden.

»Schlau, Jungs«, rief Troy von der anderen Gangseite.

Farley grinste. »Danke.«

Ich sagte nichts. Was mich anbelangt, ich finde den neuen netten Troy noch viel gruseliger als den alten arschgesichtigen.

## Mittwoch, 27. März

Ich habe mich in mein Zimmer eingeschlossen und werde nie wieder herauskommen.

Es ging in der Mittagspause los. Ich lief mit Farley zu Mr Jankowitschs Zimmer; wir hatten unsere letzte Reach-For-The-Top-Übung vor den morgigen Regionalwettkämpfen in Richmond.

Als ich in den Raum trat, sah ich Alberta.

Mein Herz schlug einen kleinen Salto. Ich ging auf sie zu.

»Komm mir nicht zu nahe«, sagte sie und streckte mir abwehrend die Hände entgegen. »Ich bin vielleicht immer noch ansteckend.«

Sie sah unglaublich aus. Ein bisschen blass vielleicht und leicht grünstichig, aber es passte gut zu ihren Klamotten. Sie trug karierte Polyesterhosen und ihre lila Doc Martens und ein XL-Shirt mit dem Aufdruck *Idiot*. Der Pfeil deutete nach links, auf Jerome.

»Wie war deine Reise?«

»Schrecklich«, antwortete ich.

»Scheiße. Tut mir leid.«

Ich zuckte die Achseln. Plötzlich hatte sie diesen sonderbaren Gesichtsausdruck, den Dad manchmal bekommt, wenn er Verstopfung hat.

»Henry«, sagte sie, »Ich muss dir was sagen.«

»Schieß los.«

»Nicht hier. Lass uns auf den Gang gehen.«

Also ging ich mit ihr raus. Obwohl wir gar nicht offiziell zusammen sind, war ich überzeugt, dass sie mit mir Schluss machen wollte.

»Weißt du noch, als du mir erzählt hast, deine Mutter würde nicht bei euch wohnen?«, setzte sie an.

»Ja«, sagte ich.

»Na ja, letzten Donnerstag, als du noch weg warst und ich noch nicht krank? Ich bin den Broadway runtergelaufen und da habe ich deinen Vater im Blenz sitzen sehen. Du weißt schon, dieses Café? Er war mit einer blonden Frau zusammen und sie hielt seine Hand.«

Mein Herz fühlte sich an, als hätte es jemand in einen Schraubstock gespannt.

»War sie stark geschminkt?«, fragte ich.

»Jep.«

»Hatte sie …?« Ich machte eine Handbewegung vor meinem Oberkörper.

Alberta nickte. »Riesenmöpse.«

Eine Gruppe Mitschüler deutete auf mich und sie lachten im Vorbeigehen. Ich merkte, dass ich auf Albertas linker Seite stand und der Idiotenpfeil nun auf mich zeigte.

»Vielleicht hat es nichts zu bedeuten«, sagte Alberta.

Aber ich lief schon davon.

»Geh nicht. Bleib zur Übung hier!«, rief sie mir hinterher.

Ich verließ ohne mich umzudrehen die Schule und ging schnurstracks nach Hause. Ich rief meinen Vater auf seinem Handy an. Ich erklärte ihm, es sei ein Notfall und er müsse sofort nach Hause kommen. Ich legte auf, bevor er irgendwelche Fragen stellen konnte.

Zehn Minuten später kam er in die Wohnung gestürzt, er trug noch den Werkzeuggürtel über der Jeans. »Henry! Alles in Ordnung mit dir? Was ist los? Was ist passiert?«

»Du hast versprochen, dich nicht mit Karen zu treffen, während ich weg bin«, sagte ich. »Du hast es versprochen.«

Er brauchte einen Moment, bis er begriff, was ich meinte. »*Deshalb* hast du mich bei der Arbeit angerufen?«

»Ja.«

»Das ist kein Notfall –«

»Und ob! Das ist ein Familiennotfall!«

»Henry, wenn ich nicht arbeite, werde ich nicht bezahlt. Verstehst du das?«

»Eine Freundin von mir hat euch gesehen. *Händchenhaltend.*«

Dad schüttelte den Kopf. Er zog seine Arbeitsschuhe aus. »Setz dich zu mir ins Wohnzimmer.«

»Nein.«

»Sofort!«

Wir setzten uns also ins Wohnzimmer. »Du hast mich angelogen«, sagte ich.

»Nein, habe ich nicht. Ich habe versprochen, dass sie nicht in unsere Wohnung kommen würde und daran habe ich mich auch gehalten. Aber sie hat mich auf einen Kaffee eingeladen und ich habe die Einladung angenommen. Das war alles, Henry. Ein Kaffee.«

»Und warum hat sie dann deine Hand gehalten?«, wollte ich wissen.

Dad zögerte. »Ich habe ihr die Sache mit Jesse erzählt.«

Zum Glück saß ich schon, sonst hätte es mich umgehauen. »Du hast *was*??«

»Henry, du kannst dir nicht vorstellen, wie es für mich ist –«

»Bist du noch ganz dicht?? Es wird ungefähr fünf Minuten dauern, dann weiß das ganze Haus Bescheid! Vielleicht wissen es schon alle!!«

»Du täuschst dich. Sie hat mir versprochen, es für sich zu behalten.«

»Und du hast ihr geglaubt?? Sie ist eine Lügnerin, Dad! Als wir sie das erste Mal gesehen haben, hat sie uns Supermarktkekse angedreht und behauptet, sie wären selbstgebacken!« Ich stand auf und lief hin und her. »Als wir hergezogen sind, ging es darum, dass wir von vorn anfangen können. Es ging darum, dass niemand Bescheid wissen würde.«

»Henry, es ist nicht schlimm, wenn ein paar Leute wissen, was wir durchgemacht haben –«

»Oh, doch!!! Kapierst du es nicht?? Sie werden uns mit anderen Augen betrachten. Sie werden uns aus dem Weg gehen. Sie werden Mitleid mit uns haben – oder sie werden uns auch für Monster halten! Oh, Mann, warum hast du es ihr erzählt?«

Nun war es an Dad aufzustehen. »Weil sie Verständnis hat! Weil ich sonst niemanden habe, mit dem ich reden kann!«, rief er. »Ich kann mit keinem meiner alten Kumpel in Port Salish reden; meine Eltern sind schon lange tot; und mit meiner Frau kann ich schon gar nicht reden!« Er schlug mit der Faust gegen die Wand. Der Hieb hinterließ eine große Delle in der Rigipswand. »Karen ist eine gute Zuhörerin. Und sie kann verstehen, was wir durchmachen, und zwar besser, als du dir vorstellen kannst –«

»Quatsch!«, rief ich. »Ich hasse dich!« Dann habe ich mich in meinem Zimmer eingeschlossen, wo ich seitdem bin.

Dad hat ein paarmal versucht, mich rauszuholen, aber auch wenn ich am Verhungern bin, werde ich nicht einlenken.

Ich werde die ganze Nacht hier drinbleiben. Ich werde für immer hier drinbleiben. Ich werde hier drinbleiben, bis sie meine verwesende Leiche aus dem Zimmer schleppen müssen.

Dann werden meine Eltern zwei tote Kinder auf dem Gewissen haben.

### 18 Uhr 30

Unglaublich. Wir haben hier eine ERNSTZUNEHMENDE FAMILIENKRISE und was hat mein Vater gerade getan? Er hat Mr Atapattu hereingebeten! Sie sitzen im Wohnzimmer und schauen sich ein Hockeyspiel an. Ich habe gerade gehört, wie Dad ihm erzählt hat »Henry ist ein bisschen angeschlagen.«

LÜGNER!!! Mir geht es bestens!!!

DU MACHST MICH KRANK!!!

### 20 Uhr 30

Ich sterbe vor Hunger. Mein Vater lässt mich verhungern und quatscht und lacht mit Mr Atapattu und schaut sich das Spiel an.

### 22 Uhr

Endlich ist Mr Atapattu weg. Mein Vater ist schlafen gegangen. Ich habe mich gerade in die Küche geschlichen und mir etwas zu essen geholt.

Auf der Arbeitsplatte stand eine mit Frischhaltefolie abgedeckte Schale Reis mit einem von Mr Atapattus Currys. Dad hatte ein Post-it draufgeklebt: *Henry, einfach zwei Minuten in die Mikrowelle stellen. Kuss, Dad.*

Also stellte ich das Essen in die Mikrowelle. Gerade habe ich es in meinem Zimmer aufgegessen. Dieses Mal war es Lammcurry und es war echt lecker. Ich glaube, meine Geschmacksnerven gewöhnen sich allmählich an die Gewürze.

Zumindest habe ich keinen Hunger mehr.

Eine Sache ist absolut klar: Ich bin der Einzige, der um diese Familie kämpft.

Aber allmählich überlege ich, dass wir den Kampf vielleicht nicht wert sind.

### 2 Uhr morgens

Dank meines bescheuerten Vaters und dank der bescheuerten Karen bin ich immer noch hellwach. Ausgerechnet heute Nacht! Morgen sind die Regionalwettkämpfe. Ich brauche Schlaf.

Da ich hellwach bin, werde ich einen Zettel schreiben.

2 Uhr 15 morgens

Ich habe gerade meinen Zettel weggebracht. Ich musste nur im Schlafanzug ein Stockwerk hochrennen und es bei Ihr-wisst-schon-wem unter der Tür durchschieben. Das stand auf dem Zettel: *Lassen Sie meinen Vater in Ruhe. Lassen Sie meine Familie in Ruhe!!*

Jetzt kann ich einschlafen.

## Donnerstag, 28. März

Ich hatte wirklich gedacht, wir könnten von vorn anfangen. Neu anfangen. Aber da habe ich mich getäuscht.

Obwohl ich müde war, weil ich beschissen geschlafen hatte, fing der Tag super an. Das ganze Team quetschte sich in einen gemieteten Bus, um nach Richmond zu fahren. Alberta hielt mir einen Platz neben sich frei, aber ich tat, als würde ich es nicht bemerken und setzte mich stattdessen neben Farley. Ich bin irgendwie wütend auf sie. Ich weiß, das klingt bescheuert, aber es ist wie bei diesem Spruch »Wenn im Wald ein Baum umstürzt und niemand hört es, verursacht er dann ein Geräusch?« Hätte sie Dad und Karen nicht zusammen gesehen, wäre es sozusagen nicht passiert. Alberta hat es real gemacht. Und auch wenn ich weiß, dass ich ihr dafür nicht die Schuld geben sollte, tue ich es trotzdem irgendwie.

Als wir bei der Schule in Richmond ankamen, war der Parkplatz voller Autos und Gruppen von Schülern strömten in das Schulgebäude. Wir wurden in die Cafeteria geführt. Es waren viele Teams aus dem ganzen Bundesstaat da. Stellt euch Hunderte von Jugendlichen vor, die gleichzeitig reden und lachen. Es war ein Höllenlärm. Farley sprang auf und ab und sagte immer wieder: »Das ist der Hammer!«

Einen kurzen Moment lang vergaß ich den großen dampfenden Haufen Kacke, der mein Leben gerade ist, und überließ mich der Energie und Aufregung. Ich fühlte mich super. Ich war glücklich.

Und dann sah ich Jodie.

Jodie und Jesegan und Parth und Aidan und Ryan und ein paar andere, die ich nicht kannte. Sie beugten sich nicht mal hundert Meter weiter über einen der Tische.

Ich erstarrte. Mein erster Gedanke war *Was tut sie hier?* Darauf folgte *Natürlich ist sie hier!* Natürlich war Jodie im Reach-For-The-Top-Team von Port Salish. Das war das Mädchen, das genauso sehr wie ich bei »Das weiß doch jedes Kind!« hatte mitmachen wollen. Und dann ging mir durch den Kopf: Vielleicht traten wir gegen ihr Team an!!

Ich musste weg. Aber erst musste ich sie noch einmal anschauen. So doof es klingt, ich musste mich versichern, ob ich ihr ansehen konnte, wie es ihr ging.

Ich spähte hinter Shens Rücken hervor und hielt Ausschau nach irgendwelchen Zeichen. Sie sah dünner aus. Und ihre Haare waren länger. Sie war angezogen wie immer – Jeans und ein blassgelbes T-Shirt. Gelb ist ihre Lieblingsfarbe.

Und dann sah ich ihr genau in dem Moment in die Augen, als sie mich anschaute. Wir starrten uns an. Ihr Mund formte ein kleines überrraschtes »O«.

Sie ließ ihre Zettel fallen und ehe ich wusste, wie mir geschah, kam sie auf mich zu.

Ich drehte mich um. Mr Jankowitsch sah gerade auf dem Plan nach, gegen wen wir als Erstes antreten würden. »Tut mir leid, Mr Jankowitsch, ich muss gehen.«

»Was?«

»Mir ist übel. Speiübel. Ich muss gehen.«

»Aber wie willst du nach Hause kommen?«

Ich stürzte los. Ich rannte so schnell ich konnte aus der Cafeteria und aus der Schule. Ich fand den Weg zum Bahnhof, aber ich hatte kein Geld einstecken. Eine nette alte Dame hatte Mitleid mit mir und kaufte mir eine Fahrkarte.

Jetzt bin ich zu Hause.

Als Dad von der Arbeit kam, erzählte ich ihm, was passiert ist. Ich dachte, er würde mir einen Vortrag halten, warum ich hätte bleiben sollen. Tat er aber nicht. Er wurde nur ganz blass. Dann holte er eine Schachtel Tabletten aus der Jackentasche und warf zwei in den Mund, gegen Sodbrennen und so was.

Ich erklärte ihm, dass wir an den Yukon ziehen sollten oder noch besser nach Neufundland. In irgendeine gottverlassene Gegend.

Seine Antwort überraschte mich.

Er sagte, er würde darüber nachdenken.

Da fühlte ich mich noch elender. Denn mir wurde klar, dass auch er Angst hatte.

### 1 Uhr morgens

Faszinierend: Bei unserer Geburt bekommen wir 50 Prozent unserer DNS von unserer Mutter und 50 Prozent von unserem Vater. Und trotzdem können Geschwister total verschieden sein, denn was sie von jedem Elternteil bekommen, können die genau entgegengesetzten 50 Prozent sein.

Manchmal starre ich mein Gesicht im Badezimmerspiegel an und suche nach DNS, die Jesse und ich gemeinsam hatten. Wir hatten überhaupt keine Ähnlichkeit miteinander. Jesse hatte dunkelbraune Haare wie Mom; meine Haare sind leuchtendrot wie Dads. Jesse war groß und dünn wie Mom; ich bin klein und stämmig wie Dad.

Wo ich Jesse erkenne, ist in meinen Augen. Sie sind grün mit kleinen braunen Sprenkeln und groß und rund. Manchmal habe ich das Gefühl, dass er durch meine Augen schaut und sieht, was ich sehe.

Jesse und ich sahen vieles ähnlich. Wir lachten über dieselben Witze. Wir waren bei dieser Schnitzeljagd-Spielshow *The Amazing Race* immer für dasselbe Zweierteam. Wenn Mom und Dad sich vor uns küssten, schrien wir beide »Widerlich!!«. Und ohne je darüber geredet zu haben, wählten wir Great Dane zu unserem Lieblingswrestler.

Aber es gab auch eine Menge Punkte, an denen wir total unterschiedlich waren.

Aber der Punkt ist der: Egal wie viel oder wenig DNS Jesse und ich gemeinsam hatten, wenn Leute herausfinden, dass man mit einem Typen verwandt ist, der einen Mord/ Selbstmord begangen hat, können sie einen nicht mehr behandeln wie zuvor. Sie können nicht anders, denn sie halten einen zwangsläufig für total gestört. Sie denken zwangsläufig, man könne auch jeden Moment ausrasten.

Ich weiß also, warum Dad Angst hat. Und ich weiß, warum ich Angst habe.

Wir versuchen immer wieder wegzulaufen. Aber scheinbar können wir uns nicht verstecken.

### 2 Uhr 30 morgens

Sie hat ausgesehen wie früher. Ein bisschen größer. Ein bisschen dünner.

Aber sonst? Völlig unverändert.

Zumindest äußerlich.

## Sonntag, 31. März

Am Freitag hat mich Dad nicht gezwungen, in die Schule zu gehen. Er hat mir sogar erlaubt, meinen Termin bei Cecil abzusagen.

Ich habe die Wohnung das ganze Wochenende nicht verlassen. Dad war gestern einmal draußen, um Lebensmittel und eine Flasche Jack Daniel's einzukaufen. Als Mr Atapattu an unsere Tür klopfte, um sich mit uns das *Saturday Night Smash-Up* anzuschauen, taten wir, als wären wir nicht zu Hause.

Gestern hat auch oft das Telefon geklingelt. Ich ließ Dad rangehen. Einige Anrufe waren von Mom, aber sie weiß, dass ich nicht mit ihr rede. Farley und Alberta haben ebenfalls angerufen, aber mit ihnen will ich auch nicht reden.

### 12 Uhr 15

Es ist um die Mittagszeit. Dad liegt immer noch »krank« im Bett. Und ich habe gerade festgestellt, dass wir überhaupt kein Klopapier mehr haben. Dad hat gestern vergessen, welches zu kaufen.

Ich spüre, dass bald »groß« angesagt ist.

### 15 Uhr

Ich habe drei Dollar und zweiundvierzig Cent unter den Sofakissen gefunden und bin zum Eckladen gegangen. Es hat kaum für zwei mickrige Rollen Toilettenpapier gereicht.

Auf dem Rückweg fing es zu schütten an. Den Rest des Weges bin ich gerannt. Zum ersten Mal seit Monaten bin ich nicht außer Atem und mein Bauchschwabbel ist nicht wie Gelee hoch- und runtergeflabbert.

Vor der Tür kramte eine Frau in Jogginghosen und Anorak verzweifelt nach ihren Schlüsseln. Sie trug ein paar schwere Einkaufstüten. Ich schloss ihr auf.

Erst als sie die Kapuze herunterzog, erkannte ich, dass es Karen war.

»Henry«, sagte sie grimmig.

Sie sah anders aus und ich brauchte eine Minute, bis ich feststellte, dass sie ungeschminkt war. Ihre Haare hingen ihr in nassen Strähnen ums Gesicht. Sie hatte verquollene Augen und ihre Haut war grau. Sie sah aus wie eine wandelnde Leiche.

»Können wir reden?«, fragte sie.

»Nein«, sagte ich. Dann rannte ich, statt die Treppe hochzuflitzen, in den Aufzug und drückte mehrfach SCHLIESSEN. Sie kam einfach hinter mir her.

»Auch gut«, sagte sie und stellte ihre Einkaufstüten ab. »Dann werde ich reden und du hörst zu.« Daraufhin tat sie etwas Unvorstellbares für eine Erwachsene: Sie schubste mich an die Rückwand des Aufzugs und baute sich vor den Türen auf, die sich schlossen. Wir standen im Aufzug, der sich nicht bewegte, und starrten uns an

»Das ist Kidnapping«, sagte ich. »Lassen Sie mich lieber raus, bevor ich zu schreien anfange.«

Sie verdrehte die Augen. »Als ob dich jemand kidnappen würde. Halt einfach den Mund und hör zu, dann dauert es nicht lange.«

Ich hielt den Mund.

»Als Erstes möchte ich dir sagen, dass mir das mit deinem Bruder Jesse wirklich leid tut.«

Als ich sie seinen Namen sagen hörte, hätte ich am liebsten gekotzt.

»Und ob du es glaubst oder nicht«, fuhr sie fort. »Ich weiß, wie sich das anfühlt.«

Ich schnaubte. »Sie haben doch keine Ahnung –«

»Mein Vater hat Selbstmord begangen, als ich fünfzehn war.«

Das brachte mich erneut zum Schweigen.

»Ich werde dir nichts vorlügen, Henry. Manche schlimmen Gefühle gehen nie weg.«

»Na super. Vielen Dank auch.«

»Wäre es dir lieber, wenn ich dich anlügen würde?«

Ich überlegte einen Moment. »Ncin, vermutlich nicht.«

»Du sollst nur wissen, dass du nicht der Einzige bist.«

»Ja, aber Ihr Vater hat niemanden umgebracht.«

»Nein. Das ist noch mal eine andere Schicht Mist, durch die du durchmusst.«

»Noch mal danke.«

Sie zuckte die Achseln. »Dir geht es schon viel besser als mir. Mich hat niemand in die Therapie geschickt, das kann ich dir sagen. Meine Therapie bestand im Trinken.«

»Sind Sie eine Säuferin?«

»Ich ziehe die Bezeichnung ›Alkoholikerin‹ vor. Aber ich versuche, wieder aufzuhören. Ich bin schon fast zwei Wochen trocken und nüchtern.«

*Zwei Wochen – ist ja eine Leistung*, dachte ich. »Sehen Sie deshalb so scheiße aus?«

Sie machte den Eindruck, als würde sie mir am liebsten eine runterhauen, aber sie sagte bloß »Vermutlich. Ich *fühle mich* scheiße, klingt also einleuchtend.«

Ich nickte.

»Die Sache ist die, ich verstehe, was dein Vater durchmacht. Und wenn er reden will, werde ich zuhören.«

»Und was, wenn er mehr will als reden?«

Sie sah mich scharf an. »Als ihr zwei eingezogen seid, habe ich mir Hoffnungen gemacht. Dein Vater sieht nicht übel aus. Aber so sehr ich ihn mag, er ist nicht mein Typ. Und jetzt, wo ich weiß, dass ich dich dazukriegen würde … *eindeutig* kein Interesse.«

Damit drehte sie sich um und drückte die Knöpfe für unsere Stockwerke. Der Aufzug setzte sich in Bewegung.

Wir fuhren schweigend nach oben. Als sich die Türen im ersten Stock öffneten, stieg ich aus. »Vermissen Sie Ihren Vater immer noch?«

»Ständig«, sagte Karen. Als sich die Türen schlossen, drehte sie das Gesicht weg.

## Montag, 1. April

Dad bestand darauf, dass ich heute wieder in die Schule gehe. »Bleib einfach bei deiner Geschichte«, sagte er, als er mich absetzte. »Du warst krank.« Danach wartete er in seinem Transporter, bis er mich durch das Eingangsportal verschwinden sah.

Ich entdeckte Ambrose und Parvana im Foyer. »Geht's dir wieder besser?«, fragte Ambrose. »Was für ein Scheißzeitpunkt, um krank zu werden.«

»Mir geht's besser, danke. Wie war der Regionalwettbewerb?«

»Der Hammer!«, sagte Parvana. »Wir kamen unter dreißig Teams auf Platz acht!« Danach küsste sie Ambrose vor mir mitten auf den Mund. *Macht das zu Hause*, hätte ich gern gesagt.

Ich ließ sie knutschen und ging die Treppe hoch. Als ich oben im ersten Stock ankam, sah ich Alberta und Farley an meinem Spind lehnen. Ich überlegte kehrtzumachen, aber sie hatten mich schon erspäht. »Was war denn los, Henry?«, fragte Alberta, als ich näher kam. »Wir haben uns Sorgen gemacht.« Sie trug den Reißverschlusspulli mit dem Hirsch hinten drauf.

»Wir haben das ganze Wochenende versucht, dich anzurufen«, fügte Farley hinzu.

»Wie ich schon Mr Jankowitsch gesagt habe: Ich war krank. Ich glaube, es war eine Lebensmittelvergiftung. Nicht ganz durchgegartes Hühnchenfleisch.«

Alberta und Farley wechselten einen Blick. Sie glaubten mir nicht. »Ein Mädchen hat nach dir gefragt«, sagte Alberta.

Der Schraubstock um mein Herz wurde noch enger.

»Sie erzählte, ihr wärt früher an der gleichen Schule gewesen«, sagte Farley. »Sie schien enttäuscht, als wir ihr sagten, dass du gegangen bist.«

Ich erwiderte nichts, sondern räumte Sachen in meinem Spind hin und her.

»Sie hat nach deiner Adresse gefragt«, sagte Farley.

Der Schraubstock wurde noch enger. Ich begann schwarze Punkte zu sehen.

»Ich habe sie ihr gegeben«, fuhr er fort. »Ich wusste deine Postleitzahl nicht, aber die kann sie ja nachschauen.«

»Du hast ihr meine Adresse gegeben?«

»Sie sagte, sie wolle dir etwas schicken …«

»Du hast ihr gesagt, wo ich wohne?«

Farley zwinkerte. »Ich hoffe, das war in Ordnung.«

Ich hatte gern gebrüllt *Nein, das war nicht okay. Du dämlicher Idiot, es war nicht in Ordnung!* Aber ich holte nur tief Luft. »Sie hat mich bestimmt mit jemandem verwechselt. Ich habe sie noch nie in meinem Leben gesehen.«

»Aber Henry«, sagte Alberta, »sie kannte deinen Namen.«

Ich schloss meine Spindtür und ging davon.

So gern ich Farley aus dem Weg gegangen wäre, ich konnte es nicht. Vor der Mittagspause hatten wir zusammen Mathe. Ich setzte mich weit weg von ihm, aber als es klingelte, folgte er mir zu meinem Spind. »Henry, es tut mir leid, dass ich diesem Mädchen deine Adresse gegeben habe. Ich verstehe zwar nicht, warum du deshalb so sauer bist, aber es tut mir trotzdem leid. Ich würde nie etwas tun, was dir schadet. Du bist mein bester Freund.«

Ich erwiderte nichts.

»Morgen bringe ich alles Geld mit, das wir bisher verdient haben«, fuhr er fort.

»Wozu?«

»Weil wir genug Geld haben, um vier Karten zu kaufen, und zwar mitsamt Steuer und Vorverkaufsgebühr und so was. Und wir brauchen jemanden mit Kreditkarte, der sie für uns kauft. Maria hat eine von meinen Eltern, aber die ist nur für Notfälle. Und du möchtest, dass es für deine Eltern eine Überraschung ist ... Deshalb habe ich einen entfernten Cousin angerufen. Er lebt in der Nähe Fraser und 41. Straße und hat versprochen, die Tickets für uns zu bestellen, allerdings muss ich ihm zuerst das Bargeld vorbeibringen. Ich fahre morgen nach der Schule mit dem Bus hin. Wenn du Lust hast, kannst du mitkommen.«

»Vielleicht solltest du die Karten noch nicht kaufen.«

»Wir müssen, wenn wir die besten Plätze haben wollen. Ich habe im Internet nachgesehen. Sie verkaufen sich schnell.«

Ich holte tief Luft. »Ich glaube nicht, dass ich noch hingehen kann.«

Farley lächelte nur. »Ha-ha.«

»Ich meine es ernst.«

»Aber du liebst die GWF! Wir reden seit Monaten über nichts anderes.«

Ich zuckte nur die Achseln.

»Komm schon, Henry. Wenn du nicht gehst, kann ich auch nicht gehen. Und wir haben das Geld. Dreihundert Dollar.«

»Tut mir leid.«

Farley verschränkte die Arme vor der knochigen Brust. »Ich werde das Geld trotzdem mitbringen und Karten bestellen. Du wirst deine Meinung ändern. Ich weiß, dass du sie ändern wirst.« Mit diesen Worten ging er leicht zur Seite gebeugt davon.

In diesem Moment bemerkte ich Troy an seinem Spind. Er blätterte in einem Schulbuch. Ich fragte mich, wie viel er gehört hatte.

Aber er sah nicht mal in meine Richtung.

Am Nachmittag des Tages, der zum längsten meines Lebens werden sollte, hatte ich Hauswirtschaft mit Alberta.

»Wir werden Omeletts zubereiten. Das Rezept liegt an euren Kochstationen«, sagte Mrs Bardus.

Alberta war nach Farley die Nächste in der Reihe von Leuten, die ich nicht sehen wollte. Aber mir blieb keine Wahl. Wir begannen, Eier aufzuschlagen.

»Also«, sagte Alberta. »Dieses Mädchen. Ist sie deine Ex oder was?« Sie sah mich an. Na ja, ein Auge sah mich an.

»Kannst du das nicht richten lassen?«, fragte ich.

»Was richten lassen?«

»Dein schielendes Auge. Es ist voll gruselig. Als hätte es ein Eigenleben.«

Einen kurzen Moment sahen mich ihre *beiden* Augen an. Ihre Nasenflügel blähten sich auf.

Dann schlug sie das letzte Ei über meinem Kopf auf und verließ den Raum.

### 1 Uhr morgens

Farley hat gesagt, Jodie wolle mir etwas schicken. Was?? Einen Hassbrief? Hundekacke? Eine Bombe?

Wir *müssen* hier weg.

### 4 Uhr morgens

Dad hat mich gerade aus einem Albtraum aufgeweckt. Der mit der gelben Plastikrutschröhre. Ich habe im Schlaf geschrien.

Allmählich denke ich, die bescheuerte Karen hat vielleicht recht. Die miesen Gefühle werden nie aufhören.

## Dienstag, 2. April

Heute Morgen wollte ich aus tausend Gründen nicht in die Schule, aber Dad bestand darauf, mich wieder hinzufahren. Ich winkte ihm zu, als ich durch die Eingangstüren lief. Ich wartete eine halbe Minute. Dann ging ich wieder raus und lief nach Hause. Ich habe mir *Der Preis ist heiß* und noch eine andere Talkshow angeschaut und dann eine Wiederholung einer richtig alten Serie namens *Der Prinz von Bel-Air*.

Danach bin ich die Treppe zum dritten Stock hochgestiegen und habe an Karens Tür geklopft.

Sie schien überrascht, mich zu sehen. Sie trug wieder Jogginghosen und hielt eine Tasse Tee in der Hand. Ihre Haut sah immer noch grau aus. In ihrem Wohnzimmer lief der Fernseher und ich konnte diese Gesundheitsshow von *Dr Oz* hören.

»Sollten Sie nicht auf der Arbeit sein?«, fragte ich.

»Ich habe heute frei. Außerdem geht dich das nichts an.«

Sie versperrte mit ihrem Körper die Türöffnung; sie hatte nicht vor, mich hereinzubitten.

»Wie hat er es gemacht?«

»Wie hat wer was gemacht?«

»Ihr Vater.«

»Oh«, sagte sie. »Kohlenmonoxidvergiftung. Hat den Wagen in der Garage laufen lassen.«

»Haben Sie ihn gefunden?«

»Nein, meine Mutter.«

»Haben Sie seine Leiche gesehen?«

Sie starrte mich durchdringend an. Dann gab sie die Tür frei und ging ins Wohnzimmer. Ich betrachtete es als Einladung hereinzukommen.

Karens Wohnzimmer ist genau wie unseres, allerdings wesentlich netter eingerichtet. Die Wände sind gelb gestrichen und es ist hell und fröhlich.

Sie ließ sich in einem Polstersessel nieder und schaltete den Fernseher aus. Ich setzte mich auf ihr Sofa.

»Nein«, sagte sie. »Habe ich nicht. Es war ein geschlossener Sarg.«

»Ich habe die Leiche meines Bruders auch nicht gesehen.«

»Meinst du nicht, das war das Beste?«

»Ich weiß nicht. Manchmal denke ich, die Bilder in meinem Kopf sind vielleicht schlimmer als die Wirklichkeit.«

Sie nickte. »Ich hatte diese Albträume auch.«

»Hatte?«

»Hatte.«

Das kleine Wort erfüllte mich mit Erleichterung. Auch wenn ich wusste, dass ihr Vater vor mindestens zwanzig Jahren gestorben sein musste, was bedeutete, dass ihre Albträume vielleicht erst letztes Jahr aufgehört hatten, sie hatten trotzdem *aufgehört*.

»Hast du …« Ich merkte plötzlich, dass ich sie geduzt hatte, aber das schien ihr egal zu sein. Ich hatte einen Kloß im Hals. Karen wartete. »Hast du gedacht, es wäre deine Schuld gewesen?«

»Gott, ja.«

»Warum?«

»Tausende von Gründen. Als ich klein war, haben mein Vater und ich uns nahe gestanden, aber als ich älter wurde, fand ich ihn peinlich. Seine platten Witze und die billigen Anzüge. Ich hasste es, mit ihm gesehen zu werden. Und das letzte Mal, als ich ihn traf, vor seinem Tod, hatten wir Streit … Ich habe einige hässliche Dinge gesagt.«

Einen Moment lang sprach keiner von uns.

»Ich brauchte – meine Familie brauchte – Jahre, um an den Punkt zu kommen, dass *keiner von uns* Schuld an dem trug, was mein Vater getan hat.«

Ich blickte auf meine Hände.

»Du denkst auch, du bist schuld am Tod deines Bruders, oder?«

Ich nickte. Und plötzlich heulte ich. Rotz und Wasser.

Karen erhob sich sofort aus ihrem Sessel. Sie ließ sich neben mich aufs Sofa fallen, nahm mich in den Arm und hielt mich fest.

Einen kurzen Moment lang war ich total erschrocken. Aber dann nicht mehr. Ich heulte und heulte und heulte und habe sie garantiert total vollgerotzt, aber sie kümmerte sich nicht darum. Sie hielt mich einfach und es war wie früher, wenn mich meine Mom hielt, weil ich Aua hatte. Und ohne darüber nachzudenken erzählte ich ihr Die Andere Sache, die vier Wochen bevor Jesse Dads Gewehr in die Schule mitgenommen hatte, passiert war. Ich erzählte die Geschichte in ihr Sweatshirt, unter heftigem Schluchzen und Schlucken, und ich schwöre, ich war wieder dort und roch den Pissegeruch in der Rutsche und hörte das Geräusch von Klebeband und lauschte auf Jesses Schreie.

Als ich fertig war, sagte Karen: »Es ist nicht deine Schuld.« Sie sagte es mit großem Nachdruck in mein Ohr. »Es ist nie die Schuld von irgendjemandem. Ich brauchte jahrelang Gruppentherapie, um das endlich zu glauben, Henry, aber für dich muss es nicht Jahre dauern. Was dein Bruder getan hat, ist schrecklich, eine wirkliche Tragödie, aber es war ganz allein *seine* Entscheidung.«

»Die Marlins tun mir auch so leid. Und Jodie.«

»Natürlich tun sie dir leid. Aber es ist *nicht deine Schuld*.«

Sie stand auf, nahm eine Schachtel Kleenex vom Kaminsims und drückte sie mir in die Hand.

»Ich bin früher immer zu dieser Gruppe gegangen. Wenn ich mich nicht gut fühle, gehe ich heute noch manchmal dort vorbei. Sie ist für Menschen, die jemanden durch Selbstmord verloren haben. Ich würde es gut finden, wenn du irgendwann mal mitkommst.«

Ich schüttelte den Kopf. »Ich habe schon einen Therapeuten.«

»Ich bin sicher, dein Therapeut ist super. Aber du kannst das noch zusätzlich machen. Es ist eine Gruppe von Leuten, die es am eigenen Leib erlebt haben. Nichts von dem, was du über deine Gefühle erzählst, überrascht sie, denn sie haben es auf die eine oder andere Art auch gefühlt.«

»Aber ich will nicht reden. Ich will vergessen.«

Sie schnaubte. »Du kannst niemals vergessen. Glaub mir, ich habe 'ne Menge getrunken und einen Haufen Drogen genommen, weil ich vergessen wollte. Es ist unmöglich.«

Ich putzte mir die Nase.

»Es wird dich immer begleiten. Aber du wirst lernen, damit zu leben.« Sie reichte mir noch ein Kleenex.

»Das ist alles, was man erreichen kann? *Man lernt, damit zu leben?*«

Sie nickte. »Ja. Es ist alles, was ich erreichen kann.«

## 22 Uhr

Das ist die Geschichte, die ich Karen erzählt habe.

Im Februar letztes Jahr bekam Jesse in Abdul's Pizza Palace im Stadtzentrum von Port Salish seinen ersten richtigen Job. »Palast« war eine Übertreibung, der Laden war ein Dreckloch. Er hatte sogar tatsächlich ein Loch, das hatte eines Nachts ein angetrunkener Typ in die Wand geschlagen, als seine Pizza Hawaii nicht schnell genug kam. Bei Abdul gab es keine Tische; man konnte die Pizza entweder mitnehmen oder sich liefern lassen.

Jesse liebte diesen Job. Manchmal brachte er eine Pizza mit nach Hause, die niemand abgeholt hatte. Dann erzählten wir ihm alle, wie lecker sie schmeckte und er lächelte tatsächlich. Abdul war zufrieden mit Jesses Arbeit, er gab ihm mehr Schichten und sogar eine Gehaltserhöhung von fünfzig Cent die Stunde, was den Neid der zwei anderen Angestellten erweckte, weil Abdul sonst nie die Löhne erhöhte.

Wie dem auch sein, eines Abends – am dreißigsten April, um genau zu sein – kommen ausgerechnet Scott Marlin und ein paar seiner Freunde vorbei. Und Jesse ist allein, zumindest denken sie das. Und sie fangen an, ihn zu hänseln und sagen Sachen wie »Pizzafresse malocht in der Pizzabude!« und »Wollte schon mal jemand deine Fresse fressen?« Dann verlangten sie umsonst Pizza von ihm.

Jesse weigerte sich, was ziemlich tapfer war, wenn man es sich überlegt, dass es vier gegen einen stand. Schließlich marschierte Scott hinter die Theke und wollte sich ein paar Stücke von den Warmhalteblechen greifen, aber Jesse stellte sich ihm in den Weg. Scott schubste ihn ohne Schwierigkeiten aus dem Weg. In diesem Moment kam Abdul die Treppe hoch; er hatte mehr Pizzateig aus dem Kühlraum geholt. Er drohte ihnen mit der Polizei und Scott und seine Kumpels hauten ab.

Diesen Teil der Geschichte erfuhr ich erst später von Abdul.

Ungefähr eine Stunde danach tauchte ich auf. Ich hatte mir mit Jodie und ein paar anderen Freunden die Neun-Uhr-Vorstellung des neuesten Harry-Potter-Films angeschaut. Mom und Dad waren zum Essen eingeladen und wollten nicht, dass ich allein nach Hause lief. Ich hatte ihnen erklärt, dass mir nichts passieren würde, wenn mich Freunde begleiteten, aber sie hatten darauf bestanden, dass ich Jesse vom Pizza Palace abholte, damit wir zusammen nach Hause gehen konnten. Im Rückblick frage ich mich, ob es eher zu Jesses Wohl gedacht gewesen war, als zu meinem.

*Mir* gab Jesse ein Stück. Er bezahlte es aus seiner Tasche und legte ordentlich den entsprechenden Betrag in die Kasse. Ich weiß noch, dass ich ein Riesenstück mit verschiedenen Wurst- und Fleischsorten und Käse drauf vertilgte.

Kurz nach Mitternacht verabschiedeten wir uns von Abdul und machten uns auf den Heimweg. Ich weiß noch, dass ich froh war, dass es schon so spät war und mich niemand mit meinem Bruder sehen würde.

Das aufzuschreiben war hart für mich.

Ich muss eine Pause machen.

## 22 Uhr 30

Okay. Von Abdul's Pizza Palace zu uns nach Hause brauchte man ungefähr zwanzig Minuten. Mit einer Abkürzung durch den Park nur zehn. Jesse wusste, dass unsere Eltern nicht wollten, dass wir im Dunkeln durch den Park liefen.

»Ach, komm«, sagte ich. »Es ist kalt, ich friere, wir sind zu zweit. Was soll schon passieren?«

Also nahmen wir die Abkürzung durch den Park.

Wir gingen erst ein paar Minuten, als Jesse plötzlich »Lauf« sagte.

Ich hatte nichts gehört. »Was –«, setzte ich an.

»Lauf«, flüsterte er noch einmal und erst da hörte ich die näher kommenden Schritte. Ich rannte los. Obwohl ich damals noch keinen Bauchschwabbel hatte, war ich trotzdem kein guter Läufer. Ich sprintete bis zum Spielplatz in der Mitte des Parks. Dann musste ich stehen bleiben und Luft holen.

Ich drehte mich um. Ich sah Jesse, der auch auf den

Spielplatz zurannte und hinter ihm vier Gestalten, die ihn verfolgten.

Sie kamen näher. Ich hatte Angst. Also rannte ich die Treppe zu der gelben Plastikrutschröhre hoch und kletterte hinein. Ich presste Arme und Beine gegen die Seitenwände und ließ mich langsam in meinem Versteck nach unten gleiten.

Es gibt jedoch ein Loch in der Seitenwand der gelben Rutschröhre. Das ist schon ewig dort. Als Kind habe ich Steine durchgeworfen. Ich presste mein Auge dagegen.

Sie zogen Jesse etwas übers Gesicht. Ich konnte nicht erkennen was, später fand ich heraus, dass es ein Kissenüberzug gewesen war.

Dann stießen sie ihn zu Boden. Sie zogen ihm die Schuhe aus. Dann zogen sie ihm die Jeans aus.

Ich muss noch eine Pause machen.

## 23 Uhr

Jesse wehrte sich aus Leibeskräften. Aber es half ihm nichts, dass er ein großer GWF-Fan war und alle Kniffe von Great Dane kannte; es half ihm nichts, dass er seit einem Jahr Gewichte im Keller stemmte. Er war in einen Hinterhalt geraten und es waren vier gegen einen.

Ich kroch in die gelbe Rutschröhre, die nach Plastik und Pipi roch und sah zu, wie sie ihn hochrissen und wegzerrten, bis ich ihn nicht mehr sehen konnte.

Ich rutschte näher ans Röhrenende und spähte nach

draußen. Sie hatten meinen Bruder gegen eine Eisenstange gestoßen.

Keiner von ihnen sagte etwas.

Dann holte Scott eine Rolle Klebeband heraus.

Er begann lange Stücke abzureißen. Es war ein schreckliches Geräusch, ähnlich wie Fingernägel auf einer Tafel. Er wickelte das Band um Jesse und klebte ihn an der Stange fest.

Und dann.

Ich brauche eine Minute.

## 23 Uhr 45

Und dann malträtierten sie abwechselnd seine Eier. Sie schlugen und schnippten gegen seine Hoden, brutal.

Es dauerte eine gefühlte Ewigkeit. Jesse schrie, so furchtbar waren die Schmerzen.

Ich unternahm nichts. Ich weiß, ich weiß, was hätte ich auch tun sollen? Ich war zwölf. Ich war klein. Und ich war allein und sie waren zu viert. Aber trotzdem. Vielleicht hätte ich einen Stock auftreiben, mich hinter Scott und seine Freunde schleichen und ihnen gegen ihre Kniescheiben schlagen können. Oder ich hätte einen großen Stein nehmen und ihnen den Schädel zertrümmern können.

Und das ist der Teil, der mir am meisten zusetzt, der den Wunsch bei mir auslöst, Scott umzubringen, auch wenn er schon tot ist: Sie lachten. Scott und seine Freunde lachten. Sie versuchten, es zu unterdrücken, ruhig zu bleiben, aber vermutlich konnten sie einfach nicht anders.

Nach einer Weile wurde es ihnen langweilig und sie gingen davon, meinen Bruder ließen sie festgeklebt an der Stange zurück.

Was wäre passiert, wenn ich nicht da gewesen wäre? Wann wäre er gefunden worden?

Andererseits, wäre ich nicht gewesen, hätte er niemals die Abkürzung durch den Park genommen.

Ich sprang aus der Rutsche. Ich schwankte auf meinen Bruder zu. Ich zog ihm den Kissenbezug vom Kopf. Ich biss mit den Zähnen das Klebeband durch. Seine Schuhe und seine Hose fand ich in einer Mülltonne. Lange Zeit konnte er sich überhaupt nicht rühren, so schlimm waren die Schmerzen. Irgendwann half ich ihm in die Hosen und wir liefen den restlichen Weg nach Hause. Jesse humpelte vornübergebeugt wie ein kleiner alter Mann. Ich flennte wie ein Säugling.

Jesse nicht. Jesse ließ sich nichts anmerken.

Als wir nach Hause kamen, waren Mom und Dad noch nicht zurück. Ich half Jesse, das restliche Klebeband abzureißen. Es hinterließ knallrote Striemen auf seiner Haut.

»Ich hätte dir helfen sollen«, heulte ich. »Ich hätte sie umbringen sollen.«

»Wir waren unterlegen, Henry. Wenn du dich gezeigt hättest, hätten sie dich auch gequält.«

»Oder sie wären weggerannt, weil sie keinen Zeugen hätten haben wollen.«

»Vielleicht, aber ich bezweifle es.«

»Wir müssen die Polizei anrufen.«

»Nein.«

»Wir könnten sie hinbringen und ihnen zeigen, wo es passiert ist. Sie könnten Fingerabdrücke nehmen.« Ich hatte viele Folgen »CSI: Den Tätern auf der Spur« gesehen.

»Nein«, sagte er scharf. »Wir werden die Polizei nicht rufen.«

»Dann sagen wir es Mom und Dad –«

»NEIN!«

Wahrscheinlich bemerkte er meinen Gesichtsausdruck, denn er versuchte, es mir zu erklären. »Wenn wir es Mom und Dad erzählen, machen sie ein Riesentheater. Sie werden Scotts Eltern anrufen. Sie werden die Direktorin anrufen. Sie werden die Polizei anrufen –«

»Genau!«

»Und am Ende muss ich Scott trotzdem in der Schule sehen. Und er wird einen Weg finden, mir das Leben noch schwerer zu machen.«

Das sagte er alles ganz ruhig, wie ein Lehrer, der geduldig ein Matheproblem erklärt.

»Nein«, sagte ich. »Das finde ich nicht richtig. Ich möchte es ihnen erzählen.«

»Henry. Lass es.« Er sah mir in die Augen. »Bitte.«

Also erzählte ich nichts.

Aber eigentlich habe ich es einer Person erzählt, zumindest andeutungsweise.

Ich erzählte es Jodie.

Es war ein paar Tage später und wir hatten eine Freistunde. Sie zeigte mir ihren neuen Ring. »Das ist ein Stimmungsring«, erklärte sie mir. »Scott hat ihn mir in Nanaimo gekauft. Er ist so lieb.«

»Er ist ein Arschloch«, platzte ich heraus. Es war mir einfach so herausgerutscht.

Jodies Gesicht wurde rot. »Was hast du da gerade gesagt?«

»Er ist ein brutaler Schläger, Jodie. Er macht meinem Bruder das Leben zur Hölle.«

»Das glaube ich dir nicht.« Aber sie zögerte, bevor sie es sagte.

»Frag ihn. Frag ihn nach Samstagnacht«, sagte ich und spürte, wie meine Wut hochkochte.

»Was ist passiert?«

»Frag ihn!«, rief ich.

Dann ging ich davon. Ich weiß nicht, warum ich eigentlich auf sie losgegangen bin; ich wusste, dass sie keine Schuld traf.

Trotzdem haben wir danach nicht mehr miteinander geredet.

Vier Wochen später waren unsere beiden Brüder tot.

Und hier kommt der schlimmste Teil: Nach der Nacht im Park schien es Jesse besser zu gehen. Er wirkte ruhiger. Er verkroch sich nicht jeden Abend in seinem Zimmer. Er beschimpfte meine Eltern nicht mehr. Er aß mit uns zu Abend und manchmal lächelte er sogar. Obwohl Mom und Dad nichts sagten, sah man ihnen ihre Erleichterung an. Ich war auch erleichtert.

Nachdem ES passiert war, kam ich mir total verarscht vor. Bis mir klar wurde, dass Jesse glücklicher gewirkt hatte, weil er eine Entscheidung getroffen hatte. Er hatte die endgültige Lösung für all seine Probleme gefunden.

*Deshalb* war er ruhig.

### Mitternacht

Nachdem Jesse und Scott tot waren – also viel zu spät –, erzählte ich meinen Eltern von dieser Nacht. Sie sagten genau die richtigen Sachen. Es sei nicht meine Schuld. Ich solle mir keine Vorwürfe machen.

Aber wisst ihr was? Ich glaube, meine Mutter gibt mir genauso viel Schuld wie Dad. Ich denke, sie hält uns für gleich schuldig. Ich denke, sie weiß, dass sie es nicht tun sollte, aber vermutlich kann sie einfach nichts dagegen tun.

Ich denke, das ist der Grund, warum sie gerade nicht mit uns zusammenleben kann. Sie liebt uns, aber sie hasst uns auch.

## Donnerstag, 4. April

Der Direktor hat gestern Abend angerufen und Dad informiert, dass ich seit Tagen schwänze. Dad war stinkesauer. Er erklärte mir, er würde mir noch eine Chance geben, freiwillig zur Schule zu gehen, und wenn das nicht funktionierte, würde er mit mir zur Schule kommen und sich während des ganzen Unterrichts neben mich setzen.

Also ging ich wieder in die Schule.

Mein erster Kurs war Hauswirtschaft. Alberta hatte einen neuen Kochpartner. Sie tat, als wäre ich Luft. Das geschieht mir vermutlich recht.

Mein nächster Kurs war Mathe für Begabte. Ich hätte Farley gern gesagt, dass ich immer noch mit ihm zum GWF Smash-Up Live! in Seattle gehen würde. Falls meine Mom nicht rechtzeitig zurückkäme, könnte Mr Atapattu ihr Ticket haben.

Aber Farley war nicht in Mathe für Begabte.

Er war den ganzen Tag nicht in der Schule.

Als ich nach Hause kam und ihn anrief, fand ich auch den Grund heraus.

»Oh, Henry«, sagte Maria, als sie meine Stimme hörte. »Ich kann Farley nicht überreden, aus seinem Zimmer zu kommen.« Sie begann zu weinen.

»Was ist passiert?«

»Farley wurde zusammengeschlagen.«

»Ich bin sofort da.«

Als ich auflegte, kam Dad gerade nach Hause. Ich erzählte ihm, was Maria gesagt hatte. Er zog nicht mal seine Jacke aus. »Komm, wir gehen.«

Wir waren innerhalb von fünf Minuten dort. Maria ließ uns herein. Dad blieb mit ihr unten, ich ging sofort zu Farleys Zimmer und klopfte.

»Farley, ich bin's, Henry.«

Ich hörte sein Bett knarren. Einen Moment später öffnete er die Tür.

Seine Brille war kaputt. Ein Glas hatte einen Sprung in der Mitte, der rechte Bügel war mit Klebeband umwickelt, seine Unterlippe geschwollen und aufgeplatzt und seine Handflächen waren übel aufgeschürft.

»Was ist passiert?«, fragte ich.

Farley setzte sich auf sein Bett. Ich kletterte auf die Fensterbank. »Am Dienstag hatte ich unser ganzes Geld dabei, um es meinem Cousin zu bringen, damit er die Tickets kaufen kann. Ich weiß, du hast gesagt, dass du nicht mehr hinwillst, aber ich dachte, wenn wir wirklich Tickets hätten, könnte ich dich vielleicht umstimmen, weißt du? Nach der Schule lief ich zur Bushaltestelle, um zu meinem Cousin zu fahren. Ich bin durch eine dieser Straßen hinter den Häusern gelaufen.« Er hielt inne und holte tief Luft. »Ein paar Typen haben mich von hinten angegriffen. Sie haben mich zu Boden gestoßen und meine Jackentaschen durchsucht. Sie haben unser ganzes Geld genommen, Henry. Jeden Cent.« Dicke Tränen liefen ihm übers Gesicht.

»Wie viele waren es?«

»Ich bin nicht sicher. Es fühlte sich an, als wären es viele gewesen.«

»Hast du sie erkannt?«

Farley schüttelte den Kopf. »Sie haben mir etwas in den Rücken gestoßen und behauptet, es sei eine Pistole. Und als sie gingen, befahlen sie mir, fünf Minuten den Kopf nicht zu heben, sonst würden sie mich umbringen. Einer von ihnen sagte ›*Hasta la vista,* Arschloch‹, dann rannten sie davon. Und ich wartete, weil ich Angst hatte, sie würden mich erschießen, wenn ich es nicht tat.« Er zog ein Taschentuch aus der Hosentasche und putzte sich die Nase. »Es tut mir so leid, Henry. Ich weiß, du hast gesagt, du wolltest nicht mehr gehen, aber die Hälfte des Geldes hat dir gehört.«

»Farley, mach dir darüber keine Gedanken. Ernsthaft. Ich bin so froh, dass dir nichts passiert ist.« Und so war es wirklich.

Nach einer Weile gingen wir nach unten. Mein Vater bestand darauf, dass wir die Polizei anriefen. Ganz bestimmt dachte er an Jesse und die Nacht im Park. Ich weiß, dass er daran dachte.

Zwei Polizeibeamte kamen vorbei und Farley erzählte ihnen, was sich zugetragen hatte. Die Polizisten waren wirklich nett. Sie nahmen eine Anzeige auf, aber sie sagten auch, es sei schwierig, die Typen nach so langer Zeit noch zu fassen, weil sie das Geld womöglich schon für Drogen ausgegeben hatten.

Maria bestand darauf, dass wir zum Abendessen blieben und Farley durfte sich das Essen aussuchen, weil er die letzten beiden Tage kaum etwas angerührt hatte. Farley wählte Käsesandwiches mit sauren Gurken und Ketchup, was eine super Wahl war.

Danach fuhren Dad und ich zurück nach Hause.

Ich meine es ernst, wenn ich sage, das Geld sei mir egal. Es ist ein Reinfall nach der ganzen harten Arbeit, aber ich mache mir nichts vor: Mein Traum, meine Familie mit einem Ausflug zum GWF wieder zusammenzubringen, war sowieso von Anfang an zum Scheitern verurteilt gewesen.

Was mir Sorge macht, ist Farley. Als wir heute Abend bei ihm waren, habe ich diesen Ausdruck in seinen Augen gesehen. Es war derselbe Ausdruck, den Jesse hatte, als Scott die Coladose nach ihm warf. Es war der Ausdruck, den ich danach immer wieder bei ihm gesehen habe, bis er irgendwann ein Teil von ihm war.

Es war der Blick, von jemandem, der aufgibt.

## Montag, 8. April

Mein Kopf wummert. Ich habe gerade Zwillingskrankenschwestern gesehen, die jedoch beteuern, sie seien nur eine und ich würde alles doppelt sehen.

Sehe nicht mehr doppelt. Nur eine Krankenschwester. Sie heißt Sandra. Sie ist irgendwie süß. Ich scheine im Krankenhaus zu sein.

Habe mein Tagebuch in der Schublade meines Nachttischs gefunden. So müde. Dieses Bett ist gemütlich. An der Wand hängt ein Fernseher. Die *Ellen Generes-Show* läuft, die Lieblingsshow meiner Mutter.

### 20 Uhr

Wenn wir schon von ihr sprechen. Ich habe geträumt, meine Mutter würde neben mir stehen und meine Hand drücken und mir sagen, dass sie mich lieb hat.

Muss schlafen.

## Dienstag, 9. April

Ratet! Es war kein Traum. Mom ist gerade mit einem Kaffee ins Zimmer gekommen.

### 10 Uhr

Ich musste mit Schreiben aufhören, denn als ich Hallo sagte, hat sie fast den Kaffee fallen lassen. Dann hat sie mich in einer Umarmung erstickt. »Henry, mein Kleiner«, sagte sie und ließ sich mehr oder weniger auf mich fallen.

Als sie sich schließlich aufrichtete, um Luft zu holen, fragte ich: »Was machst du denn hier?«

Sie weinte bloß weiter und sagte: »Zum Glück ist alles mit dir in Ordnung. Als dein Vater anrief und sagte, du hättest eine Kopfverletzung …«

Das erklärt, warum sich mein Kopf wie ein Bowlingball anfühlt. *Wie habe ich mir eine Kopfverletzung geholt?*, versuchte ich zu fragen, aber meine Zunge lag schwer in meinem Mund und Mom erstickte mich in der nächsten Umarmung.

Später schauten wir uns *Jeopardy!* an und versuchten wie früher, die Antworten vor den Kandidaten herauszuschreien. Mein Kopf fühlte sich allerdings ziemlich benebelt an. Ich bekam nichts auf die Reihe und ich konnte nicht rufen, weil es sich sonst anfühlt, als würde eine Nagelpistole in meinen Kopf schießen.

Mom erzählte mir, dass Dad nach Hause gegangen ist, um ein paar Stunden zu schlafen. Scheinbar bin ich schon seit zwei Tagen hier!

Ich bin so glücklich, dass sie da ist. Selbst wenn ich mir eine Kopfverletzung holen musste, damit es passiert. Hätte ich das gewusst, hätte ich schon vor Monaten versucht, ernsthaft verletzt zu werden.

## Mittwoch, 10. April

Heute geht es mir besser. Mein Kopf fühlt sich immer noch wie eine Wassermelone an, aber ich kann länger als eine halbe Stunde wachbleiben. Mom schläft neben meinem Bett auf einem Stuhl, Dad ist arbeiten gegangen, denn wenn er nicht geht, verpasst ihm sein Chef »einen Tritt«.

Auf der Fensterbank neben meinem Bett steht eine Reihe Karten. Eine ist von Mr Atapattu; eine andere von Karen. Sogar Cecil hat eine geschickt. Mom sagt, er sei gestern vorbeigekommen, aber ich habe geschlafen.

Neben den normalgroßen steht eine riesige Karte. Darauf

ist eine Zeichnung von einem Teddybär mit roten Wangen und Thermometer im Mund. Auf der Innenseite steht *Tut mir leid, dass es dir nicht gut geht.* Sie ist unterschrieben mit *Dein Freund Farley.* Neben der Karte schweben viele leuchtend bunte Heliumballons. Mom hat mir die Karte dazu gezeigt. Auf der Vorderseite steht *Gute Besserung* und innen haben alle meine Reach-For-The-Top-Mitspieler unterschrieben, auch Farley noch mal und Mr Jankowitsch. Jeder hat auch noch einen persönlichen Gruß dazugeschrieben.

Außer Alberta. Sie hat nur *Alberta* geschrieben.

Ungezogen.

### 14 Uhr

Das ist, woran ich mich noch erinnern kann:

Nach dem Besuch bei Farley bin ich am nächsten Morgen früh zur Schule gegangen und habe draußen auf ihn gewartet. Als er kam, sah er noch kleiner aus als sonst, als würde er versuchen, sich unsichtbar zu machen. Er trug eine Brille, die sogar noch hässlicher war als die, die er sonst trägt. »Wir haben meine Ersatzbrille rausgeholt«, sagte er finster. »Ich trage sie nur, bis meine andere repariert ist.«

Zum ersten Mal, seit ich ihn kannte, war er nicht wie ein Gummiball.

Wir gingen schweigend ins Schulhaus und die Treppe zu unseren Spinden hoch. Was als Nächstes passierte, kann ich Bild für Bild in meinem Kopf ablaufen lassen.

Troy stand mit seinen Freunden Mike und Josh an seinem Spind. »Hey, Pupser, schicke neue Brille«, sagte er zu Farley. Sie wieherten alle los. Troy zog Ohrstöpsel aus den Ohren und wickelte sie ordentlich um einen neuen iPod Touch.

Mir schoss ein Bild in den Kopf: Troy, wie er neben seinem Spind gestanden und ein Schulbuch durchgeblättert hatte, als Farley mir erzählte, er würde am nächsten Tag das Geld mit zur Schule bringen.

»Du hast ja einen iPod Touch«, sagte ich.

»Was du nicht sagst.«

»Wo hast du das Geld dafür her?«

Troy wechselte einen Blick mit Mike und Josh. »Hab ein bisschen was geerbt«, sagte er höhnisch grinsend. Er steckte den iPod in die Tasche seiner Jeans, nahm einen Ordner aus dem Spind und schloss die Tür. »*Hasta la vista,* ihr Pisser.«

Farley sah mich an.

Troy wollte davongehen.

Ich merkte, wie die Wut in mir aufstieg. »Kann ich den iPod mal kurz sehen?«, hörte ich mich fragen. »Ich will mir vielleicht auch einen kaufen.«

Troy ließ sich meine Bitte durch den Kopf gehen. »Du darfst schauen«, sagte er und zog den iPod wieder aus der Gesäßtasche, »aber fass ihn nicht an. Ich will da nicht deine Bazillen draufhaben.« Er hielt ihn mir auf der Handfläche entgegen.

Ich ging näher heran. Dann schnappte ich mir den iPod und rannte blitzschnell los.

Das Nächste, woran ich mich erinnere, ist, dass ich im Krankenhaus aufgewacht bin.

### 17 Uhr

Als Dad nach der Arbeit vorbeikam, füllte er noch einige Leerstellen. »Ich bekam gegen neun einen Anruf auf der Baustelle. Es war dein Direktor. Er sagte, du hättest dir bei einem Sturz den Kopf angeschlagen und seist mit dem Notarzt ins Krankenhaus gebracht worden. Ich habe meinem Chef nicht mal Bescheid gesagt, dass ich gehe, ich bin einfach losgerannt und ins Krankenhaus gefahren.

Der Arzt erklärte mir, dass du eine Gehirnerschütterung hast und dass sie dich unter Beobachtung halten, um eine Gehirnblutung auszuschließen.«

Mein Vater musste einen Moment innehalten, um sich zu fassen. »Blutung« und »Hirn« waren zwei Wörter, die er nach Jesses Tat oft gehört hatte.

»Dann tauchte der Direktor auf, aber er konnte mir nur sagen, dass du eine Schlägerei hattest und dir den Kopf angeschlagen hast. Er kannte noch nicht alle Einzelheiten, aber er sagte, ein Freund von dir habe sofort Hilfe geholt und der Krankenwagen sei sehr schnell da gewesen. Ich habe deine Mutter angerufen und sie hat den ersten Flieger genommen. Du hast uns eine Weile ordentlich Angst eingejagt, Henry.«

Nun sitzen meine Mutter und mein Vater an meinem Bett.

Mom schläft den Kopf gegen Dads Schulter gelehnt. Er hält ihre Hand.

Und obwohl ich vielleicht eine Hirnverletzung habe, war ich schon lange nicht mehr so zufrieden.

18 Uhr 30

Rätsel gelöst.

Farley kam nach der Schule vorbei und füllte die letzten Leerstellen. Seine Lippe sah fast wieder normal aus. Er trug auch wieder seine übliche Brille.

»Tag, Mrs Larsen«, sagte er, als er meine Mutter sah. »Ich habe mich schon darauf gefreut, Sie kennenzulernen.« Dann machte er eine tiefe Verbeugung und küsste ihr die Hand. Mom sah mich mit hochgezogener Augenbraue an, aber sie lächelte. Da ich Gesellschaft hatte, beschloss sie, nach Hause zu fahren und zu duschen, was vermutlich ganz vernünftig war, denn ihre Haare sahen allmählich fettig aus.

Farley war wie ein Kolibri, er flatterte durch den Raum und sah sich alles an. Er drückte die Knöpfe an meinem Bett und ließ es hoch- und runterfahren. Danach drückte er auf den Knopf fürs Stationszimmer.

»Oh. Entschuldigung. Ich wollte nur mal sehen, ob er funktioniert«, sagte er, als Sandra hereinkam.

»Henry, behalte deinen Freund im Auge«, sagte Sandra und zwinkerte mir zu.

Sie ist meine Lieblingsschwester.

»Ich muss dir so viel erzählen!«, rief Farley, als er sich

schließlich auf den Stuhl neben meinem Bett setzte. »Troy ist von der Schule geflogen!!«

»Was??«

»Na ja, nicht geflogen, das dürfen Schulen nicht mehr, aber es wurde ihm »nachdrücklich nahegelegt«, die Schule zu wechseln. Es hat sich herausgestellt, dass es schon eine Akte über ihn gab. Eine *dicke* Akte, sie reicht bis zu der Zeit zurück, als er Ambrose die Erdnuss ins Sandwich gesteckt hat.«

Ich fragte mich, ob die Port Salish wohl auch eine Akte über Scott gehabt hatte. Vielleicht hätte Jesse mehr Zutrauen zu ihnen haben sollen.

»Moment – noch mal zurück. Was ist passiert? Das Letzte, woran ich mich erinnern kann, ist, dass ich mir den iPod geschnappt habe.«

Und das hat mir Farley erzählt:

Ich bin wohl aufs Jungsklo gerannt. Troy war so verdattert, dass er einen Moment brauchte, bis er hinter mir herrannte. Bis er, Mike, Josh und Farley in die Toilette stürmten, stand ich schon in einer der Kabinen.

Und hatte Troys iPod Touch bereits in die Kloschüssel geworfen. Und schon mehrmals die Spülung gedrückt.

Offenbar habe ich auch angefangen, mit Roboterstimme zu sprechen. »Du. Bist Ein Wichser«, hatte ich zu Troy gesagt. »Ein Arschloch. Ein Kotzbrocken. Überflüssig. Wie Ein Kropf.«

Farley sagt, Troy habe eine Menge Wörter gebrüllt, die ich nicht wiederholen kann, anschließend befahl er mir, den iPod wieder aus der Toilette zu holen.

Ich tat wie befohlen. Ich fischte ihn aus der Kloschüssel und öffnete die Tür. Doch statt ihn Troy zurückzugeben, warf ich ihn auf den harten Fliesenboden und begann, darauf herumzutrampeln.

Da fing Troy an, mich zu schlagen. Farley meint, ich hätte auch ein paar ganz gute Hiebe ausgeteilt. »Aber das Beste war, als du den Bell Clap versucht hast.« Der Bell Clap ist eine der Lieblingstechniken von Great Dane, man schlägt dem Gegner mit flachen Händen richtig fest auf die Ohren, um ihn aus dem Gleichgewicht zu bringen.

Ich stöhnte.

»Ja, es hat nicht viel gebracht«, räumte Farley ein. »Es machte ihn bloß noch wütender. Aber es sah cool aus.«

Scheinbar hat mich Troy nach dem versuchten Bell Clap so brutal geschlagen, dass ich mit dem Kopf auf die Toilettenschüssel knallte und das Bewusstsein verlor.«

»Da habe ich Angst gekriegt«, sagte Farley. »Du bist einfach zusammengesackt. Du lagst da auf dem Boden und hast dich nicht mehr gerührt. Troy ist ausgeflippt. Er und Mike und Josh sind einfach abgehauen. Ich habe dich angeschrien, du sollst aufwachen, und dann kam Ambrose aufs Klo und ich befahl ihm, den Direktor zu holen, während ich mit meinem Handy einen Krankenwagen gerufen habe.«

»Danke, Farley. Du hast mir wahrscheinlich das Leben gerettet.«

»Das kann man wohl sagen!«, brüstete er sich.

Er stand von seinem Stuhl auf und setzte sich auf meine Bettkante. »Während wir auf den Krankenwagen gewartet haben«, sagte er, »bist du eine Weile zu dir gekommen. Aber du warst völlig verwirrt. Du hast ständig über jemanden namens Jesse geredet«, Farley blickte mich mit seinen vergrößerten Augen an. »Wer ist Jesse?«

Ich holte tief Luft. Dann tat ich, was entweder das Tapferste oder das Dümmste war, was ich je getan habe.

»Er ist mein Bruder«, sagte ich.

Und dann erzählte ich Farley die ganze schreckliche Wahrheit.

Als ich fertig war, sagte Farley keinen Ton. Seine Brillengläser waren beschlagen. Keine Ahnung, was er dachte.

»Ich kann verstehen, wenn du jetzt nichts mehr mit mir zu tun haben willst«, sagte ich.

Er nahm die Brille ab und rieb die Gläser an seiner Hose. »Warum sollte ich nichts mehr mit dir zu tun haben wollen?«

Ich zuckte die Achseln. »Es macht Leuten Angst. Als hätte unsere ganze Familie Läuse oder so.«

Farley setzte seine Brille wieder auf. »Henry, was du da für mich getan hast – du warst wie Great Dane, der sich Vlad the Impaler vorknöpft. Du hast mich gegen den absoluten Heel in Schutz genommen.«

Er holte sein Taschentuch aus der Hosentasche und putzte sich die Nase. »Du bist mein allerbester Freund.«

Ich schaute ihn an, wie er da auf meinem Bett saß. Seine vergrößerten Augen, seinen Brusttaschenschutz, seine Hose, die unter den Brustwarzen zusammengezurrt war.

Und ich sagte: »Du bist auch mein bester Freund.«

Meine Augen wurden ein bisschen feucht und Farley öffnete die Arme und mir wurde klar, dass er mich umarmen wollte. Das war mir zu sehr Kitschpostkartenmoment. Zum Glück brachte mir ein Pfleger das Tablett mit meinem Abendessen, bevor Farley sich auf mich stürzen konnte, und lenkte ihn ab. »Oh, ist das ein Hacksteak? Isst du das?«, fragte er mich.

Es sah widerlich aus – ein Stück trockenes Fleisch mit erstarrter Bratensauce obendrauf. »Nein«, sagte ich. »Dad bringt mir eine Pizza von Panago.«

»Darf ich?«

Ich lachte. »Hau rein.«

Farley stürzte sich auf das Hacksteak und aß es komplett auf. Ich saß gegen die Kissen gelehnt in meinem Bett und sah ihm zu, erstaunt, wie ich je auf etwas Besseres hatte hoffen können, wo ich doch schon das beste Modell hatte.

## Dienstag, 11. April

Ich würde gern behaupten, dass es mit Alberta so gut lief wie mit Farley, aber das war leider nicht der Fall.

Heute Morgen kam sie schließlich mit einer Plastikdose Muffins vorbei. »Habe ich selbst gebacken«, erklärte sie, als sie sich auf den Stuhl neben dem Bett setzte. »Blaubeere.«

Ich nahm mir einen heraus und aß ihn. Er schmeckte

ziemlich gut und ich musste nur ein unidentifizierbares hartes Dings aus meinem Mund pulen.

»Danke«, sagte ich, als ich aufgegessen hatte. »Lecker.«

Sie blickte einfach nur auf ihre lila Doc Martens und mir wurde klar, dass es ihr peinlich war, mir ihre Augen zu zeigen.

»Es tut mir sehr leid, was ich damals zu dir gesagt habe, Alberta –«

»Sollte es auch«, fiel sie mir ins Wort. »Es war wirklich gemein.«

»Ich weiß. Ich wollte vermutlich gemein sein. Ich hatte Angst.«

»Angst vor *was*?«

»Dass du die Wahrheit herausfinden würdest.«

»Worüber? Über dieses Mädchen?«

Ich nickte. »Ja, so ähnlich. Über sie und ihren Bruder. Und meinen Bruder.«

»Den, der an Krebs gestorben ist?«

Ich seufzte. Nachdem ich so lange zu diesem Thema geschwiegen hatte, musste ich die Geschichte plötzlich zwei Tage hintereinander erzählen. »So ungefähr«, setzte ich an.

Als ich fertig war, sagte Alberta kein Wort. Ihr liefen Tränen übers Gesicht. Ich hatte sie nicht zum Weinen bringen wollen, aber mal ehrlich: Es ist eine traurige Geschichte.

Sie stand auf und beugte sich über mich. Ich dachte wirklich, sie würde mich küssen, und ich machte mir Sorgen, ob ich aus dem Mund roch, weil ich die Zähne nicht geputzt hatte und bestimmt einen schrecklichen Drachenatem hatte.

Aber sie küsste mich nicht.

Sie boxte mir in den Magen.

»Du hast mich angelogen«, sagte sie.

Dann boxte sie mir zum Abschied noch mal in den Magen und stürmte aus dem Zimmer.

## Freitag, 12. April

Die Ärzte sagen, ich kann heute nach Hause gehen. Ich darf noch nicht wieder in die Schule, sie möchten, dass ich mich noch mindestens eine Woche zu Hause erhole und dann noch mal zur Untersuchung vorbeikomme. Danach entscheiden sie, ob ich soweit bin. Damit kann ich gut leben.

Ich sagte Sandra, sie könne die Ballons behalten. Sie hat mich umarmt und mir gesagt, ich solle mich nicht wieder prügeln. Ich habe geantwortet, dass ich mir Mühe geben würde.

### 13 Uhr

Jetzt bin ich in meinem Zimmer und ruhe mich aus.

Ich hatte gedacht, es würde sich gut anfühlen, mit beiden Eltern in die Wohnung zurückzukommen. Aber um ehrlich zu sein, es ist komisch.

Als Erstes mussten wir an neuen handgeschriebenen Schildern im Eingangsbereich vorbei. Auf dem ersten stand »WIR SOLLTEN NICHT IHREN WERBEMÜLL ENTSORGEN MÜSSEN!! BITTE KÜMMERN SIE SICH SELBST DARUM!!« Der zweite Zettel klebte unter dem ersten und darauf stand »KÜMMERN SIE SICH UM IHRE ANGELEGENHEITEN!!!!«

Als wir in die Wohnung kamen, sah ich dann die Fotos. Mom schien im Kellerverschlag gewesen zu sein, denn es hingen mindestens zehn gerahmte Bilder von Jesse oder Jesse und mir oder Jesse, mir, Mom und Dad an den Wohnzimmerwänden.

Und Jesse war auch da.

Der Schuhkarton stand auf dem Sims über dem Gaskamin. Offenbar bemerkte meine Mutter mein Starren, denn sie sagte: »Ich kann nicht glauben, dass dein Vater ihn die ganze Zeit unterm Bett hatte.«

»Wenigstens war ich bei ihm«, konterte mein Vater, mein Magen begann zu rumoren und in diesem Moment begriff ich, dass sie sich viel gestritten haben mussten.

Dad nahm einen Luftpolsterumschlag von der Flurkonsole und gab ihn mir. »Das kam, während du im Krankenhaus warst.«

Ich erkannte die Handschrift sofort.

Jodie. Ihr Name stand in der linken Ecke, darunter eine Adresse, die ich nicht kannte.

Meine Knie gaben plötzlich nach. Ich kippte fast im Flur um.

»Möchtest du, dass wir es zuerst lesen?«, fragte meine Mutter. Sie wirkten beide besorgt.

Ich schüttelte den Kopf. Aber ich machte den Umschlag nicht auf.

Ich habe ihn immer noch nicht geöffnet. Er liegt auf meinem Nachttisch.

Nachdem ES passiert war, gaben mir viele Freunde deutlich zu verstehen, dass wir keine Freunde mehr waren. Meinen Eltern ist es auch so gegangen. Wegen einiger Morddrohungen musste ich meinen Hotmail-Account und meine Facebook-Seite löschen.

Dann kam die Nacht, als jemand Feuer in unserer Garage legte.

Es ist also nicht weiter überraschend, dass ich, obwohl sie einmal meine allerbeste Freundin gewesen ist, Angst habe, einen Brief von der Schwester des Jungen zu öffnen, den Jesse getötet hat.

14 Uhr 30

Ich halte es nicht mehr aus. Ich mache ihn jetzt auf

*4. April*

*Lieber Henry,*
*ich habe ein paarmal versucht, dir eine E-Mail zu schreiben, aber sie kommen immer zurück. Ich dachte schon, ich würde dich nie wiederfinden. Deshalb war es so komisch,*

dich bei den Regionalwettkämpfen zu sehen. Ich hatte das Gefühl, einen Geist zu sehen. Und als du dich plötzlich in Luft aufgelöst hast, dachte ich, ich hätte vielleicht wirklich einen Geist gesehen. Aber dann habe ich mit ein paar Leuten aus deinem Team gesprochen und wusste, dass du es wirklich gewesen bist.

Du hast mich auch gesehen, oder? Und du wolltest nicht mit mir reden. Vielleicht hast du ja nicht mal deinen Freunden erzählt, was passiert ist. Ich könnte das verstehen. Ich habe gesehen, wie die Leute dich und deine Familie danach behandelt haben. Ich bin einen Tag, nachdem eure Garage angezündet wurde, an eurem Haus vorbeigefahren. Nicht, um zu glotzen, sondern weil ich dachte, ich würde dich vielleicht sehen.

Alles ist so schrecklich, Henry. Es ist wie ein Albtraum, bloß wache ich nie auf. Und niemand versteht es; niemand versteht es wirklich, nicht mal mein Trauerbegleiter. Und meine Eltern sind völlig am Ende. Mein Vater ist voller Hass. Er weiß nicht, dass ich dir schreibe; er würde einen Anfall kriegen, wenn er es wüsste. Meine Schwester ist zum Glück zu jung, um es zu begreifen. Aber ich weiß, der Einzige, der es wirklich, wirklich BEGREIFT, bist du. Denn du durchlebst denselben Albtraum, oder? Vielleicht sogar noch schlimmer.

Ich habe so viele Fragen, die ich dich gern fragen würde. Hast du mehr schlechte Tage als gute? Sind deine Eltern auch so fertig wie meine? Hast du Albträume? Hasst du deinen Bruder manchmal? Ich hasse Scott manchmal und *dann fühle ich mich so schlecht, dass ich mir am liebsten wehtun würde.*

*Ich wünschte, du würdest noch hier wohnen, Henry. Auch wenn ich weiß, dass das nicht mehr geht.*

*Na ja ... Ich weiß nicht, was ich sonst noch sagen soll. Bitte, bitte schreib zurück, aber nicht zu mir nach Hause, okay? Du kannst es zu Carrie schicken – sie wird es niemandem erzählen. Ihre Adresse steht auf dem Umschlag.*

*Bis dann, Henry.*

*Jodie*

*PS – Ich hoffe, du schreibst zurück.*
*PPS – Ich hoffe, dir gefällt das Geschenk.*

Ich habe den Brief dreimal hintereinander gelesen. Dann drehte ich den Umschlag um und heraus fiel ein kleiner flacher Gegenstand, der sorgfältig in Noppenfolie eingewickelt war.

Es war unser Sanddollar. Der perfekte Sanddollar, den wir vor einigen Jahren am Strand gefunden hatten. Ich halte ihn gerade auf meiner linken Handfläche. Er ist kühl und glatt.

Ich hatte ihn Jodie überlassen, weil sie einen miesen Tag gehabt hatte.

Vermutlich will sie mir jetzt eine Freude machen.

# Sonntag, 14. April

Gestern kam Mr Atapattu vorbei. Er hatte eine in Geschenkpapier eingewickelte Schachtel dabei. »Henry, ich bin so froh zu sehen, dass es dir gut geht«, sagte er. Er reichte mir die Schachtel. »Damit du dich erholst. Habe ich im Teleshopping gekauft.«

Ich riss das Geschenkpapier ab und hob den Deckel. In der Schachtel lag ein Slanket für mich, in marineblau. »Danke«, sagte ich und zog es über. Ich fühlte mich wie in einem Kokon.

Mr Atapattu nahm ein gerahmtes Foto vom Kaminsims. Es war ein Bild von mir, Jesse und Mom, auf dem wir vor dem Legolandschild stehen.

»Das ist mein Bruder«, sagte ich.

»Ja, ich weiß.«

»Hat Ihnen mein Vater erzählt, was passiert ist?«

»Nein.«

»Karen?«

Er schüttelte den Kopf. »Ich weiß es schon seit langer Zeit. Als Ihr eingezogen seid, habe ich euch gegoogelt.«

Ich zog die Augenbrauen hoch, aber er zuckte nur mit den Achseln.

»Wenn man mal neben einem Meth-Labor gewohnt hat, neigt man dazu, Nachforschungen anzustellen.«

»Dann haben Sie es die ganze Zeit gewusst?«

»Ja.«

»Und Sie wollten uns trotzdem kennenlernen. Sie waren trotzdem nett zu uns.«

»Du klingst überrascht.«

War ich auch. Ich war auch kurz davor, in Tränen auszubrechen. Es muss an der Kopfverletzung liegen.

»Henry, wenn jemandem etwas Tragisches widerfahren ist, braucht er Trost am nötigsten.«

»Ich hielt Sie für einen einsamen alten Mann, der verzweifelt Anschluss sucht«, platzte ich heraus.

Auch das schiebe ich auf die Kopfverletzung.

Aber er lachte bloß. »Oh, das bin ich auf jeden Fall auch. Es war nicht völlig uneigennützig, das kann ich dir versichern.«

Als er merkte, dass ich erschöpft war, schalteten wir den Fernseher ein. Dad hatte während meiner Krankenhauszeit ein paar GWF-Shows aufgenommen. Wir begannen mit dem *Monday Night Meltdown* und in der ersten Werbepause kam eine Ankündigung für das *GWF Smash-Up Live!* in Seattle! »Die Tickets verkaufen sich wie warme Semmeln! Buchen Sie jetzt, wenn Sie nicht leer ausgehen wollen!«

»Zu dieser Show wäre ich fast gefahren«, erzählte ich ihm.

»Wirklich?«

Ich nickte. Und obwohl ich müde war, erzählte ich Mr Atapattu die ganze Geschichte vom Recycling Service und dass Farley ausgeraubt worden war und wie ich mich mit Troy geprügelt hatte.

»Das ist schrecklich«, sagte er. »Wusstest du, dass ich drei Mal ausgeraubt wurde, als ich noch Taxi fuhr?«

»Echt?«

»Ich hatte große Angst.«

»Das kann ich mir vorstellen.« Ich wurde schläfrig in meinem Slanket.

»Das *GWF Smash-Up Live!* in Seattle«, hörte ich ihn sagen. »Das wäre wirklich eine tolle Sache gewesen.«

Danach hörte ich nichts mehr, weil ich einschlief.

Am nächsten Morgen fragte mich Dad, ob es in Ordnung sei, wenn Mom und er einen Spaziergang machten. Ich sagte klar. Sobald sie weg waren, lief ich hoch zu Karens Wohnung.

»Hey«, sagte sie, als sie mir die Tür öffnete. »Du bist wieder zu Hause.« Ihre Haare waren frisch gewaschen und sie trug Jeans und einen Pulli.

»Du siehst anders aus«, sagte ich.

»Wie denn?«

»Besser. Nicht so müde. Oder so nuttig.«

»Pass auf, was du sagst.«

»Ich meinte es als Kompliment.«

»Um ehrlich zu sein, ich fühle mich scheiße. Aber ich bin schon fast einen Monat nüchtern.«

»Glückwunsch.«

Sie bat mich herein und machte mir ein Sandwich mit Erdnussbutter und Gelee. Wir setzten uns ins Wohnzimmer.

»Hast du ihn gehasst?«, fragte ich.

Sie wusste genau, was ich meinte. »Oh ja. Jahrelang. Aber jetzt … Ich habe nur noch Mitleid. Dad hätte uns niemals absichtlich wehgetan. Er muss furchtbare Depressionen gehabt haben, um so etwas zu tun.«

Ich kann es nicht fassen, dass ich das schreibe, aber es stimmt: Es ist so leicht, mit Karen zu reden. Sie weiß, worum es geht. Und sie redet nicht um den heißen Brei herum.

»Denkst du immer noch oft an ihn?«

»Jeden Tag. Aber mittlerweile sind es fast nur noch gute Gedanken. Es sind Erinnerungen an die schönen Zeiten. Denn wir hatten viele schöne Zeiten, bevor er sich das Leben nahm. Hattet du und dein Bruder viele schöne Zeiten zusammen?«

»Ja, vermutlich schon.«

»Dann verwende deine Energie darauf, dich daran zu erinnern«, sagte sie. »Du bewahrst die Erinnerungen deines Bruders auf. Er hat etwas Schreckliches getan, Henry. Aber er war kein schrecklicher Mensch.«

### 17 Uhr

Ich bin jetzt in meinem Zimmer. Mom macht ein Brathähnchen zum Abendessen. Die Wohnung hat noch nie so gut gerochen.

Ich blättere durch ein Fotoalbum. Es ist von dem Stapel, den Mom aus dem Kellerverschlag hochgebracht hat. Es gibt ein Bild von Jesse und mir, als er neun war und ich sieben, auf dem wir vor einem Zelt in unserem Garten sitzen. Wir sind im Schlafanzug und lachen breit.

An diesen Morgen kann ich mich so gut erinnern. Es war das erste Mal gewesen, dass meine Eltern Jesse und mich im Garten im Zelt hatten schlafen lassen. Jesse hatte fast den ganzen Sommer darum gebettelt und Mom hatte irgendwann eingewilligt. Dad hatte uns geholfen, das Zelt aufzuschlagen und wir hatten Schlafsäcke und Kissen und Taschenlampen und ein paar Comics und Süßigkeiten hineingeräumt.

Bis es dunkel wurde, hatten wir einen Riesenspaß. Aber dann bekam ich Angst. Der Wind ließ die Bäume rascheln und ich war sicher, dass Schwarzbären und Ungeheuer lauerten, die uns holen würden. Ich begann zu weinen. Ich wollte ins Haus.

Jesse hänselte mich nicht als Feigling oder Baby. Er redete ruhig mit mir. Er hatte gerade ein Buch mit dem Titel *Sophiechen und der Riese* ausgelesen und fing an, mir die Geschichte zu erzählen. Sie handelte von einem Mädchen namens Sophie, das sich mit dem Guten Riesen anfreundet. Es ist eine tolle Geschichte, der Riese fängt gute Träume ein, um sie Kindern zu schenken, und kämpft gegen sehr unfreundliche Riesen. Ehe ich mich versah, war es Morgen: Ich hatte die ganze Nacht im Zelt geschlafen.

»Du hast es getan«, sagte er, als wir beide im Morgengrauen aufwachten, weil ein Specht gegen den Baum hämmerte.

»Ich hab es getan!«, erwiderte ich.

Jesse gab mir ein High Five. Als wir den Reißverschluss des Zeltes aufzogen, sahen wir Mom, die ängstlich aus dem Schlafzimmerfenster spähte. Wir winkten. Dad und sie buken uns Berge von Pancakes zum Frühstück.

Das ist eine schöne Erinnerung.

Es ist ein Anfang.

## Mittwoch, 1. Mai

### 1 Uhr morgens

Ihr kommt nie drauf, wo ich gerade bin.

Ich sitze auf der Rückbank eines gemieteten Minivans. Mom und Karen sitzen auf der Mittelbank und unterhalten sich. Dad sitzt neben Mr Atapattu, der fährt. Farley und Jesse sind bei mir auf der Rückbank. Wir fahren nach der erstaunlichsten Nacht meines Lebens nach Hause.

Und das ist passiert. Heute Morgen um neun tauchte Farley in unserer Wohnung auf. Normalerweise bin ich um diese Zeit noch nicht mal aus dem Bett, aber Mom und Dad hatten mich um acht mit der Ausrede geweckt, Mom habe ein großes Frühstück gemacht und wolle nicht alles wegwerfen.

»Was machst du denn hier?«, fragte ich ihn.

»Deine Eltern haben mich zum Frühstück eingeladen«,

sagte er und vielleicht sind es noch die Nachwirkungen der Gehirnerschütterung, aber ich habe nicht mal darüber nachgedacht, dass das komisch war.

Als Nächstes kam Mr Atapattu. Er grinste und zeigte seine sehr weißen Zähne. »Henry, kannst du mit runterkommen und mir bei etwas helfen?«, fragte er.

Mittlerweile war ich misstrauisch geworden, vor allem, weil alle anderen auch nach unten gingen. Der Minivan wartete vor der Tür. Daneben stand Karen. »Steig ein«, sagte Mr Atapattu.

»Wo fahren wir hin?«, fragte ich.

»Seattle«, sagte Mr Atapattu.

Ich machte große Augen. »Niemals. Niemals niemals niemals!«

»Es ist wahr, es ist wahr!«, rief Farley, packte mich an den Armen und hüpfte auf und ab.

»Du hast mir von der Überraschung erzählt, die du für deine Eltern geplant hast«, sagte Mr Atapattu. »Deshalb haben wir beschlossen, den Spieß umzudrehen und *dich* zu überraschen.«

Ich spürte, wie meine Augen zu brennen begannen und musste die Fingernägel in die Handflächen bohren. »Danke«, sagte ich.

Mr Atapattu zuckte die Achseln. »Ich hatte die Wahl, Geld für diesen Ausflug auszugeben oder für sehr teure Vitamintabletten, die ich im Teleshopping gesehen habe.«

Wir quetschten uns in den Bus. Mr Atapattu steckte den Schlüssel ins Zündschloss. Und plötzlich sah ich Jesse auf dem Kaminsims vor mir. Von uns allen hatte er die GWF am meisten geliebt. Selbst an seinen dunkelsten Tagen hatte er sich zu uns gesetzt und sich das *Saturday Night Smash-Up* angeschaut.

Ich konnte ihn nicht ausgerechnet an diesem Tag ganz allein zurücklassen.

»Ich hab etwas vergessen«, erklärte ich Mr Atapattu, als er gerade losfahren wollte.

Ich rannte nach oben und brachte den Schuhkarton herunter. Meine Mutter begann zu protestieren: Was, wenn in den Van eingebrochen wurde, was, wenn die Grenzposten Fragen stellten? Aber Dad drückte ihre Hand und sie holte tief Luft und ich kletterte mit meinem Bruder auf die Rückbank.

Wir hatten so viel Spaß in Seattle. Wir kamen um die Mittagszeit an und da es ein sonniger Tag war, aßen wir unsere Sandwiches im Freien, bevor wir den Aussichtsturm hochfuhren. Später sind wir noch auf den Markt gegangen, wo es viele tolle Sachen zu essen und Kunsthandwerk gab. Dann war es Zeit, ins Stadion zu gehen.

Ich machte mir Sorgen, dass sie Jesse nicht reinlassen würden. Ich hatte ihn in meinen Rucksack gesteckt und die Sicherheitsleute kontrollierten alle Taschen. Doch als der Sicherheitsmann in meinen Rucksack schaute, fragte er bloß »Neue Schuhe?«

»Ja«, log ich. Er winkte mich durch.

Es war ein unglaublicher Abend. Unsere Plätze in der

dreißigsten Reihe waren gut. Es gab große Fernsehbildschirme, auf denen man alles aus der Nähe und mit eigenen Augen sehen konnte. Farley hatte sogar selbstgebastelte Schilder mitgebracht. Auf seinem stand VLAD THE IMPALER IST DIE NUMMER 1! Auf meinem GREAT DANE IST DIE NUMMER 2! Farley fand das superlustig.

Mom war ganz aufgeregt, als El Toro in den Ring trat. Das Beste war, er hatte eine Revanche mit Jack Knife und dieses Mal heizte ihm El Toro ordentlich ein. Er warf Jack Knife über das Seil und aus dem Ring! Und mein Vater drehte durch, als Twister sich die Thompson Twins vornahm und gewann.

In der Pause ging Karen mit uns in einen der Stadionläden und sagte: »Ihr dürft jeder fünfzig Dollar ausgeben.«

»Wir können doch nicht dein Geld –«, setzte ich an.

»Doch, können wir!«, rief Farley und rannte in den Laden.

»Suresh Atapattu ist nicht der Einzige, der seinen Freunden etwas Gutes tun kann«, sagte Karen zu mir. Sie hatte auf der Hinfahrt neben Mr Atapattu gesessen, was sich als fataler Fehler herausgestellt hatte. Sie hatten sich über alles gestritten: seinen Fahrstil, in welche Spur sie sich an der Grenze einordnen sollten, wie sie in die Stadt fahren und wo sie parken sollten. Wenn Karen es brauchte, dass wir ihr Geld ausgaben, damit sie auf einem unsichtbaren Spielfeld Gleichstand erreichte, warum sollte ich mich dagegen wehren?

Farley kaufte sich ein Vlad-the-Impaler-Shirt und ein Vlad-the-Impaler-Poster. Ich kaufte einen Great-Dane-Hoodie und eine Lunchbox. Ich erklärte Karen, wofür ich die Lunchbox haben wollte. »Glaubst du, deine Eltern werden das gut finden?«, fragte sie.

Ich zuckte die Achseln. »Sie ist besser als der Schuhkarton.«

Die zweite Hälfte der Show war sogar noch besser als die erste, vor allem, als Great Dane in den Ring trat, ging ich richtig ab. Und was glaubt ihr, wer sein Gegner war? Vlad the Impaler! Farley und ich gingen beide richtig ab!! (Genau wie mein Vater, was ein bisschen peinlich war. Erwachsene Männer sollten echt nicht die Faust in die Luft stoßen und »Whooooooooo!« grölen)

Es war ein sensationeller Wettkampf. Und das Allerbeste, Great Dane gewann! Und zwar ohne hinterhältige Tricks oder verbotene Griffe (obwohl er Vlad den Hintern ins Gesicht gedrückt hat, als der auf dem Boden lag und sich stöhnend geschlagen gab, aber, mal echt jetzt, wer könnte ihm das verdenken?).

Zumindest heute Abend hat der Underdog gewonnen.

Letzten Freitag bin ich zu meiner Sitzung mit Cecil gegangen. Er schien ziemlich glücklich, mich zu sehen. Ich erzählte ihm die Geschichte, die ich Karen erzählt habe. Ich habe dabei kein einziges Mal mit Roboterstimme gesprochen. Er sagte, er sei stolz auf mich, dass ich eine so quälende Erinnerung mit ihm teile.

Ich erzählte ihm auch von Jodie und dem Brief. Ich hatte sogar den Sanddollar dabei und erlaubte ihm, ihn zu halten.

»Heiliger Strohsack«, sagte er. »Ist der glatt.«

Anschließend half er mir, einen Brief an Jodie zu schreiben. Er gab mir wirklich viele gute Ratschläge. Er spendierte mir sogar eine Briefmarke.

Als es Zeit war zu gehen, sagte er »Ich hab mir übrigens ein paar Folgen *Saturday Night Smash-Up* angeschaut.«

»Und?«

»Es macht ziemlich süchtig«, sagte er.

Er braucht trotzdem einen Haarschnitt. Und neue Socken. Aber ansonsten? Ist Cecil wirklich nicht verkehrt.

Wieder in die Schule zu gehen war hart.

Am ersten Tag wartete Farley vor dem Eingangsportal auf mich. »Ich glaube, es hat sich herumgesprochen.«

»Wwas …?«

»Mit deinem Bruder. Von mir hat es niemand gehört«, fügte er schnell hinzu. »Oder von Alberta. Aber du hast deinen Bruder auf dem Klo erwähnt … Vielleicht hat jemand im Internet nachgeforscht?«

*Kotz.* »Woher weißt du, dass die anderen Bescheid wissen?«

»Ein paar haben mich angesprochen. Ambrose hat mich gestern gefragt.«

»Und? Was hast du ihm geantwortet?«

»Ich sagte, er soll dich fragen.«

Ich seufzte. »Gut, danke.«

Wir betraten das Schulgebäude. Nach den Blicken, die mir zugeworfen wurden, wusste ich sofort, dass Farley recht hatte. Allerdings muss Farley mit dem Reach-For-The-Top-Team gesprochen haben, denn als ich ins Klassenzimmer trat, kam sofort einer von ihnen und setzte sich neben mich. In Sozialkunde sitzt jetzt immer Jerome neben mir. Er ist kein Freund vieler Worte. Wenn er neben mich rutscht, sagt er »Hey«.

»Hey«, erwidere ich.

In Englisch für Begabte bilden Farley, Ambrose und Parvana ein kleines Dreieck um mich. In Mathe für Begabte flankieren mich Farley und Shen von links und rechts. Es ist ziemlich auffällig, aber wisst ihr was? Es wirkt. Nach nur zwei Wochen lassen die Blicke und das Getuschel schon nach.

Am Tag bevor ich wieder zur Schule gehen sollte, bat ich meinen Vater, mich zu Alberta zu fahren. Cricket öffnete die Tür.

»Alberta, hier ist der Typ, mit dem du dir das Gesicht abgeschlabbert hast!«, rief sie, bevor sie die Treppe hochrannte.

Ungezogen.

Alberta kam zur Tür. Als sie mich sah, schaute sie mich böse an. Sie trug eine kurzärmlige rot-weiß karierte Cowgirl-Bluse über dicken schwarzen Strümpfen.

»Deine Bluse gefällt mir«, sagte ich. »Secondhand?«

Sie schaute mich weiter böse an.

»Alberta«, sagte ich. »Mir tut das alles leid. Es tut mir leid, dass ich gelogen habe. Ich hatte Angst, du würdest mich nicht mehr mögen, wenn ich dir die Wahrheit erzählt hätte.«

Sie verschränkte die Arme vor der Brust. »Ich verzeihe dir«, sagte sie. »Aber wenn du mich je wieder anlügst …«

»Werde ich nicht.«

»Gut.«

Es ist immer noch ein bisschen komisch zwischen uns. Aber ich habe sie heute Morgen trotzdem vom Bus aus angerufen und ihr erzählt, wo ich hinfahre.

»Cool«, meinte sie. Dann, kurz bevor sie das Gespräch wegdrückte: »Hey, Henry. Wie viele Wrestler sind nötig, um eine Glühbirne einzuschrauben?«

»Keine Ahnung.«

»Äh, was ist eine Glühbirne?« Es folgte eine Pause, dann kam *»Ha-ha-ha-ha-ha-ha-HÖÖ-HÖÖ!«*

Ich würde gern behaupten, dass zwischen meinen Eltern wieder alles gut ist, aber das wäre eine Lüge. Sie streiten viel. Sie versuchen, nicht laut zu werden, aber ich höre sie. Manchmal flüchte ich zu Karen oder Mr Atapattu, um meine Ruhe zu haben.

Ich muss sehr vorsichtig sein, was ich in Moms Gegenwart sage. Vor ein paar Tagen hatte sie gerade Abendessen gekocht, als im Radio ein Lied kam, das ich mag und ich wollte gerade sagen: »Diese Band ist echt der Killer«, aber ich kriegte gerade noch die Kurve und sagte: »Diese Band ist echt Kil… ometer besser als alle anderen Bands.« Und ich spiele kaum noch auf der PS3, weil bei den meisten Spielen geschossen wird und sie das zu sehr mitnimmt.

Trotzdem ist es besser, sie wieder hier zu haben als nicht. Aber es ist nicht toll. Mom sagt, dass sie bald wieder nach Picton zurückmüsse – um Sachen zu holen und ihre Sitzungen mit Dr Dumas abzuschließen. Sie behauptet, sie käme zurück, aber ich glaube ihr nicht so richtig.

Ich weiß nicht, wie meine Eltern reagieren werden, wenn ich ihnen erzähle, dass ich Jesses Asche gern in die Great-Dane-Lunchbox umfüllen würde. Es muss ja nicht für immer sein, aber verglichen mit dem Schuhkarton wäre es schon ein echter Fortschritt. Und ich glaube, Jesse würde es gut finden.

Am Montag begleite ich Karen zu einer Selbsthilfegruppe für trauernde Hinterbliebene von Selbstmördern. Sie hat mich überredet, es mir wenigstens einmal anzuschauen. Cecil wirkte sehr erfreut, als ich ihm davon erzählt habe. Mit Karen werde ich es irgendwie überstehen.

Heute war ein sehr guter Tag. Morgen läuft es vielleicht nicht so gut. Der Jahrestag von ES wird schrecklich sein. Meine Angst wird von Woche zu Woche größer.

Aber ich weiß auch, dass das Leben weitergeht.

Was mich an etwas erinnert.

Ich muss Cecil um ein neues Notizbuch bitten.

# Danksagung

Ich habe den Autor Wally Lamb nie getroffen, aber es gab eine Zeile in seinem Buch *Die Stunde, in der ich zu glauben begann,* die mich zu dieser Geschichte inspiriert hat. Ich danke ihm aus der Ferne. Außerdem habe ich mit Begeisterung Bret Harts Buch *Hitman* gelesen, das mir einen guten Blick in die Welt der Profi-Wrestler gegeben hat.

Für ihr Fachwissen und ihre Zeit muss ich Chris Matisz, dem Trainer des Reach-For-The-Top-Teams an der Kitsilano Secondary School danken; ebenso Catherine MacMillan, der fantastischen Psychologin an der Kitsilano Secondary School; Constable Lindsey Houghton, dem Beamten für Medienarbeit des Vancouver Police Department; Gordon Kopelow für seine fundierten Ratschläge in allen rechtlichen Belangen; und Laurie Hollingdrake, einer begnadeten Therapeutin. Ein Dankeschön auch an Ian Weir für den ein oder anderen guten Wrestlingwitz.

Ich möchte auch meinen ersten Lesern für ihre unglaublich hilfreichen Rückmeldungen danken: Göran und Oskar Fernlund, Robin Fowler, Sam Woodbridge, Susan Juby, und alle Buchliebhaber des Christianne Hayward Lyceum.

Dann sind da noch die üblichen Verdächtigen: meine wundervolle Agentin Hilary McMahon und das ganze

Team von Tundra, mein besonderer Dank gilt Kathryn Cole, die sich zusammen mit Sue Tate für mein Manuskript engagiert hat; meine fantastische Lektorin Sue Tate; Tara Walker für ihre wertvollen Vorschläge; Kelly Hill für ein weiteres wunderbares Cover; Pamela Osti, meine großartige Publizistin; und Kathy Lowinger, ohne die ich nicht mein glückliches Zuhause bei Tundra Books gefunden hätte.

Und zu guter Letzt ein ganz besonderes Dankeschön an Seve Williams. Seve wird möglicherweise eines Tages die Welt regieren, bis dahin jedoch lässt er mich großzügig seine Geschichte über kommerzielles Recycling und Obstfliegen verwenden, wofür ich ihm unendlich dankbar bin.

# Einige Wrestling-Fachbegriffe

BABYFACE

Auch Face. Wrestler, der für das Publikum die Rolle des »Guten« einnimmt. Faces zeichnen sich durch das Unterstützen anderer Faces, Verteilen von Geschenken an das Publikum, einen fairen Kampfstil oder bestimmte Comedyeinlagen aus. Das »böse« Pendant des Faces ist der Heel.

BELL CLAP

Dem Gegner wird mit flachen Händen fest auf die Ohren geschlagen, um ihn aus dem Gleichgewicht zu bringen.

BIONIC ELBOW

Der ausführende Wrestler schlägt mit seinem Ellbogen von oben auf den Kopf des Gegners.

BODY SPLASH

Beim Body Splash liegt der Gegner auf dem Rücken. Der ausführende Wrestler nimmt in den Seilen Anlauf und springt mit ausgebreiteten Armen der Länge nach auf den Gegner.

CLOTHESLINE

Bei einer Clothesline rennt der Wrestler leicht versetzt zu seinem Gegner frontal auf diesen zu, streckt seinen Arm seitlich aus und reißt ihn mit einem Schlag gegen den Hals nieder. Sehr bekannt ist auch die Variante, bei der der Gegner direkt mit dem Rücken an den Ringseilen steht und der ausführende Wrestler durch eine Clothesline mit ihm über das oberste Seil aus dem Ring stürzt.

DOUBLE AX HANDLE

Der Wrestler faltet die Hände, holt über seinem Kopf zum Schlag aus und trifft den Gegner an einer beliebigen Stelle. Der Move kann auch von den Seilen erfolgen.

HEEL

Wrestler, der für das Publikum die Rolle des »Bösewichtes« einnimmt. Einen Heel kennzeichnet vor allem der (illegale) Gebrauch von Waffen, das Beschimpfen der Fans und anderer Wrestler, Ausruhen außerhalb des Ringes während des Matches und Tiefschläge gegen den Gegner. Das Gegenteil des Heels ist der Face.

HUMAN TORTURE RACK

Diese Aktion ist eine Variation des Argentine Backbreakers. Der Rücken des Gegners wird über die Schultern gelegt und am Kopf sowie einem Bein festgehalten. Durch Ziehen am Kopf und am Bein, soll der Rücken überdehnt und die Aufgabe herbeigeführt werden.

SUPERSONIC ARM TWIST

Der Wrestler packt den Gegner an den Handgelenken, macht eine Drehung und zieht dem Gegner die Arme über den Kopf.

TESTICULAR CLAW

Die Testicular Claw stellt einen Angriff auf die Genitalien des Gegners dar, bei dem der ausführende Wrestler den Hoden seines Gegenübers mit der Hand packt und zudrückt. Die Testicular Claw wird in der Regel ausschließlich von Wrestlern mit einem besonders »schmutzigen« Kampfstil ausgeführt.

# Damals auf dem Lande

Dem Gedenken von
Erika Groth-Schmachtenberger (1906-1992)
gewidmet

Albert Bichler

# Damals auf dem Lande

## Altes Dorfleben in Bayern

Mit Fotografien von Erika Groth-Schmachtenberger

J. BERG

# Inhalt

*Täglicher Milchtransport zur nahen Molkerei (1940)*

*Kuhhirte aus dem Hersbrucker Land (1957)*

Bauern aus dem Ries auf dem Viehmarkt in Nördlingen (1933)

## Die »gute alte Zeit« – Rückblick ohne Verklärung

Es ist sicher ein Zeichen der erfreulichen Rückbesinnung, dass in der Gegenwart manche tradierten Werte, die in den letzten Jahrzehnten aus euphorischer Fortschrittsgläubigkeit in Vergessenheit geraten sind, wieder neu in ihrer Zeitlosigkeit entdeckt werden. So schätzt man heute nicht nur das Ferne und Fremde, sondern freut sich auch wieder am Vertrauten, an der Heimat und ihren oft verborgenen Schönheiten und fragt nach den Wurzeln. Besondere Aufmerksamkeit findet dabei die heimatliche Kultur, wie sie sich z. B. im Brauchtum ausdrückt, sowie die Heimatgeschichte. Alte Dinge, die längst vom Fortschritt überholt sind, werden heute in ihrer Einmaligkeit wieder neu entdeckt und lieb gewonnen. Und was viele Jahre ungenützt und verstaubt auf dem Speicher schlummerte, findet auf Dulten, Trödlermärkten und in Antiquariaten begeisterte Sammler. Was aber besonders auffällt: Vor allem junge Leute fühlen sich zu den alten, längst aus der Mode gekommenen Sachen hingezogen. So sehr aus dieser Hinwendung zu alten Dingen auch nostalgische Sehnsüchte sprechen mögen, so zeigt sich darin doch ein neu erwachtes Interesse für die Zeit unserer Vorfahren, eine Zeit, die uns nur aus der Rückschau so heil erscheint, in Wirklichkeit aber geprägt war von Arbeit, Not und Entbehrungen.

Angesichts rasant fortschreitender technischer Entwicklungen, z. B. im Bereich weltweiter Kommunikation, überrascht es schon sehr, dass heute viele Menschen von der »guten alten Zeit« träumen. Ist es ein Ausdruck des Überdrusses am materiellen Wohlstand und der Ohnmacht des Einzelnen in einer globalen Welt? Erinnert sei hier nur an geradezu revolutionäre Veränderungen in der Arbeitswelt. Es lässt sich sicherlich nicht leugnen: Auf der

*In Sommerhausen (1944)*

einen Seite hat die Technik dem Menschen viele Arbeiten abgenommen, die früher nur unter großem körperlichen Einsatz geleistet werden konnten, auf der anderen Seite wird aber der Einzelne immer mehr durch die Technik und ihre Zwänge in seiner persönlichen Entfaltung eingeengt. Und gerade dieser Verlust ist es, der viele heute so sehr belastet.

Angesichts einer fortschreitenden Technisierung und Globalisierung sehnen sich immer mehr Menschen nach einer Zeit, in der alles noch viel einfacher und übersichtlicher war. Viele wollen freiwillig zumindest zeitweise auf Errungenschaften des Fortschritts verzichten und entscheiden sich für alternative Wege. Verstärkt wird der Überdruss durch die Erfahrungen der Vereinsamung in der total von der Technik geprägten Welt. Für persönliche Kontakte, für Gespräche am Arbeitsplatz, beim Einkaufen, auf der Straße bleibt fast keine Zeit mehr. Es ist unübersehbar: Viele suchen wieder mehr menschliche Nähe, persönliche Begegnungen, Geborgenheit und Vertrautheit. Nicht ohne Wehmut erinnern sie sich, als noch jeder jeden kannte. Es ist die Zeit vor mehr als einem halben Jahrhundert, die vielen in der Rückschau besonders lebenswert erscheint. Dass diese Zeit aber keineswegs so gut war, wird in der verklärenden Sehnsucht nur allzu leicht übersehen.

# Altes Dorfleben – Romantik und Wirklichkeit

Das neu erwachte Interesse für die Heimat und seine Geschichte brachte es mit sich, dass sich viele heute wieder gern an das Leben früher auf dem Dorf erinnern. Sie denken zurück an Vorfahren, Freunde und Bekannte, die auf dem Land gelebt haben. Sie knüpfen an eigene Erfahrungen und Erinnerungen an und erkennen nicht ohne Wehmut, wie sehr sich auch die Welt auf dem Dorf verändert hat.

In den Jahrzehnten nach dem Zweiten Weltkrieg ist ein grundlegender Wandel in allen dörflichen Lebensbereichen eingetreten. Viele, die ihre Kindheit noch auf einem Dorf verbrachten, haben der kleinen Welt rund um Kirche, Schule und Wirtshaus den Rücken gekehrt, sind in eine Stadt gezogen und haben sich dort eine Existenz aufgebaut. Und dieser Prozess hält unvermindert und beängstigend bis in unsere Tage an: Die nachwachsende Generation, zumal nach einem Studium, verlässt die Welt des Dorfes und strebt in die Städte, in andere Regionen und Länder.

Das Bild unserer Dörfer, zumal in Stadtnähe, hat sich nicht nur äußerlich verändert. Es lässt kaum noch einen Vergleich mit der Zeit vor einem halben Jahrhundert zu. An die Stelle der einfachen bäuerlichen Bauweise mit niedrigen Häusern und kleinen Fenstern sind Neubauten getreten, die nicht zur traditionellen Baukultur passen und das gewachsene Ortsbild zerstören.

Der Alltag war früher auf dem Dorf, ganz im Gegensatz zu idyllisierenden Darstellungen und seichten Heimatfilmen, keineswegs romantisch, sondern überaus hart und entbehrungsreich. Aus Erzählungen und Aufzeichnungen älterer Menschen wissen wir, wie einfach und karg das Leben war. Es war geprägt von härtester Arbeit von Kindertagen an, von dem Verzicht auf heute selbst-

verständliche Annehmlichkeiten und von einer Zufriedenheit mit allem, was eben da war. Aus unserer heutigen Wohlstandssituation heraus ist uns die Not kaum vorstellbar, in die die Menschen auf dem Dorf hineingeboren wurden. Man lebte, um zu arbeiten, und arbeitete, um zu leben.

*Im unterfränkischen Frickenhausen am Main (1941)*

Heute so selbstverständliche Begriffe wie Urlaub, 40-Stunden-Woche, Freizeit am Wochenende, eigenes Auto – all das sind Errungenschaften, von denen ein Knecht oder eine Magd früher nur träumen konnte.

Es ist das erklärte Ziel dieses Buches, ein realistisches Bild von der Lebenswirklichkeit auf dem Dorf vor 80 Jahren und mehr, also vor dem Beginn der allgemeinen Technisierung, zu zeichnen. Fern aller Schönfärberei sollen manche weit verbreitete Fehlvor-

*Dorfstraße in Schmachtenberg über Miltenberg am Spessart (1936)*

stellungen abgebaut werden, sodass keineswegs mehr von einer »guten alten Zeit« zu sprechen sein wird. Heute selbstverständliche Arbeitserleichterungen waren undenkbar. Fehlende technische Hilfsmittel konnten nur durch den Einsatz vieler Helfer sowie durch das Zusammenstehen innerhalb der Dorfgemeinschaft, z. B. bei der Ernte, ausgeglichen werden. Die enge menschliche Verbundenheit trug wohl auch ganz wesentlich dazu bei, dass trotz aller Kargheit in der Lebensführung bei unseren Vorfahren keinerlei Unzufriedenheit aufkommen konnte, dass die Menschen trotzdem glücklich waren – glücklicher als heute. Das zeigte sich besonders bei der Feier der jährlichen Feste, die Jung und Alt den harten Alltag vergessen ließen.

In kurzen einführenden Texten soll der Leser einen Überblick über wichtige Lebensbereiche des alten Dorfes in Bayern gewinnen. Bewusst bleiben dabei regionale Besonderheiten meist unbeachtet. Sie können nur in einer Monographie gebührend berücksichtigt werden.

In zahlreichen, heute schon historischen Schwarz-Weiß-Bildern will das Buch den Alltag unserer Vorfahren anschaulich dokumentieren, ihr Familien- und Arbeitsleben, ihren Zusammenhalt in der Dorfgemeinschaft, ihre großen und kleinen Freuden. Damit möchte es an persönliche Erfahrungen und Erinnerungen anknüpfen, vor allem bei jenen, die einst auf dem Dorf gelebt haben. Vielleicht kann das Buch so dazu beitragen, dass viele die Wurzeln ihrer Familie neu entdecken in einem kleinen, unbekannten Dorf in Bayern, weit weg von der Stadt.

*Dörfliche Straßenidylle am Main bei Sand/Unterfranken (1957)*

# Leben in der Großfamilie

Wenn ältere Menschen von ihrer Jugend auf dem Dorf erzählen, dann kommen sie – trotz aller erfahrenen Entbehrungen – leicht ins Schwärmen. Vor allem dann, wenn sie sich erinnern, wie es früher einmal daheim war, damals in ihrer Kindheit und Jugend in der Großfamilie, in die sie eingebettet waren. Denn ganz im Gegensatz zur heutigen Kleinfamilie mit oft nur einem einzigen Kind wurden die Landkinder in eine große Gemeinschaft mit vielen Geschwistern hineingeboren – zehn Kinder und mehr waren keine Seltenheit.

In der Familie fühlten sich alle Kinder geborgen. Es war selbstverständlich, dass jeder auf die anderen Rücksicht nahm. So wuchs eine lebenslange Verbundenheit, die sich auch in Notlagen bewährte. Der Mittelpunkt der großen Familie waren die Eltern, die sich unter Verzicht auf eigene Wünsche um die Kinder sorgten und ihnen trotz aller Einschränkungen eine glückliche Kindheit schenkten.

# Enger Zusammenhalt

Neben den Eltern und Kindern gehörten zur Familie gewöhnlich noch die Großeltern, die im »Austrag« mit den Jungen zusammenlebten. Großvater und Großmutter wohnten unter einem gemeinsamen Dach mit der jungen Familie oder im »Austraghäusl«, auch »Zuhäusl« genannt, neben dem Anwesen. Gegessen wurde in den meisten Fällen gemeinsam. Nur dort, wo sich Alt und Jung nicht vertragen haben, wurde auf eine Trennung geachtet. Die Altbäuerin und der Altbauer halfen in der Regel noch auf dem Hof mit und unterstützten die junge Familie nach Kräften.

Die junge Bäuerin war voll ausgelastet durch die Arbeiten im Haus. Besonders zeitaufwändig und schwer war der wöchentliche Waschtag – ohne die heute so selbstverständliche Hilfe durch die Waschmaschine. Da war die Bäuerin dankbar, wenn sie die Mutter oder Schwiegermutter etwas in der Küche entlastete, sich ums Kochen kümmerte oder auf die in kurzen Abständen geborenen Kinder aufpasste. Auch der Großvater machte sich überall nützlich und übernahm noch leichtere Arbeiten auf dem Hof oder auf dem Feld, solange es eben ging.

Nicht selten lebten in der Familie aber auch noch weitere Verwandte, eine Tante, ein Onkel, die nicht geheiratet hatten. Sie hatten zeitlebens ihr Wohnrecht auf dem Hof. So war es auch notariell festgelegt. Die unverheirateten Geschwister gehörten fest zur Familie, sie bekamen auf dem Hof ihr Essen und hatten auch ihren angestammten Platz am Tisch unter dem Herrgottswinkel. Da man bei der Arbeit auf sie angewiesen war, bedeuteten sie für einen Hof keine allzu große Belastung.

Die Zusammengehörigkeit mit der Familie zeigte sich in guten wie in schlechten Tagen. Für die Kinder war dieses Miteinander und Füreinander etwas ganz Selbstverständliches. Sie lernten schon früh, sich gegenseitig zu ertragen und Toleranz zu üben. Aber keineswegs war es immer eine heile Welt, denn auch früher gab es viele Spannungen im Zusammenleben in einer Familie, zwischen den Jungen und den Alten, den Kindern und weiteren Angehörigen. Gerade das Zusammenleben in der Großfamilie, noch dazu bei

*Seite 14: Bäuerin aus dem Ochsenfurter Gau mit ihren Kindern in der Werktagstracht (1939)*

*In der Rhön: Der fertige Brotteig wird zum Backofen getragen. (1933)*

oft sehr beengten räumlichen Verhältnissen, zwang jedoch einfach zum Zusammenhalt. Der heute oft beklagte Egoismus des Einzelnen konnte sich in der Großfamilie einfach nicht so ungehindert entwickeln. Ein jeder musste Rücksicht nehmen und konnte Rücksicht erwarten. Gerade diese Haltung war die Basis für das doch weithin erträgliche Zusammenleben von Alt und Jung, für das Nebeneinander mehrerer Generationen unter einem Dach.

Es war eine Selbstverständlichkeit, dass die Alten ihren Lebensabend in der Familie verbringen konnten. Alten- und Pflegeheime waren auf dem Land noch unbekannt. Sicherlich verlangte das der jungen Generation, vor allem der Bäuerin, oft größte Opfer ab. Denn gewöhnlich war sie es, die die Alten im Haus – oft bis zur Selbstaufgabe – über viele Jahre hinweg Tag und Nacht pflegen musste. Diese Betreuung sowie die ärztliche Versorgung waren meistens im Erbvertrag genau festgelegt und brachten gar manchen Hof in finanzielle Schwierigkeiten. An eine Altersversorgung und Absicherung aller Familienmitglieder durch eine Krankenkasse war damals noch nicht zu denken. Deshalb holte man den »Doktor« auch nur, wenn die herkömmlichen Hausmittel versagten.

## Die Dienstboten in der Familie

Zur Familie eines Bauern gehörten neben den Großeltern und weiteren Verwandten auch die Dienstboten. Es waren die Mägde und Knechte, die »Ehhalten«. Sie hatten ihre Schlafräume (Kammern) meist in einem Nebengebäude, über dem Stall oder im Stall selbst. Es waren äußerst dürftige Unterkünfte, in denen gewöhnliche Strohsäcke als Liegestatt dienten. Ein Kleiderkasten oder eine Truhe waren meist das einzige Inventar in der finsteren Kammer. In den Kammern war es, da sie nicht beheizt werden konnten, im Winter grimmig kalt.

Auf kleineren Anwesen saßen die »Ehhalten« mit der Familie des Bauern gemeinsam am Tisch beim Essen, auf größeren Höfen stand ihnen ein eigener Tisch zu. Aber auch hier gab es keine feste Regel. Alles hing eben davon ab, wie sehr der Bauer die Dienstboten schätzte.

*Brotbacken im alten Backofen in Niederbayern (1939)*

*Ein selbstgemachter Hefezopf, beim Bäcker gebacken, Lohr am Main (1959)*

## Die Morgensuppe in der großen Schüssel

Wie anspruchslos alle waren, ja sein mussten angesichts der äußerst geringen Einkünfte, die mit einem kleineren Anwesen zu erwirtschaften waren, zeigte sich besonders am Essen. Eingedenk der alten Regel: »'s Maul is a kloana Lucka, kann Haus und Hof verschlucka« war der Tisch nie zu üppig gedeckt. Nach der morgendlichen Stallarbeit aßen die Bewohner des Hofes die Morgensuppe. Das war meist eine Kartoffel- oder Brotsuppe, manchmal auch eine Brenn- oder Buttermilchsuppe. Nur ganz selten gab's Malzkaffee. Die Morgensuppe wurde, wie auch das Essen bei den übrigen Mahlzeiten, aus einer großen Schüssel gegessen, die die Bäuerin mitten auf den Tisch stellte. Ein Teller für jeden in der Familie wäre im Alltag zu aufwändig gewesen – die gab es als große Ausnahme lediglich an den großen Feiertagen des Jahres. Um die bis zum Rand gefüllte Schüssel saßen dann alle herum, der Bauer ebenso wie die übrigen Familienangehörigen, die Kinder und meist auch die Dienstboten.

Am Tisch herrschte stets strenge Disziplin. So durfte mit dem Essen erst angefangen werden, wenn der Bauer seinen Löffel zur Schüssel geführt hatte. Genau wurde auch darauf geachtet, dass nichts verschüttet wurde. Die Kinder wurden von den Eltern angehalten, nicht zu schlürfen. Ungeschriebenes Gesetz war es, dass sich keiner auf Kosten der anderen einen größeren Brocken aus der Schüssel holen durfte.

Zur Brotzeit begnügte man sich mit trockenem Brot, dazu gab es Wasser, Milch oder Apfelmost. Ein Dünnbier, den »Scheps«, bekamen im Sommer nur die Männer zur schweren Erntearbeit.

*Links: Schrank in der Speisekammer eines Bauernhauses: Im linken Teil hängt das Geräucherte, geschützt durch ein Fliegengitter (1938).*

## Dampfnudeln aus dunklem Roggenmehl

*Einfaches Karfreitagsessen mit Rohrnudeln und Birnenkompott (1939)*

Der Mittagstisch war aus heutiger Sicht nicht sehr üppig gedeckt. Zur einfachen Suppe gab es Kartoffeln, Kraut, Gemüse – und immer Knödel. Das wenige Selch- oder geräucherte Fleisch wurde von der Bäuerin in ganz kleinen Stücken unter die Speisen gemischt, sodass man es kaum noch finden konnte. Etwas mehr Fleisch war an Feiertagen zu erhoffen, das aber dann der Bauer höchstpersönlich aufschnitt und jedem seine Portion zuteilte . Da sich die Dienstboten meist nicht satt essen konnten, holten sie sich noch eine Scheibe trockenes Brot aus dem Brotkasten.

Reichlich Fleisch und Wurst kam eigentlich nur dann auf den Tisch, wenn auf dem Hof geschlachtet worden war, ein Fest, auf das sich alle schon lange freuten. Solche Schlachtfeste waren Höhepunkte im Jahreslauf. Gewöhnlich wurde zu Kirchweih, Weihnachten und Fasenacht ein Schwein geschlachtet. Das waren Tage, an denen es sich alle gut gehen ließen.

Es war eine ungeschriebene Regel, dass nur das aufgetischt wurde, was selbst erzeugt wurde. So war der bäuerliche Küchenzettel nicht sehr abwechslungsreich. Immer wieder gab es Mehlspeisen, vor allem an jedem Freitag, der ein absoluter Abstinenztag war. Beliebt waren Rohrnudeln und Dampfnudeln, auch wenn sie nur aus Roggenmehl gebacken waren. Aus Sparsamkeit gab es Nudeln aus Weizenmehl nur zur Kirchweih und Fasenacht. Ansonsten hielt man sich eben ganz an den Spruch: »Ein Vielfraß wird nicht geboren, sondern erzogen.« Und so kam es nicht sel

*Eine unterfränkische Spezialität: der »Blatz«, ein mit Äpfelschnitz, Zwetschgen oder Streusel belegter Hefeteig, der auf großen Backblechen zum Backen beim Bäcker getragen wird (1953)*

ten vor, dass die Dienstboten hungrig vom Tisch aufstanden, denn wenn der Bauer mit dem Essen fertig war, mussten alle den Löffel aus der Hand legen. Hatten der Bauer und die Bäuerin noch Hunger, so nahmen sie sich noch etwas aus der Speisekammer mit, ein Privileg, das den Dienstboten nicht zustand.

Am Nachmittag gab es dann zur Brotzeit lediglich ein Stück trockenes Brot und dazu Kartoffeln, Milch oder Wasser. Nicht weniger dürftig war auch das Abendessen. Dabei war man keineswegs auf Abwechslung bedacht: immer wieder Mehl- oder Kar-

*Eine »Bötin« in der Oberpfalz: Im Handkorb und in der »Kirm« trägt sie Weißbrot, das sie in Dörfer bringt, wo es keinen Bäcker gibt (1955).*

toffelspeisen und dazu Milch oder Kompott aus Dörrobst. Auf den bäuerlichen Tisch kam eben nur das, was in Stall, auf dem Feld und im Garten selbst erzeugt werden konnte.

Ein Grundnahrungsmittel neben den Kartoffeln war die Milch, die täglich aus der irdenen Schüssel (aus Ton), dem »Weidling«, wie man in Oberbayern sagte, gelöffelt wurde. Im Butterfass wurde der aufgestellte Rahm gerührt. Beliebt waren auch die »gestöckelte« Milch und der Topfen, ganz einfache Milchspeisen, die heute wieder gerne gegessen werden.

*Bäuerin aus der Ochsenfurter Gegend mit selbst gebackenem Brot (1939)*

## Brot aus dem eigenen Backofen

Besonders geachtet und in Ehren gehalten wurde in jedem Haus das Brot, das bei fast keiner Mahlzeit fehlen durfte. Es war das Grundnahrungsmittel für die ganze große Familie und wurde von den meisten Bauern im eigenen Backofen selbst gebacken. In der Regel wurde alle zwei bis drei Wochen gebacken, weshalb der Backtag immer ein herausragendes Ereignis im bäuerlichen Alltag war.
Das Backen war die Domäne der Bäuerin oder der Großmutter, die dabei ihr Können unter Beweis stellen konnten. Streng hielt sie sich dabei an das überlieferte Hausrezept und hütete alle Geheimnisse. Sie allein wusste, welche Gewürze in welcher Menge dem Teig beigegeben werden mussten. Die Bäuerin trug die Verantwortung für das Gelingen des ganzen Backvorgangs, was man gar oft an ihrem geröteten Kopf erkennen konnte. Ein geschmacklich ausgewogenes, knusprig gebackenes Brot war der große Stolz einer jeden Bäuerin.

Die Vorbereitungen für den Backvorgang begannen schon am Vorabend. Im großen hölzernen Backtrog wurde der Sauerteig

zubereitet, der dann über Nacht in der warmen Küche ruhen musste. Am nächsten Morgen kam dann etwa ein halber Zentner Roggenmehl dazu, der nun in schwerer Knetarbeit zu einem festen Brotteig verarbeitet wurde. Beim Schlagen des Teiges musste der Bäuerin gewöhnlich auch die Dirn zur Hand gehen. Doch ansonsten wollte die Bäuerin an diesem Tag niemanden neben sich dulden.

*Typisches Waldlerhaus im Bayerischen Wald, noch mit Schindeln gedeckt und mit Backhäusl (1935)*

Wenn der Teig in der warmen Küche ausreichend »gegangen« war, wurden daraus große Brotlaibe geformt und in geflochtene, flache Körbchen gelegt. Aus dem gewichtigen Teig entstanden so 20 bis 30 Laibe, die nach einer nochmaligen Ruhezeit dann mit der Brotschaufel in den Backofen »geschossen« wurden.

Der Backofen befand sich gewöhnlich im »Backhäusl«, das in einiger Entfernung von Wohnhaus und Nebengebäuden stand, um die einstmals noch hölzernen Gebäude nicht durch Funkenflug oder herausschlagende Flammen zu gefährden. Der Backofen musste schon mehrere Stunden vorher mit Fichten- und Buchenholz eingeheizt werden, bis er eine Temperatur von fast 300 °C erreichte. Dann wurde mit einem eisernen Schürhaken die glühende Asche herausgeräumt. Dabei stand stets ein Kübel Wasser

*Fertige Butter: Nach altem Brauch wird sie nach dem Schlagen verziert (1939).*

bereit, um die Glut abzulöschen. Jetzt erst konnten die 20 bis 30 Laibe mit der hölzernen Brotschaufel in den heißen Backofen »geschossen« werden. Nun durfte er mehr als eine Stunde lang nicht mehr geöffnet werden, eben so lange, bis die Brotlaibe schön knusprig braun gebacken waren. Mit höchster Konzentration und auch Anspannung überwachte die Bäuerin den Backvorgang, denn die viele Mühe sollte sich ja lohnen. War das Werk geglückt, so konnte man ihr die Freude und auch den Stolz wohl ansehen.

Nun kam der Brotvorrat für die nächsten drei bis vier Wochen in die Speisekammer, wo die Brote stehend in eigens dafür geschaffenen Regalen, sicher gegen Mäusefraß, aufbewahrt wurden. Im Herbst nutzte man die Restwärme des Backofens zum Dörren von Apfel- und Birnenscheiben aus. Das Dörrobst diente im Winter als Kompott oder kam in der Adventszeit in das Kletzenbrot.

## Große Achtung vor dem Brot

Alte Menschen erzählen uns immer wieder, welch große Achtung man früher vor dem Brot hatte. Deshalb wurde man auch nicht müde, die Kinder immer wieder anzuhalten, es als Gottesgabe zu schätzen. Dazu waren keine besonderen pädagogischen Maßnahmen erforderlich, hatten sie doch die Eltern als Vorbild. Zudem erlebten die Kinder ja ganz unmittelbar, welche großen Mühen die Menschen auf dem Hof aufbringen müssen, bis das Getreide heranwächst, bis es geerntet und gedroschen, gemahlen und zu Brot gebacken ist.

Aus Achtung vor dem so kostbaren Brot galt es geradezu als Sünde, etwas davon verkommen zu lassen oder gar wegzuwerfen. So hat man auch immer darauf geachtet, dass ja nicht zu viel Brot aufgeschnitten wurde. Blieb wirklich ein Rest, so wurde später eine Brotsuppe daraus.

Der hohe Respekt gegenüber dem Brot gebot es auch, dass nach altem Brauch ein Laib vor dem ersten Anschnitt auf der Unterseite mit der Messerspitze bekreuzigt wurde. Und da man im Brot und in jeder Speise gleichsam eine Gottesgabe sah, versäumte man es nie, vor und nach jeder Mahlzeit um das tägliche Brot zu beten. In vielen Häusern war es Brauch, stehend oder gar kniend, für Speis und Trank zu bitten und zu danken. Daran mussten sich auch die Dienstboten halten. Sie durften auch erst vom Tisch aufstehen, wenn der Bauer das abschließende Dankgebet gesprochen hatte.

## Erziehung zur Bescheidenheit

Das Leben in der bäuerlichen Familie war geprägt vom wiederkehrenden Rhythmus der Jahreszeiten und den Arbeiten, die diese mit sich brachten. Es war durchdrungen von einer Anspruchslosigkeit, die wir uns in der heutigen Wohlstandsgesellschaft kaum noch vorstellen können. Die Kinder gewöhnte man schon frühzeitig daran, sich mit dem Einfachen und Nötigsten zu begnügen. Daher waren sie mit allem zufrieden; große Wünsche zu äußern kam ihnen nicht in den Sinn.

*Wäschewaschen am Bach (1939)*

Wie anspruchslos alle waren, ja einfach sein mussten, zeigte sich auch in der Kleidung. Die Frauen und jungen Mädchen hatten neben der notwendigen Werktagskleidung meist nur ein Sonntagskleid, auch die Männer hatten im Kasten für Sonn- und Feiertage nur ein einziges Gewand, meist eine Joppe und Hose. Im Winter trugen sie statt eines Mantels unter der Joppe eine handgestrickte Wollweste.

Die Kleidung für die Kinder schneiderte gewöhnlich die Bäuerin selbst oder es kam die Störnäherin ins Haus. Die Störnäherin wurde von der Bäuerin gerufen, wenn es wieder etwas zu flicken, zu ändern und neu zu schneidern gab. Mit ihrer kleinen Nähmaschine, die sie mit dem Fahrrad transportierte, erledigte sie alle anfallenden Arbeiten vor Ort, was meist mehrere Tage in Anspruch nahm.

Aus Sparsamkeit achtete man genau darauf, dass die Kleider und Hosen ja groß genug ausfielen, damit die Kleinen noch gut »hineinwachsen« konnten. Bei Bedarf wurden die Sachen immer wieder verlängert, geändert und vor allem geflickt. Und so verging für die Mutter kaum ein Tag, an dem es nicht irgendetwas zu richten gab. Was noch brauchbar war, wurde zuletzt an die jüngsten Geschwister zum »Auftragen« weitergegeben.

*Fürsorge in der Familie auch im Alter (1951)*

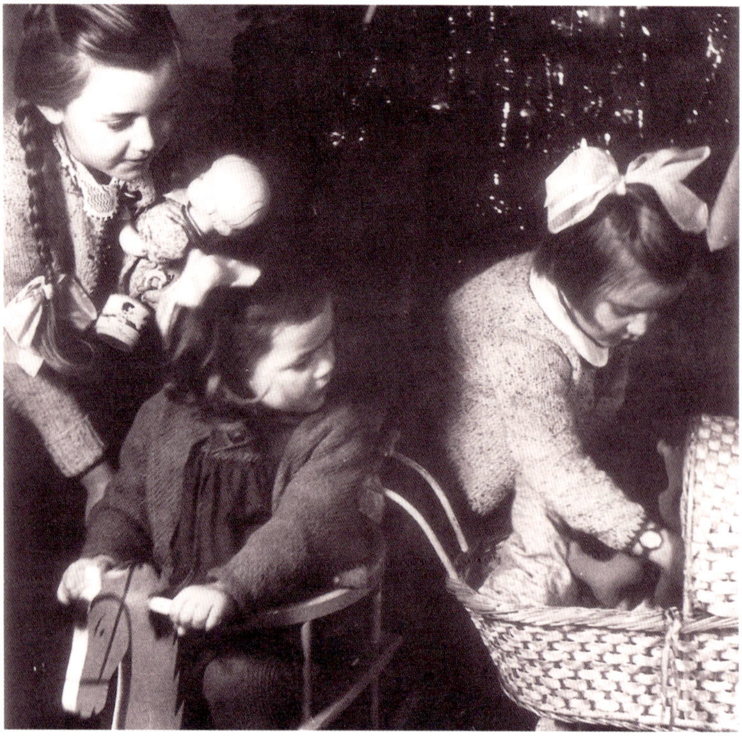

*Große Freude über kleine Weihnachtsgeschenke im Kriegsjahr 1940*

## Mit Holzschuhen durch den Schnee

Bescheiden war man auch in der Fußbekleidung: Solange es das Wetter erlaubte, ging man bei der Arbeit barfuß oder trug billige Holzschuhe. Das galt natürlich auch für die Kinder. Zum hölzernen Schuhwerk gab s im Winter gegen die Kälte dicke Wollsocken, an denen sich auf dem sehr langen Schulweg aber der Schnee festsetzte. So kamen die Schüler oft mit durchnässten Socken in der Schule an. Da blieb nichts anderes übrig, als alle Strümpfe über oder neben den warmen Kachelofen zu hängen. Bis zum Heimweg mussten sie ja wieder trocken sein.

Da eine derart dürftige Fußbekleidung keineswegs gegen den strengen Frost im Winter schützen konnte, kam es immer wieder zu Erfrierungen an den Zehen. Lederschuhe waren ein Luxus, den man sich nicht leisten konnte. Da war es schon ein bedeutendes Ereignis, wenn die Kinder zur Erstkommunion die ersten Lederschuhe bekamen. Sie wurden vom Schuhmacher, der ins Haus kam, in Handarbeit nach Maß angefertigt. Und natürlich waren auch die Schuhe anfangs viel zu groß und mussten zudem »geschont« werden, so gut es eben ging. Sie sollten ja lange halten. Gänzlich unbekannt waren pelzgefütterte Schuhe für den Winter, wie wir sie heute kennen.

## Sparsam auch beim Einheizen

Sogar beim Einheizen wurde auf höchste Sparsamkeit geachtet. Gut aufwärmen konnte man sich in der kalten Jahreszeit eigentlich nur in der Stube beim Kachelofen oder in der Küche mit dem großen Herd. Mehr Räume im Haus zu beheizen, hätte als Verschwendung gegolten. In den Schlafkammern behalf man sich mit Dachziegeln oder großen Kieselsteinen, die man vorher im Bratrohr oder auf der heißen Herdplatte erwärmte und dann ins Bett legte. Vereinzelt gab es aber auch schon Wärmflaschen aus Blech. Warmes Wasser, z. B. zum Geschirrspülen, konnte man in geringer Menge aus dem Wasserschiff im Küchenherd schöpfen. Und zum wöchentlichen Bad in der Küche wurde auf dem Herd Wasser in einem Topf erhitzt, das dann in den großen Holzzuber oder in eine blecherne Badewanne gegossen wurde. Natürlich hatte nicht jeder in der Familie einen Anspruch auf ein frisches Badewasser.

Ein stets hochgehaltener Grundsatz war es auch, nichts wegzuwerfen. »Vielleicht kann man es wieder einmal brauchen«, konnte man immer wieder hören. So wurde z. B. altes Zeitungspapier mehrfach verwertet. Es diente zum Einwickeln von Lebensmitteln, aber auch zum Feuermachen. Die Kinder konnten sich daraus Papierschiffchen und andere Spielsachen bauen. Und zuletzt diente es, in kleine Teile geschnitten, als Toilettenpapier.

## Nur kleine Geschenke

Wie bescheiden und einfach es in den Familien zuging, das zeigte sich auch in den Geschenken, die zu Weihnachten unter den Christbaum gelegt wurden. Es gab immer nur Kleinigkeiten, die man nicht kaufte, sondern selbst anfertigte. Beschenkt wurden gewöhnlich nur die Kinder, die sich über selbst gestrickte Strümpfe, eine Schürze oder einen Wollschal riesig freuen konnten. Spielsachen wie sie Stadtkinder hatten, waren auf dem Land ziemlich unbekannt. Meist bastelten der Vater oder der Großvater den Kleinen etwas zum Spielen. Auf dem Weihnachtsteller lagen lediglich selbst gebackenes Kletzenbrot und einfache Lebkuchen. Feineres Gebäck mit kostbaren Zutaten konnte man sich nicht leisten. Am Namenstag, der früher anstelle des heutigen Geburtstages in der Familie gefeiert wurde, gab es keine Geschenke. Das Namenstagskind bekam zur Feier des Tages lediglich seine Lieblingsspeise, z. B. einen Pudding.

Ansonsten waren die Kinder mit Kleinigkeiten zufrieden zu stellen. Hatten die Eltern mal in der Kreisstadt zu tun oder waren auf einem Markt oder bei einer Wallfahrt, so brachten sie ihnen etwas mit, ein paar Semmeln, eine Stranitze voll Bonbons oder einen Kreisel, eine Zopfspange oder Haarschleife.

## Am Feierabend

An den Abenden, vor allem im Winter, saß die ganze Familie in der warmen Wohnküche oder Stube beisammen. Für die Mädchen und Frauen gab es immer etwas zu tun, die Burschen gingen gern in den Hoagarten zu Freunden oder auch ins Wirtshaus. Die Kinder scharten sich um die Großeltern, die ihnen Kindheitserlebnisse oder, was besonders spannend war, Geistergeschichten erzählten. Eine besonders beliebte Lektüre war für alle, neben der Zeitung, die »Patrik«, der alte Hauskalender, mit interessanten Informationen und erbaulichen Geschichten. Sie enthielt auch Bauern- und Wetterregeln und wichtige Hinweise zur Arbeit im Stall, auf dem Feld und im Wald. Und nie vergessen wurde auch die »Goffine«, die beliebte Postille, die in keinem Haus fehlte. Dieses religiöse Hausbuch war in den meisten Fällen auch das einzige Buch der Familie. Aus ihr las der Hausvater in den langen Abenden und vor allem an Festtagen religiöse Betrachtungen oder Stellen aus der Heiligen Schrift vor.

# Es lebe hoch der Bauernstand

2. Die Ehr auch seinem Weibe! Sie hält mit guter Hand
den Hausstand recht zusammen mit Herz und mit Verstand.
Sie denkt auch an die Freuden, die Gott gegeben hat,
sie weiß, was gut für Mann und Kind, bedenkt auch das Gesind.

3. So laßt uns auch noch loben das Tagwerk auf dem Land
und wie die Welt sich zeiget in lieblichem Gewand!
Kein Feind sie je bedränge, das Hofrecht bleib' bestehn!
Das bitten wir den lieben Gott, wenn abends zur Ruh' wir gehn.

# Harte Bauernarbeit

Mehr als heute war früher das bäuerliche Leben von harter Arbeit geprägt. Und darum wurde den Kindern die Lebensregel schon in die Wiege gelegt: »Nur durch Fleiß bringt man's zu etwas.« Es mussten eben alle mithelfen, um den ererbten Hof, das »Sach«, zusammenzuhalten und hochzubringen und so zu Wohlstand zu kommen.
So ist es auch verständlich, dass die Eltern nicht allzu sehr darauf bedacht waren, ihren Kindern eine »schöne« Jugendzeit zu ermöglichen. In erster Linie sah man in den Kindern einfach wichtige Helfer bei der Arbeit, denn Maschinen standen noch kaum zu Verfügung. Aus diesem Grund hielten es die Eltern gar nicht für sehr wünschenswert und sinnvoll, den Kindern allzu viele Spielsachen in die Hand zu geben. Man wollte sie ja zur Arbeit erziehen und keineswegs zum Spielen. Erkenntnisse über den pädagogischen Wert des Spielens waren gänzlich unbekannt.
Auf keinen Fall wollte man die Kinder verweichlichen oder verwöhnen. Sie sollten durch ihre Mithilfe auf dem elterlichen Anwesen schon frühzeitig in die Arbeit hineinwachsen und damit auch eine persönliche Bestätigung und Befriedigung erfahren. Eltern und Kinder waren auf diese Weise durch die Arbeit eng miteinander verbunden, da sie nur gemeinsam bewältigt werden konnte. Und weil sich die Eltern durch die Kinder Hilfe und Erleichterung bei der Arbeit erhoffen konnten, wurden viele Kinder geradezu als Segen empfunden, zumal viele Familien so manchen Nachkömmling aufgrund heute harmloser Krankheiten verloren.

## Das harte Los der Dienstboten

In der ersten Hälfte des vergangenen Jahrhunderts war die Bauernarbeit – bis auf wenige Ausnahmen – im Wesentlichen Handarbeit. Was heute eine einzige Maschine, z.B. ein Mähdrescher oder Mehrscharpflug, in ganz kurzer Zeit mühelos schafft, war nur in vielen Arbeitsgängen und mit vielen fleißigen Händen zu schaffen.

Die Hauptlast der schweren Arbeiten mussten die Dienstboten tragen, die von den Bauern nicht geschont wurden. Sie waren ja zum Arbeiten eingestellt. Es waren dies meist nachgeborene Söhne und Töchter von Bauern, die nicht als Hoferben in Frage kamen. Und so blieb ihnen nichts anderes übrig, schon mit zwölf Jahren als Knecht oder Magd auf einem fremden Hof zu dienen, in der Hoffnung freilich, vielleicht irgendwann einmal auf einem Anwesen, und sei s auch nur ein kleines »Sachl«, »einheiraten« zu können. Unter den Dienstboten waren auch viele, die ledige Kinder waren oder aus recht ärmlichen sozialen Verhältnissen kamen. Nicht wenige stammten von Kleinbauern, so genannten »Gütlern«, und von Tagelöhnern ab, die ihr Glück in der Fremde als Knecht oder Magd suchen mussten. Die aus heutiger Sicht kaum vorstellbare Situation der Dienstboten wurde einfach als gegeben hingenommen. Sie waren ziemlich rechtlos und der Willkür der Bauern ausgeliefert. Gerechterweise darf man aber nicht verschweigen, dass viele Bauern ihre Helferinnen und Helfer gut behandelt haben, sodass sie über viele Jahre auf dem Hof blieben.

## Helfer des Bauern

Die Zahl der eingestellten Dienstboten richtete sich nach der Größe des Anwesens. Großbauern hatten einen Oberknecht, zwei bis drei Knechte und dazu noch einen »Buben«, noch mehr Kind als Jugendlicher. Und da auf Antrag der Eltern die Schulpflicht schon vorzeitig nach sechs Jahren beendet werden konnte, war so mancher Bub erst zwölf Jahre alt. Dafür musste er dann zwei Jahre länger die Sonntagsschule besuchen, eine Art Ersatzschule nach dem sonntäglichen Gottesdienst.

*Seite 34: Mühsames Pflügen mit dem Ochsengespann (1937)*

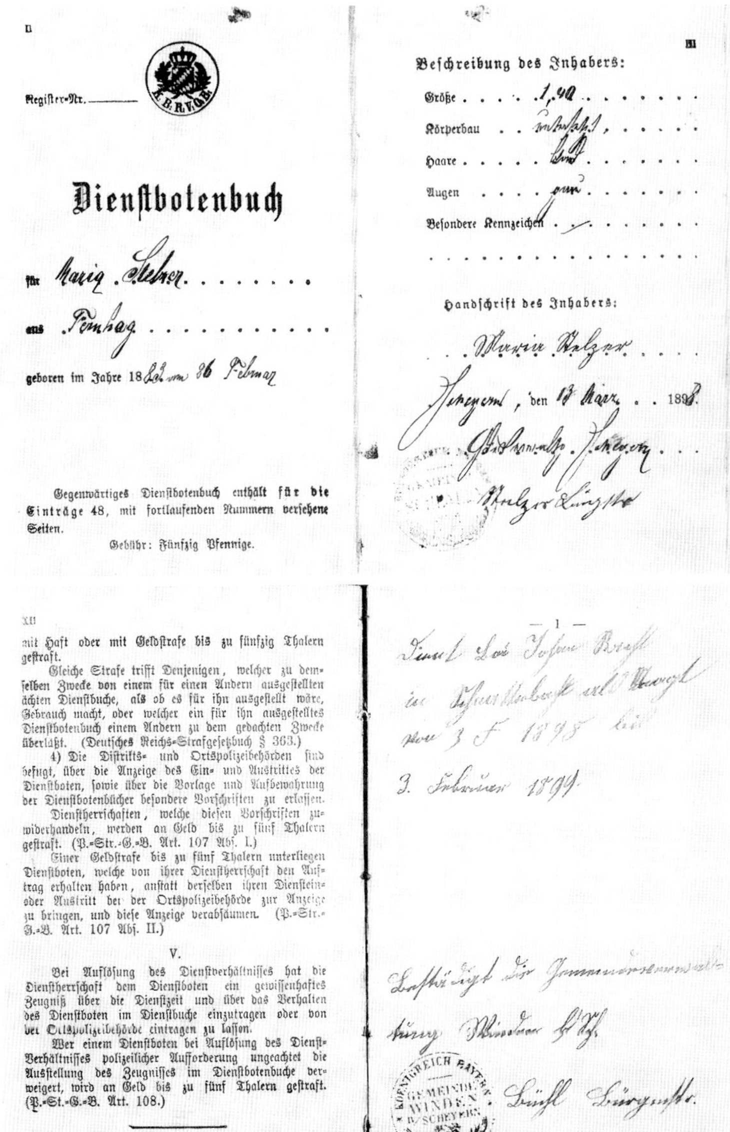

II

Register-Nr. ______

**Dienstbotenbuch**

für

aus

geboren im Jahre 18

Gegenwärtiges Dienstbotenbuch enthält für die Einträge 48, mit fortlaufenden Nummern versehene Seiten.

Gebühr: Fünfzig Pfennige.

III

**Beschreibung des Inhabers:**

Größe . . . . 1,40

Körperbau . .

Haare . . . . .

Augen . . . . .

Besondere Kennzeichen . . .

**Handschrift des Inhabers:**

. . . , den . . . 189

XII

mit Haft oder mit Geldstrafe bis zu fünfzig Thalern gestraft.

Gleiche Strafe trifft Denjenigen, welcher zu demselben Zwecke von einem für einen Andern ausgestellten ächten Dienstbuche, als ob es für ihn ausgestellt wäre, Gebrauch macht, oder welcher ein für ihn ausgestelltes Dienstbotenbuch einem Andern zu dem gedachten Zwecke überläßt. (Deutsches Reichs-Strafgesetzbuch § 363.)

4) Die Distrikts- und Ortspolizeibehörden sind befugt, über die Anzeige des Ein- und Austrittes der Dienstboten, sowie über die Vorlage und Aufbewahrung der Dienstbotenbücher besondere Vorschriften zu erlassen.

Dienstherrschaften, welche diesen Vorschriften zuwiderhandeln, werden an Geld bis zu fünf Thalern gestraft. (P.-Str.-G.-B. Art. 107 Abs. I.)

Einer Geldstrafe bis zu fünf Thalern unterliegen Dienstboten, welche von ihrer Dienstherrschaft den Auftrag erhalten haben, anstatt derselben ihren Dienstein- oder Austritt bei der Ortspolizeibehörde zur Anzeige zu bringen, und diese Anzeige verabsäumen. (P.-Str.-G.-B. Art. 107 Abs. II.)

V.

Bei Auflösung des Dienstverhältnisses hat die Dienstherrschaft dem Dienstboten ein gewissenhaftes Zeugniß über die Dienstzeit und über das Verhalten des Dienstboten im Dienstbuche einzutragen oder von der Ortspolizeibehörde eintragen zu lassen.

Wer einem Dienstboten bei Auflösung des Dienst-Verhältnisses polizeilicher Aufforderung ungeachtet die Ausstellung des Zeugnisses im Dienstbotenbuche verweigert, wird an Geld bis zu fünf Thalern gestraft. (P.-St.-G.-B. Art. 108.)

— 1 —

Königreich Bayern · Gemeinde Winden b/Scheyern

1

*Auszug aus einem Dienstbotenbuch um die Jahrhundertwende*

Zu den männlichen Dienstboten kamen als weibliche Unterstützung noch eine Oberdirn und eine Unterdirn hinzu, die im Stall und auf dem Feld arbeiten mussten, sowie ein Hausmädchen – wie der Bub noch im Schulalter –, das der Bäuerin bei der Hausarbeit zur Hand gehen musste.

*Feldbestellung mit dem Einscharpflug (1933)*

Kleinere Bauern konnten sich nur wenige Ehhalten leisten. Ohne Helfer mussten dagegen die Gütler auskommen, die nur ein paar Tagwerk Feld und etliche Stück Vieh hatten. Bei einem kleinen »Sachl« konnten sie sich keine Dienstboten leisten.

Angesichts der geringen wirtschaftlichen Möglichkeiten waren die Gütler und Tagelöhner gezwungen, in der Erntezeit bei den großen Bauern auszuhelfen. Bei geringstem Stundenlohn wurden sie mit Naturalien wie Kartoffeln und Getreide entlohnt. Manche bekamen für ihre Arbeitsleistung als Entgelt einen ganz schmalen Streifen auf einem Feld des Bauern zugewiesen, den sie bearbeiten durften. Hier konnten sie Getreide, Kartoffeln und Rüben ernten und so Futter für die eigene Kuh und ein paar Schweine beschaffen.

## Viele Kühe, Kälber und Ochsen im Stall

Die Arbeiten auf einem Hof waren genau eingeteilt. Die Stallarbeit war vor allem Sache der Knechte und Mägde, die Familienangehörigen halfen gewöhnlich nur bei Bedarf aus. So wurde es jedenfalls bei den größeren Bauern gehalten. Stand in einem Stall eine große Anzahl von Kühen, Kälbern und Ochsen, hatten die Dienstboten alle Hände voll zu tun, denn das Melken, Füttern und Ausmisten war noch reine Handarbeit. Von einer Melkanlage, einer automatische Fütterungs- und Entmistungsanlage träumte nicht einmal der fortschrittlichste Bauer. Und anders als heute wurde die Milch nicht vom Sammelwagen der Großmolkerei abgeholt. Man füllte sie in Kübel, die abends von den Kindern mit einem Leiterwagen zu einer Sammelstelle im Dorf gebracht wurden. Von dort wurde die Milch dann vom »Millifahrer« in großen Kübeln zur nächsten Molkerei transportiert. Ein Teil der Milch diente dem Eigenbedarf zum Kochen, Trinken und Buttern. Deshalb wurde jede Woche mit viel Geduld das hölzerne Butterfass gedreht. Die Butter wurde in kleine, flache Stücke geformt und, falls man etwas erübrigen konnte, an den Viktualienhändler, der regelmäßig ins Haus kam, verkauft.

## Die schwere Arbeit der Pferde und Ochsen

Räumlich getrennt von den Rindern und Kälbern war der Stall für die Pferde. Sie waren neben den Ochsen die wichtigsten Helfer des Bauern bei allen anfallenden Arbeiten. So verfügte ein großer Bauer nicht selten über acht und mehr Pferde. Ihre Pflege war die Aufgabe des Rossknechts. Er musste sie füttern und striegeln und, wenn ein neues Hufeisen nötig war, zum Dorfschmied zum Beschlagen bringen. Wegen seiner wichtigen Funktion war dieser in der Dorfgemeinschaft sehr angesehen.

Für bestimmte Arbeiten, z. B. beim Ackern mit dem Einscharpflug, bewährten sich besonders die Ochsen, weshalb sie auf keinem Hof fehlten. Die kleinen Gütler, die sich kein Pferd leisten konnten, hatten im Stall meist nur einen einzigen Ochsen stehen, der für alle Arbeiten herangezogen wurde. Und wenn es auch dazu nicht reichte, wurde eine Kuh auch für alle Spanndienste eingesetzt.

## Langer Arbeitstag bei der Ernte

Aus heutiger Sicht können wir uns gar viele Arbeiten, die früher jahraus, jahrein dem Bauern und seinen Dienstboten abverlangt wurden, kaum noch vorstellen, und das bei einem Arbeitstag, der noch um vieles länger war als heute, zumal in der Erntezeit. Die Wiesen und Felder wurden entweder noch mit der Hand oder, falls man es sich leisten konnte, mit den vor 90 Jahren aufkommenden Mähmaschinen geschnitten. Erst in den 1940er-Jahren setzte sich bei der Getreideernte mehr und mehr der »Binder« durch, eine von Pferden gezogene Mähmaschine, die die geschnittenen Ähren gleich in Büschel band. Das war ein große Erleichterung bei der Erntearbeit.

Der Arbeitstag der Knechte begann im Sommer schon am frühesten Morgen, etwa um drei Uhr, denn aus Erfahrung wusste man, dass der Nachttau das Mähen sehr erleichtert. Am späten Vormittag, wenn sich schon die Sonne in die Wiesen und Felder legte, musste die schweißtreibende Arbeit beendet sein. Den Mähern, die Schwerstarbeit zu leisten hatten, schickte die Bäuerin eine besonders kräftige Brotzeit aufs Feld. Und dazu gab's dann noch den »Scheps«, ein Dünnbier mit nur wenig Alkohol. Trotz des frühen Beginns musste in der Erntezeit bis tief in die Nacht hinein gearbeitet werden, und das über viele Wochen. Beim Mähen achteten früher die Knechte peinlichst genau auf eine gute

*Viele Hände waren beim Dreschen nötig, hier bei Ochsenfurt (1939)*

*Das mühsame Kornmandl-aufstellen (1935)*

»Schneid«, also einen scharfen Schliff ihrer Sense. Denn hatte sie einmal ihre Schärfe verloren, war das Mähen doppelt anstrengend und der Schnitt wurde zudem unsauber. Ein gleichmäßiger Schnitt aber war der Stolz eines jeden Mähers. Und so wurde schon am Vorabend die Sense auf dem Dengelstock mit einem Hammer geschärft, eine Arbeit, bei der die Schnittfläche der Sense vom Dengler mit einem Hammer so lange beklopft wurde, bis sie ganz scharf war. Eine scharfe Sense war die Grundvoraussetzung für einen guten Schnitt.

## Kornmandl auf dem Feld

Hinter den Mähern kamen gleich die Frauen und Mädchen, die die geschnittenen Ähren mit der Hand aufhoben und zu Garben zusammenbanden. Diese Tätigkeit war äußerst mühsam und anstrengend und erforderte viel Geschicklichkeit. Aus Sparsamkeit verzichtete man beim Zusammenbinden vielfach auf eine Bindeschnur und umwickelte die Getreidebüschel mit einer Handvoll Strohhalmen. Nach dieser äußerst beschwerlichen Arbeit mussten die Garben, jeweils fünf bis sieben Stück, aber noch zu

*Opa und Enkel auf dem Weg zur Heuarbeit (1941)*

»Mandl« zusammengestellt werden, damit das Getreide ein paar Tage auf dem Feld nachreifen konnte. Das Kornmandlaufstellen war hauptsächlich eine Arbeit für die Mägde und Frauen, aber auch die Kinder mussten schon zugreifen.

Wie bei der Heuernte herrschte auch beim Einfahren des Getreides eine bewährte Arbeitsteilung. Die schweren Getreidegarben wurden auf dem Feld von den Männern mit einer spitzen Gabel auf einen großen hölzernen Leiterwagen geladen. Dort hatte schon die Oberdirn Platz genommen, um die Garben ordentlich anzuordnen, sodass das Gewicht schön gleichmäßig verteilt war. Die Mitterdirn und die übrigen Frauen rechten hinter dem Wagen zusammen, was an Ähren noch am Boden lag. Der Bub hielt sich bei den Rössern oder Ochsen auf, die die schwere Ladung ziehen mussten. Er verjagte bei den Tieren auch die lästigen Bremsen und fuhr auf Zuruf den Wagen ein Stück vorwärts.

Hatte das Fuder an Höhe gewonnen, so reichte ein Knecht der Oberdirn vor der Abfahrt vom Feld den langen »Heu-« oder »Wiesbaum« auf die hohe Fuhre hinauf, der dann mit Seilen am Wagen kraftvoll festgezurrt wurde. Nun ging's über holprige, schmale Feldwege heim in die Scheune. Wie waren da alle froh, wenn wieder ein Fuder sicher in die Tenne oder gar in die Hochtenne gebracht war. Hier wartete auf die Männer eine nicht minder schwere Arbeit: Die Getreidebüschel mussten wieder mit der Gabel vom Wagen abgeladen und im »Stock« gelagert werden.

## Kartoffelernte ohne Maschine

War das Getreide endlich in die Scheune eingebracht, so musste schon bald an die Kartoffelernte gedacht werden, ein nicht weniger mühevolles Geschäft, denn die moderne Klaubmaschine, die lediglich von wenigen Helfern bedient wird und in ein paar Stunden ein großes Feld aberntet, war noch nicht erfunden. Die Erdäpfel, wie die Kartoffeln noch heute auf dem Land heißen, wurden mit dem Einscharpflug oder später mit einem einfachen Roder, der zunehmend Verwendung fand, aus dem Boden gepflügt. Und nun mussten alle Hände zusammenhelfen, um die gerodeten Kartoffeln aufzuklauben. Dazu wurden auch zusätzliche Helfer benötigt. Natürlich wurden auch die Kinder mit herangezogen, um die Kartoffeln in Weidenkörbe zu füllen, die dann von den Knechten auf einen Wagen entleert wurden. Da sich die Kartoffelernte ein paar Wochen hinzog, sehnte jeder Klauber das Ende herbei – alle hatten schon einen krummen Rücken.

*Viele Helfer bei der Kartoffelernte (1958)*

Nach Abschluss der Klaubaktion freuten sich alle, vor allem die Kinder, wenn an sonnigen Oktobertagen die Haufen mit den dürren Kartoffelstauden auf dem leeren Feld verbrannt wurden. Das waren weithin sichtbare Feuer, deren Rauch über die Felder zog. Zuletzt wurden noch ein paar Handvoll Erdäpfel in die Glut geworfen. Alle ließen sich die oft reichlich angekohlten Früchte des Ackers, auch ohne Salz, schmecken. Und jedem stand die Freude darüber im Gesicht, dass die schwersten Arbeiten des Jahres nun bald ein Ende haben würden.

## Pflügen nach der Ernte

Nach dem Abräumen der Felder ging es sofort ans Pflügen. Anders als heute, da hinter PS-starken Traktoren riesige Mehrscharpflüge die Scholle wenden, gehörte auch das Ackern früher zu den besonders schweren Arbeiten. Mit dem Einscharpflug, gezogen von ein oder zwei Ochsen oder Pferden, wurden in mehrtägiger Arbeit die abgeernteten Felder umgepflügt. Der eiserne Pflug musste vom Knecht mit der Hand genau in der langen Furche geführt werden – eine beachtliche Leistung bei einem mehrere Tagwerk großen Feld. Soweit es die Witterung erlaubte, wurden dann gleich die Ackerschollen mit der eisernen Egge für die Aussaat des Wintergetreides vorbereitet. Diese Feldarbeiten, die heute von Maschinen in wenigen Stunden ausgeführt werden, zogen sich über mehrere Wochen hin, bis in den späten Herbst und beginnenden Winter hinein. Wenn sich die dichten Nebelschwaden über den Fluren nicht mehr auflösten und auch die Rüben und das Kraut eingefahren waren, wurde es endlich ruhiger. Die Außenarbeiten waren getan.

## Essen wie ein Drescher

Aber noch stand ja das Dreschen an. Auch wenn die Dreschflegel vor 70 Jahren in den meisten Höfen längst ausgedient hatten, war das Dreschen immer noch eine schwere, Zeit raubende Arbeit.

*Auf einem Dreschplatz bei Volkach: Erfrischung aus einer Korbflasche mit selbst gekeltertem Most (1957)*

Und das, obwohl die Dampfdreschmaschine, ein technisches Monstrum, schon ihren Einzug gehalten hatte. Solch eine Dreschmaschine musste vom Maschinisten schon eine Stunde vorher angeheizt werden, damit genügend Dampf im Kessel war. Später trat an ihre Stelle eine mit elektrischem Strom betriebene Maschine. Die Dreschmaschine war fahrbar und gehörte einem Lohndrescher, der von Hof zu Hof zog und immer mehrere Tage beschäftigt war.

Beim Dreschen, das je nach Hofgröße mehrere Tage dauern konnte, waren viele Helfer nötig. Deshalb unterstützten sich die Bauern untereinander gegenseitig. Jedem Helfer wurde sein Arbeitsplatz zugewiesen: Ein paar mussten in den »Getreidestock«, ein paar auf die »Überblo« (Plattform über der Tenne), wieder andere auf die Dreschmaschine, um die Garben aufzutrennen. Andere mussten das gedroschene Stroh wieder binden und wegtragen, und besonders kräftige Mannsbilder schleppten die gefüllten Getreidesäcke auf den Getreideboden unter dem Dach. Und weil das Dreschen eine besonders schwere und vor allem recht staubige Arbeit war, kam an diesen Tagen immer etwas besonders Kräftiges auf den Tisch. Es wurde nicht gespart mit Fleisch und Schmalznudeln, für die Männer gab es sogar Bier. Es ist gut verständlich, dass alle, die beim Dreschen mithalfen, auch einen großen Appetit hatten. So erklärt sich auch die Redensart: »Der isst wie ein Drescher!«

## Säen mit der Hand

Im Vergleich zum voll mechanisierten und computergesteuerten Hof unserer Tage standen nur ganz wenige und dann recht einfache Maschinen zur Verfügung. Bauernarbeit war eben fast ausschließlich noch Handarbeit. Denken wir nur an das Säen. Wer sich keine Sämaschine leisten konnte, säte das Saatgut noch weitwürfig mit der Hand aus. Der Sämann trug es in einem geflochtenen Korb vor dem Bauch – so war es vor allem im Bayerischen Wald und in der Oberpfalz üblich – oder aber im blauen Schurz, dem »Schaber«, und streute es mit Schwung in weitem Bogen

übers Feld, eine Arbeit, die Geschicklichkeit und Augenmaß erforderte. Es sollte nicht zu viel und nicht zu wenig auf eine Stelle gestreut werden. Und worauf besonders geschaut wurde: Es durfte kein Fleckerl auf dem großen Acker vergessen werden. Das wäre spätestens entdeckt worden, wenn sich im Frühjahr die junge Saat zeigte. Wer's nicht so gut konnte, der musste sich mancherlei Spott gefallen lassen.

*Im Bayerischen Wald: Aussaat mit dem Säkorb (1936)*

## Arbeiten im Wald

In den ruhigen Wintermonaten war der Bauer jeden Tag, soweit es das Wetter erlaubte, mit den Knechten im Wald bei der Holzarbeit. Was von den gefällten Bäumen nicht gleich zum Sägewerk kam, wurde mit Pferdefuhrwerken auf den Hof gebracht, zu Brennholz verarbeitet und zum Trocknen oft überaus kunstvoll aufgeschlichtet.

In einer Zeit, in der man auch Energiekosten sparte, wurden auch die bei der Holzarbeit im Wald angefallenen Fichtenzweige, die »Daxen«, noch verwertet. Die langen Äste, die heute meist liegen gelassen werden, wurden zum Hof transportiert und von den

*Bauer aus dem Ries in typischer Arbeitskleidung: Frühjahrsaussaat mit dem Säsack (1935)*

Mägden auf Hackstöcken zerkleinert, gebündelt und zum Trocknen gelagert. Das dürre Astwerk diente dann das Jahr über als leicht brennbarer Zündstoff zum Feuermachen. Kleinmaterial, das nicht mehr gebündelt werden konnte, fand im Stall als Einstreu noch Verwendung. Es sollte nichts verlorengehen.

## Wandel auch in der Landwirtschaft

In der Landwirtschaft ist in den letzten Jahrzehnten ein totaler Strukturwandel eingetreten. Ein Rückblick zeigt uns gravierenden Veränderungen in allen Bereichen. Bis in die 50er-Jahre des vergangenen Jahrhunderts hinein bearbeiteten die Bauern vergleichsweise kleine Parzellen, die weit verstreut in der Flur lagen. Ein Einsatz der heutigen großen Erntemaschinen (Mähdrescher und Kartoffelklaubmaschine) wäre nicht möglich gewesen. Diese Zerstückelung war ja auch eine zentrale Begründung für die vor 50 Jahren durchgeführte Flurbereinigung. Die Erträge waren im Vergleich zu heute noch sehr gering. Aber dazu trug wohl auch bei, dass hauptsächlich biologisch gedüngt wurde und chemische Pflanzenschutzmittel nicht zum Einsatz kamen – eine Arbeitsweise, die heute wieder neu entdeckt wird und vielen Bauern neue Möglichkeiten auf dem Markt erschließt.

Die eingetretenen Veränderungen hatten auch zur Folge, dass Dienstboten überflüssig wurden. Sie wurden zunehmend durch Maschinen ersetzt. Ihr Lebenssinn war die Arbeit, das ganze Jahr hindurch. Sie waren die Stützen eines jeden Hofes, auch wenn dies oftmals nicht gebührend honoriert wurde. Eine etwas ruhigere Zeit waren für die Ehhalten nur die Tage um Mariä Lichtmess. Ein Arbeitsjahr war zu Ende, ein neues begann. Nach der damals gültigen Dienstbotenordnung war an Lichtmess auch Zahl-

*Roggenernte mit dem Binder: Die Ähren werden geschnitten und zu Garben gebunden (1968).*

tag: Die Ehhalten erhielten ihren gesamten Jahreslohn ausbezahlt, der, an heutigen Gehaltsvorstellungen gemessen, unglaublich niedrig war. So erhielt z. B. eine Dirn als jährlichen Lohn nur etwa 200 Mark. Selbst wenn ein Bauer seinem treuen Knecht und seiner fleißigen Magd noch etwas mehr zahlte und ein paar Holzschuhe schenkte, so war die Entlohnung doch sehr gering. Da aber die Dienstboten sonst keine Möglichkeit für einen anderen Broterwerb hatten, mussten sie eben zufrieden sein.

*Rieser Bauer bei der Feldbestellung: kurze Rast auf dem einfachen Pflug (1935)*

# Kronacher Flößerlied

2.) Des Morgens, wenn es 9 Uhr schlägt, wir zum Frühstuck seins bewegt. Da muß der Bursche laufen, Bier und Branntwein einzukaufen, da trinkt ein jeder nach seinem Maß 4-5-6-7-8-9 Glas.

3. Des Mittags, wenn es 12 Uhr schlägt, wir zum Fressen seins bewegt. Dann ergreifen wir Messer und Gabel, fangen herzhaft an zu schnabeln, da wirds dem Meister angst und bang, denn die Flößer fressen lang.

4. Des Nachmittags, wenn es 4 Uhr schlägt, wir zum Halberombt seins bewegt. Dann muß der Bursche laufen, Bier und Pressack einzukaufen. Dann trinkt ein jeder nach seinem Maß 4-5-6-7-8-9 Glas.

5. Des Abends, wenn es 6 Uhr schlägt, wir zum Feierombt seins bewegt. Dann geht es in die Stadt hinein, wo lauter schöne Mädchen sein. Da wird gesoffen die ganze Nacht, bis das Geld ist durchgebracht.

# Berufe, die ihr Auskommen hatten

Was braucht ma auf'm Bauerndorf?« So besingt ein altes Lied all jene, die früher aus dem Dorfleben nicht wegzudenken waren. Zur Dorfgemeinschaft gehörten nicht nur die Bauern und die Dienstboten, der Pfarrer und der Lehrer, sondern auch die Handwerker. Freilich haben viele der alten Handwerker, die einst auf dem Dorf ihr gutes Auskommen hatten, ihren Traditionsberuf längst an den Nagel gehängt. Und gar oft ist inzwischen sogar der gesamte Berufsstand ausgestorben. Maschinen und Fabriken haben so manchen früher unverzichtbaren Handwerker brotlos gemacht, da mit den heutigen technischen Möglichkeiten viele Arbeiten schneller und billiger ausgeführt werden.
Viele Handwerker haben ihren Beruf auch deshalb aufgegeben, weil für ihre Erzeugnisse und Dienste kein Bedarf mehr bestand. Hinzu kam noch, dass sich in den vergangenen Jahrzehnten der Geschmack der Kunden änderte. Gefragt waren nach dem Zweiten Weltkrieg z. B. nicht mehr handgemachte Schuhe nach Maß, sondern modische Schuhe aus der Fabrik, und auch nicht mehr Kleider von der Näherin, sondern Konfektion von der Stange. Vor allem aber sollte alles recht billig sein. Gute Handwerksarbeit kostete eben schon immer ihren Preis. Andererseits entstanden durch die vielfältigen Möglichkeiten der Technik auch ganz neue Berufszweige, die die veränderten Bedürfnisse der Kunden befriedigten.

## Der Müller – eine Vertrauensperson

Im alten Dorf hatten vor allem jene Handwerker ihr gutes Auskommen, die mit den Bauern eng zusammenarbeiteten. Hier ist an den Müller zu denken, bei dem das Getreide abgeliefert werden konnte. Seine Mühle stand gewöhnlich an einem Bach, dessen Wasser gerade ausreichte, um das große hölzerne Mühlrad anzutreiben. Meist handelte es sich nur um einen kleinen Betrieb, der den Müller und seinen Burschen gerade ernährte.

Jeder Müller hatte seine feste Kundschaft, meist auch in den umliegenden Dörfern. Brachte ein Bauer das Getreide zur Mühle, so konnte er es gegen Mehl eintauschen. Schon immer war das Mahlen natürlich eine Vertrauenssache: Die Bauern hielten ihrem Müller deshalb oft über Generationen hinweg die Treue.

## Hufeisen vom Schmied

In einer Zeit ohne Traktor, als noch Ochsen und Pferde im Stall standen, war er sicherlich einer der wichtigsten Handwerker: der Huf- und Wagenschmied. Seine Hauptbeschäftigung war das Beschlagen der Pferde. Und das war eine Tätigkeit, die eine große Meisterschaft erforderte. Nach altem Volksglauben erfüllte der Schmied sogar einen göttlichen Dienst, da er mit seiner Hände Arbeit Pflug und Schwert schmiedete und Mensch und Tier von Krankheiten heilte. Auf den Schmied war früher einfach jeder Bauer angewiesen. Brachte man ihm ein Pferd zum Beschlagen, so setzte das schon ein großes Vertrauen voraus. Denn nur der Meister und sein Geselle hatten die Kunstfertigkeit und das Einfühlungsvermögen, um dem Pferd ein neues Hufeisen aufzusetzen, und natürlich durfte das Tier dabei keinen Schmerz verspüren. Die Prozedur war dabei immer dieselbe: Zuerst wurde das Pferd vor der Schmiede angebunden. Nun konnten die alten Hufeisen abgezogen, die Hufe beschnitten, befeilt und das noch glühende neue Eisen nach Maß aufgesetzt werden. Bevor die Technik auch in der Landwirtschaft ihren Einzug gehalten hatte, war der Schmied mit dem festen Lederschurz ein viel beschäftigter Mann,

*S. 52: Floßküche mit Bierfass: Die Mainflößer mussten sich auf ihren Fahrten bis nach Holland selbst versorgen. Jedem standen sieben Liter Bier pro Tag zu (1938).*

*In der Dorfschmiede: Ein neues Hufeisen wird angepasst (1936).*

sein weithin klingender Amboss und das offene Feuer in der rußgeschwärzten Esse gehörten früher zum Bild fast jeden Dorfes.

## Aufträge für den Wagner

Viel zu tun hatte einst, ähnlich wie der Schmied, auch der Wagner, dessen Beruf heute gänzlich ausgestorben ist, aber noch immer in den Nachnamen vieler Menschen fortlebt. Aus seiner Werkstatt kamen all die hölzernen Wagen, die früher gebraucht wurden:

*In der Hammerschmiede: Durch Wasserkraft werden die riesigen Hämmer in Bewegung gesetzt (1936).*

einfache Wagen für die Feldarbeiten, große Leiterwagen für die Heu- und Getreideernte, daneben geschlossene Kasten- und Bruckenwagen. Und für kleine Besorgungen wurde bei ihm ein Stellwagen, ein so genanntes Gäuwagerl, in Auftrag gegeben, das meist nur von einem Pferd gezogen wurde. Mit dem Gäuwagerl fuhr der Bauer zum Viehmarkt in die Kreisstadt oder zu einem Verwandtenbesuch ins nächste Dorf.

Alles, was fahrbar sein sollte, bekam vom Wagner die passenden Räder. Sie waren ganz aus Holz, bis auf den Eisenreifen, der vom Schmied auf die Lauffläche aufgezogen wurde. Bei einem Wagenrad bestanden die Nabe (Radhaufa) aus Eiche, die Speichen aus Esche und die Felgen aus Buche.

Daneben fertigte der Wagner auch alle Rechen an, die zur Feldarbeit gebraucht wurden. Und das waren nicht wenige angesichts der vielen Helfer, die bei der Ernte nötig waren. In manchem Ort gab es neben dem Wagner aber noch einen eigenen Rechenmacher.

Neben verschiedenen Rädern bekam man beim Wagner auch Holzstiele für Gabeln, Schaufeln und Pickel, für Äxte und Hämmer.

Zu ihm kam aber auch, wer einen Pferde- und Kinderschlitten oder einen Eisstock brauchte.

## Handwerker auf der Stör

Viele Handwerker beschränkten sich nicht auf das eigene Dorf, sondern weiteten ihre Tätigkeit auch auf andere Orte aus. Sie hatten ein großes »Gäu«, um an genügend Aufträge zu kommen und so ihre Existenz zu sichern. Und deshalb machten sie sich immer wieder, in regelmäßigen Abständen, zu Fuß oder mit dem Fahrrad oder später auch mit dem Motorrad auf oft lange, beschwerliche Wege in andere Dörfer, wo sie ihre Kundschaft hatten. Sie gingen, wie man sagte, auf die »Stör«. Störhandwerker waren der Schuster, der Sattler, der Schreiner und der Zimmerer, aber auch die Nahderin, die Näherin.

*Eine der letzten Hammerschmieden in Hindelang/Bad Oberdorf (1953)*

*Oberstdorfer Schuhmachermeister mit der alten Schusterkugel (1936)*

## Angesehene Handwerker

Er wurde schon immer sehnlichst erwartet, bis er kam, der Schuster. Denn bei den vielen Leuten auf dem Hof gab es immer etwas zum Flicken. In seinem Rucksack hatte er alles bei sich, was er brauchte: das nötigste Werkzeug, den Dreifuß und verschiedene Leder. Gewöhnlich hatte er schon ein paar Tage zu tun, bis das gesamte Schuhwerk der ganzen Familie wieder in Ordnung gebracht war. Nur selten bekam der Schuster den Auftrag, ein Paar neue Schuhe anzufertigen. Es hatte ja jeder nur ein Paar Feiertagsschuhe. Mit großer Genauigkeit nahm er dann Maß am Fuß der Bäuerin, des Kindes oder der Magd. Und nun wichen die Kleinen nicht mehr von ihm. Denn es war schon ein Erlebnis für sie, ihm zuzusehen, wie unter seiner Hand die neuen Schuhe für Sonn- und Feiertage entstanden. An Werktagen mussten es einfache Holzschuhe tun, soweit es eben die Witterung erlaubte.

Ältere Menschen erinnern sich noch gut an ihre ersten Lederschuhe, die ihnen der Schuster zur Erstkommunion anfertigte. Erst in den 1930er-Jahren kamen Halbschuhe in Mode, vorher gab's nur Stiefel. Es versteht sich von selbst, dass die Lederschuhe möglichst groß bemessen waren, damit sie recht lange getragen werden konnten. Und natürlich wurden die kostbaren Schuhe sehr geschont und bei Bedarf immer wieder besohlt, bis sie zuletzt noch ein anderer aus der Familie zum Auftragen bekam.

Genauso wie der Schuster ging ein anderer Handwerker auf die Stör, der auch Leder verarbeitete. Es war der Sattler, der wie der Wagner und der Schmied für den Bauern sehr wichtig war. Zu einer Zeit, als noch keine PS-starke Traktoren ein gutes Dutzend

*Kübelmacher am Schneidesel, »Schnitzelgoaß« (1936)*

*Ein Mainfischer aus Randersacker wirft mit Schwung sein Netz aus (1938).*

Ochsen und Pferde im Stall ersetzten, hatte er immer alle Hände voll zu tun. Denn immer wieder brauchten die Ochsen ein neues Stirnjoch und die Kühe, soweit man sie einspannte, ein Kummet. Das Stirnjoch musste ebenso wie das Kummet, das um den Hals der Rinder gelegt wurde, gut gepolstert und mit Leder besetzt sein, damit sich die Tiere beim Ziehen nicht wundreiben konnten.

Neben den Rindern sorgte sich der Sattlermeister besonders um die Pferde, die er mit allem auszustatten hatte, was sie für ihre Zugdienste brauchten. So musste auf jedem Hof für jedes Pferd zumindest ein Kummet oder ein Brustgeschirr und Zügel zum Führen vorrätig sein. Und für die kalte Jahreszeit, aber auch wenn die Pferde einmal ins Schwitzen kamen, durfte eine warme Decke nicht fehlen, die man den Tieren überwarf. Für die Arbeit im hügeligen Gelände fertigte der Sattler zusätzlich noch ein Hintergeschirr, das zum Bremsen diente. Alle diese Arbeiten machte er entweder in seiner Werkstatt oder aber am Hof des Bauern, wenn er, vor allem in den Wintermonaten, auf die Stör ging.

Wie der Schuster hatte er das erforderliche Werkzeug und Material wie Leder und Seile im Rucksack dabei, sodass er meist alle

Arbeiten an Ort und Stelle ausführen konnte. Wie die anderen Störhandwerker blieb er meist mehrere Tage auf einem Hof, bis alles wieder in Ordnung gebracht war. In dieser Zeit wohnte er im Haus und wurde von der Bäuerin verköstigt. Es versteht sich, dass sie sehr bemüht war, sich von der besten Seite zu zeigen, denn ein Sattler kam ja in viele Häuser. Jede Bäuerin war auf ihren guten Ruf bedacht.

Nach einer alten Redensart brauchte ein Sattler mindestens neun Dörfer, um für sich, seine Gesellen und Lehrbuben das ganze Jahr hindurch genügend Arbeit zu haben. Und damit es ja reichte, verstand sich ein richtiger Sattler meist auch auf die Polsterei. Ein neuer Diwan oder ein Lederkanapee wurde immer wieder mal gebraucht, vor allem dann, wenn auf dem Hof eine Hochzeit anstand. Deshalb kamen zu ihm Brautleute, um sich von ihm Kastenmatratzen mit Sprungfedern anfertigen zu lassen. So mancher Austragsbauer wünschte sich einen bequemen Ohrenbackenstuhl, ein sehr beliebtes Möbelstück. Eine Spezialität des Sattlers war auch die Ausstattung von Kutschen und Chaisen, die er mit Dächern aus Leder oder Stoff versah und in bester Handarbeit auspolsterte.

*Köhler im Spessart mit Meiler und Köhlerhäuschen (1936)*

Mit Beginn der 1950er-Jahre und der damals einsetzenden Volltechnisierung in der Landwirtschaft gab es für den einst viel beschäftigten Sattler immer weniger zu tun. Er wurde überflüssig und bekam keine Aufträge mehr. So sperrten nach und nach viele der älteren Handwerker ihre Werkstatt endgültig zu, die jüngeren spezialisierten sich als Raumausstatter oder wanderten in andere Berufe ab. Ein alter, traditionsreicher Berufsstand hörte auf zu existieren.

## Die Schneiderin – eine große Könnerin

In einer Zeit, da man Kleidung noch nicht fertig von der Stange im Geschäft kaufte, da man noch nicht darauf achtete, was gerade modisch war, da Kleidung noch ein Gut war, das man möglichst lange erhalten wollte, war die Schneiderin stets sehr gefragt und, wenn sie unterwegs war, ein gern gesehener Gast auf jedem Hof. Eine gute Näherin hatte ihre feste Kundschaft und kam auf Wunsch mehrmals im Jahr ins Haus. Gewöhnlich blieb sie mehrere Tage, manchmal sogar Wochen, wenn sich seit ihrem letzten Besuch wieder viel angesammelt hatte, was an Kleidern und Hem-

*Filetstickerinnen aus der Rhön bei der Heimarbeit (1933)*

*Berchtesgadener Heimarbeiten: Spielsachen, Figuren und Spanschachteln in handwerklicher Vollendung (1953)*

den, an Hosen und Joppen dringend einer Reparatur bedurfte. Denn schließlich sollte alles aufgetragen werden. Es war ja eine Selbstverständlichkeit, dass nichts weggeworfen wurde, was noch irgendwie brauchbar war. Und was eine tüchtige Störnäherin war, die verstand es allemal, aus einem alten Kleid oder einer zerrissenen Schürze der Mutter eine Bluse oder ein Hemdchen für die Kinder zu machen. Wie groß war da die Freude der Kleinen, wenn hin und wieder für sie ein neues Stück abfiel.

Die Kleidung für die Kinder sollte eine lange Lebensdauer haben, weshalb die kurzen Hosen in der Regel zu lang ausfielen. Sie reichten weit über die Knie und waren zum Hineinwachsen geschaffen. Auch die Sonntagskleidchen für die Mädchen waren reichlich bemessen und wurden immer wieder verlängert.

Ganz anders als heute gab es keine spezielle Kindermode: Die Kleider der Kinder unterschieden sich von denen der Erwachse-

*Wäscheschrank mit selbstgewebten Leinenstoffen (1943)*

nen lediglich in der Größe. Aber das tat der Eitelkeit der Kleinen keinen Abbruch. Sie freuten sich an Kleinigkeiten und waren es gewöhnt, zugunsten der übrigen Geschwister eigene Wünsche zurückzustellen.

Stand eine Hochzeit bevor, so hatte die Störschneiderin besonders viel zu tun. Es machte ihr aber große Freude und war auch eine Anerkennung ihrer Arbeit, wenn man sie rief, für eine Braut all das zu nähen, was sie als Aussteuer in den Ehestand mitbringen sollte. Da sich auch die Brautmutter von der großzügigsten Seite zeigen und ihre Tochter standesgemäß ausstatten wollte, bestellte man die Störschneiderin schon Wochen vor dem Hochzeitstermin. Sie musste ja die großen Vorräte an verschiedenen Stoffen zu Bett- und Tischwäsche, zu Blusen und Kleidern und vielem anderen, was eine Hochzeiterin für ihren neuen Hausstand brauchte, verarbeiten. Am Hochzeitstag wurde dann alles, schön geordnet neben Stoffen und Wolle, im Aussteuerschrank präsentiert. Ein prall gefüllter Kasten war der Stolz jeder Braut. Am Hochzeitstag inspizierten nicht ohne Neugierde alle Gäste, was die Näherin in wochenlanger Arbeit geschaffen hatte. Nach altem Brauch versäumte man es nämlich nie, das »Sach« der Braut kritisch in Augenschein zu nehmen.

Die Störnäherin der Hochzeiterin hatte auch ein Privileg: Am Morgen des Hochzeitstages durfte sie allen Gästen, wenn sie im Haus der Braut eintrafen, ein grünes Myrtensträußchen ans Kleid oder Revers stecken, ein Dienst, der stets mit einem kleinen Obolus belohnt wurde.

## Der Schäffler – ein Handwerk mit großer Tradition

Ein weit verbreitetes, höchst angesehenes Handwerk war früher der Schäffler, auch Büttner oder Fassbinder genannt. In einer Zeit, als die zahlreichen Brauereien und brauberechtigten Bauern ihr Bier noch in ausgepichten, mit flüssigem Harz abgedichteten Holzfässern lagerten, konnte er nicht über Auftragsmangel klagen. Eine Konkurrenz durch moderne, pflegeleichte Aluminiumfässer gab es ja noch nicht.

Es war eine große Handwerkskunst, wenn der Schäffler den zugeschnittenen, mehrere Jahre getrockneten Fassdauben aus Eichenholz mit dem Schnitzeisen die gewünschte Rundung gab und sie in die konische Form brachte. Nicht weniger schwierig war es, die Dauben dauerhaft zu biegen. Dazu war ein kompli-

*In einer Schäfflerwerkstatt: Der Fassring wird aufgezogen (1939).*

ziertes Verfahren erforderlich. Zuerst mussten die Hölzer in einem großen Kessel »gekocht« werden. Erst dann konnte man sie mit verschiedenen Klammern heiß und nass zugleich in der Presse in die gewünschte ovale Form drücken. Nicht weniger Geschicklichkeit und Erfahrung des Schäfflers waren nötig, um zuletzt mit Hammer und Keil die vom Schmied angefertigten Eisenringe über das neue Fass zu treiben. Aber damit war das Fass noch lange nicht dicht. Deshalb musste in einem Topf das Pech erhitzt und mit einem Trichter in das Fass eingefüllt werden. Damit das flüssige Fichtenharz auch die Innenwände zuverlässig abdichtete, ging

*Der Wetzsteinmacher bereitet eine Steinplatte durch Pecken (Zurechthauen) zum Schleifen in der Schleifmühle vor (1940).*

der Schäffler nun daran, das Fass in schnellen Bewegungen auf dem Boden hin und her zu rollen, um so alle Fugen auszufüllen und abzudichten. Vorher musste freilich noch das Spundloch verschlossen werden.

In der Gegenwart erlebt der traditionsreiche Beruf des Schäfflers, der schon ausgestorben schien, wieder eine leichte Belebung. Denn viele Brauereien bieten ihren Kunden wie früher Bier in Holzfässern an, was gerade bei Gartenfesten ein Flair von Tradition und Gemütlichkeit verbreiten hilft. Freilich werden diese Fässer nicht mehr in der engen Werkstatt eines Schäfflers in Handarbeit hergestellt. Sie kommen meist aus großen Fassfabriken mit maschineller Fertigung und sind dadurch preiswerter.

An die traditionsreiche Zunft der Schäffler erinnern an vielen Orten, z.B. in Murnau, Schäfflertänze, die in der Faschingszeit dargeboten werden. Die Münchner Schäffler tanzen alle sieben

*Eine gefährliche Arbeit: Ein Wetzsteinmacher aus dem Ammergau transportiert große Steinplatten zu Tal wo sie zersägt, behauen und geschliffen werden (1940).*

Jahre. In der Landeshauptstadt war es früher Brauch, dass sie ihren ersten Tanz vor dem regierenden Fürstenhaus aufführten. Heute beginnen sie ihre Tanzsaison vor dem bayerischen Ministerpräsidenten am Dreikönigstag.

Der Schäfflertanz geht nach der Sage auf das Pestjahr 1517 zurück, als der »Schwarze Tod« wie viele andere europäische Städte auch München heimsuchte. Aus Angst vor Ansteckung wagten sich die Bürger nicht mehr auf die Straßen. Um ihnen die Furcht zu nehmen, sollen sie die Schäffler mit ihrem Zunfttanz wieder aus den Häusern gelockt und ihnen wieder neuen Mut gemacht haben. Zum Dank für das Ende der Pest und zur Erinnerung an die schreckliche Zeit ordnete Herzog Wilhelm IV. an, dass die Schäffler ihren Tanz auch in Zukunft aufführen sollten. Seit 1760 hat sich der heutige siebenjährige Turnus eingebürgert. Bis heute erfreuen die Schäffler in ihrer traditionellen Tracht mit ihrem imposanten Reigentanz die Münchner und vielen Gäste.

# Stricke vom Seiler, Leder vom Gerber

Verschwunden aus der Liste ehrsamer Berufe sind heute auch einst so renommierte Handwerker wie der Seiler und der Gerber. Der Seiler fertigte in seiner Werkstatt Seile, Stricke und Schnüre an, die auf jedem Hof, bei der Stall- und Feldarbeit, unerlässlich waren. In allen gewünschten Längen und Stärken stellte er aus Hanf die so wichtigen Hilfsmittel her, die bei vielen Arbeiten benötigt wurden. Man denke nur an die dicken Seile, mit denen der Wiesbaum auf dem beladenen Fuder befestigt wurde. Daneben war der Seiler ein wichtiger Lieferant des Sattlers, der die Geschirre für Pferde und Ochsen herstellte. Aus seinen Händen stammten auch die langen Seile, mit denen einst die Kirchenglocken zum Klingen gebracht wurden. Längst gibt es auf unseren Dörfern keinen Seiler mehr, denn die heute verwendeten Hanfseile werden in Fabriken hergestellt.

*Bauer aus dem Berchtesgadener Land beim Schindelmachen am Schneidesel (1937)*

*Am Fangplatz bauen die Isarflößer ihre Flöße zusam men, hier an der Einmündung der Jachen in die Isar (1939).*

Ohne Aufträge blieb auch der Gerber. Einst war er als Abnehmer der Viehhäute bei Bauern und Metzgern hoch geschätzt. Wie er es verstand, mit Hilfe komplizierter chemischer Vorgänge die Haare und Unterschichten der Tierhäute zu lösen, das erinnerte geradezu an mysteriöse Künste, zumal alles in tiefen Gruben unsichtbar vor sich ging, ebenso wie das Gerben des Leders mit Hilfe pflanzlicher Gerbstoffe. Diese waren auch der Grund für den penetranten Geruch, den eine Gerberei verbreitete. Abnehmer der verschiedenen Lederarten in allen gewünschten Stärken waren die Schuster und Sattler. Gegen die Konkurrenz der Fabriken nach dem Zweiten Weltkrieg kam aber auch der Gerber nicht mehr an. Mit ihm verlor ein weiteres, früher sehr angesehenes Handwerk seine Existenzgrundlage.

## Der Flößer – harte Arbeit mitten im Fluss

Nicht vergessen sei bei unserer Rückblende auch ein Berufsstand, der in Orten anzutreffen war, die an Flüssen lagen. Gemeint sind die Flößer, die an Isar, Inn und Iller, vor allem aber auch am Main, beheimatet waren, auf dem zur Zeit des Frühjahrshochwassers das Holz des Frankenwaldes bis an den Rhein transportiert wurde.

Die Flößer waren überaus kräftige, harte Burschen. Mitten in den eiskalten Fluten der zur Schneeschmelze besonders stark strömenden Flüsse stehend, oft nicht einmal mit Gummistiefeln bekleidet, versuchten sie, die wahllos im reißenden Wasser treibenden Baumstämme zu bändigen – und die hatten eine Länge von 20 Metern und mehr.

Mit Mut, Kraft und Geschick, vor allem aber mit Härte gegen sich selbst, stemmten sie sich mit Stangen gegen die abdriftenden Hölzer. Nur mühsam gelang es den kräftigen Männern, aus einem Wirrwarr von Baumstämmen ein Floß von etwa 40 Stämmen zusammenzustellen. Erst dann konnte es losgehen. Mit Hilfe von zwei Rudern musste die gefährliche Fracht den Fluss abwärts gesteuert werden. Viele Votivtafeln in Kirchen und Kapellen an den Flussläufen künden von den Gefahren, denen die Flößer ausgesetzt waren. So braucht es auch nicht verwundern, wenn viele Flößer bei der Ausübung ihres Berufes in den eiskalten Fluten den Tod fanden. Und trotzdem bekamen sie für ihre überaus gefährliche Arbeit einen recht dürftigen Lohn, sodass die Flößerfamilien in äußerst beengten Unterkünften wohnen mussten. Sie gehörten zur sozialen Unterschicht. Für Weib und Kinder reichte es gerade

*Holztrift in der Jachen, einem Nebenfluss der Isar: Die langen Baumstämme werden ins Wasser gerollt und einzeln zum Fangplatz transportiert. Dort werden sie zu Flößen zusammengebunden (1939).*

immer zum Nötigsten. Am besten ging es den Flößerfamilien noch im Frühjahr, wenn bei Hochwasser das Holz abgedriftet werden konnte.

Nach dem Ersten Weltkrieg verlor die Flößerei zunehmend an Bedeutung. Überall im Land entstanden Eisenbahnlinien, auf denen zu allen Jahreszeiten das Holz der Wälder müheloser, billiger und schneller transportiert werden konnte. Hinzu kam, dass Kraftwerksbauten an vielen Flüssen das Flößen unmöglich machten. So ist 1935 das letzte Floß z. B. den Lech hinuntergefahren. In den 1930er-Jahren ging die alte Flößertradition auch an Isar und Main zu Ende. Im Frankenwald kam die Flößerei endgültig im Jahre 1958 zum Erliegen. Lediglich als Touristen- und Freizeitattraktion erinnert man sich heute wieder da und dort dieses alten Berufsstandes. So finden heute in den Sommermonaten an Isar und Rodach auf Teilstrecken Floßfahrten statt. Es sind Vergnügungsfahrten, die freilich nichts gemein haben mit der einst so gefährlichen und harten Flößerei.

## Keine Aufträge mehr für den Säger

An Flüssen fand einst auch der Sägemeister sein hartes Brot. Das Rattern seines wassergetriebenen Sägewerks war weithin im Dorf zu hören. Mit seinen kräftigen Helfern verarbeitete er die von den Bauern angelieferten Stämme zu Bauholz und Brettern und lagerte sie in großen Stapeln zum Trocknen rund um seinen Betrieb. Von ihm bezogen die Zimmerleute, Schreiner und Wagner ihr Holzmaterial. Mit dem Aufkommen immer größerer industrieller Sägewerke verlor der Säger, den die Leute »Sagerer« nannten, allmählich seine Kunden und schloss sein Sägewerk. Seine Dienste waren nicht mehr gefragt.

Man könnte noch von so manchen Handwerkern erzählen, die früher einfach zum Leben auf dem Dorf gehörten. Viele von ihnen haben sich der Zeit und ihren veränderten Bedürfnissen angepasst, haben sich umgeschult und sich für einen Spezialbereich qualifiziert. Da und dort sind noch letzte Vertreter der alten Handwerke zu finden und zeigen z. B. in Freilichtmuseen ihre Kunst.

In der Schule
1. Jn der er – sten Klass' is ja grad a G'spaß; denn vom
2. Und im vier – ten Jahr is der G'spaß na gar, g'spürst scho
3. D'Wo – cha grad a Mal gehn ma gern, ja – wohl! Dau – ert
4. Bist na wirk – li drauß, schaut's so schö net aus. Frei – li
A B C tuat der Kopf nöt weh; und nöt an – ders, scheint's, is beim
glei an Ernst, wennst nöt al – les lernst: Le – sen, Rech – nen, Schreib'n, sunst muaßt
kaum zwoa Stund und dö san ganz g'sund, daß ma nöt ver – gißt, was ma
gibt's koa Wichs, koan Ar – rest und nix. Ja, mei lie – ber Bua, da geht's
Ein – mal – eins; schö' ver – geht oan d'Zeit und wird ma g'scheidt.
sit – zen – bleib'n und du wirst be – kannt mit dei – ner Schand'.
z'erst hat g'wißt; sunst war's grad halt ebb's als wie beim Krebs.
an – ders zua! Schindst und plagst di nöt, na hast a s'Gfrett.
Und nach drei Jahr, da kimmst scho aus der Bam – berl – schul'; na bist koa
Doch nach vier Jahr, da kimmst na aus der Wer – ta – schul'; hast grad am
Und nach drei Jahr, da kimmst a aus der Feier – tags – schul'; na hast von
Und aus dem G'frett, da kimmst halt na – cha nim – ma draus; da is's na
Kloa – ne mehr; na g'hörst zur gro – ßen Schul'. Und nach drei Jahr, da kimmst scho aus der
Sunn – ta mehr und z'Fei – er – tag a Schul'. Doch nach vier Jahr, da kimmst na aus der
all'n a Ruah; brauchst nim – mer gehn in d'Schul'. Und nach drei Jahr, da kimmst a aus der
aus und gar, du bist und bleibst a Narr. Na geh no hi und laß dir's Schul – geld
Bam – berl – schul'; na bist a Gro – ße scho', koa Kloa – ne mehr.
Wer – ta schul'; is d'Schul' grad z'Fei – er – tag, koan Wer – ta mehr.
Feier – tags – schul'; hast ü – ber – haupt koa Schul' und hast dei' Ruah.
au – ßa – zahln! Du bleibst dei Le – ben lang a Dum – mi – an.

# Nach getaner Arbeit

Aus vielen Gründen ist nach dem Zweiten Weltkrieg das Maß an Freizeit größer geworden, sodass man heute geradezu von einer Freizeitgesellschaft spricht. Für die Mehrheit unserer Gesellschaft steht der Wunsch nach kurzer Arbeitszeit und viel Freizeit ganz obenan – ganz im Gegensatz zur Zeit unserer Großeltern. Dabei galt der heute erreichte Freizeitanspruch noch vor einem halben Jahrhundert als unerreichbar und unrealistisch. 5-Tage-Woche, langes Wochenende, mehrere Wochen Urlaub, Ferienreisen, all das waren phantastische Vorstellungen, zumal auf dem Land, denn gerade hier war die Freizeit eigentlich immer zweitrangig. Im Vordergrund stand die Arbeit, die einfach getan werden musste. Stall- und Feldarbeiten duldeten keinen Aufschub und mussten zudem fast ausschließlich noch mit der Hand erledigt werden.

Kam erst die Ernte, so konnten Bauern und Dienstboten überhaupt nicht an Freizeit denken. Aber auch sonst gab es das ganze Jahr hindurch immer etwas zu tun auf dem Hof. Etwas ruhiger war es eigentlich nur in den Wintermonaten, aber da stand ja die schwere Holzarbeit im Wald an. Einen gewissen Freizeitausgleich für den fehlenden Urlaub stellten früher lediglich die zahlreichen Feiertage dar, die eine willkommene Arbeitsunterbrechung brachten. So waren z.B. alle Marienfeste wie Mariä Verkündigung und Mariä Unbefleckte Empfängnis arbeitsfreie Tage, ebenso die Namenstage vieler Heiliger, z.B. Josef, Georg, Markus, Peter und Paul, Leonhard und Martin. Dazu kamen noch zahlreiche regionale Feste.

*Seite 74: Bauer aus dem Viechtach in der Sonntagstracht (1959)*

## Erholung im Hoagarten

Aber wie verbrachte man früher auf dem Land die wenige Freizeit, den wohlverdienten Feierabend und die arbeitsfreien Tage, wie erholte man sich? Gewöhnlich blieben die Leute daheim und machten es sich in der Stube gemütlich, die im Winter als einziger Raum gut beheizt war. Besonders beliebt war bei Jung und Alt die Ofenbank, um die sich alle drängten. Hier lauschten die Kinder auch den geheimnisvollen Geschichten, die die Großeltern und Eltern zu erzählen nie müde werden durften. An Festtagen nahm der Hausvater auch immer die »Goffine«, das dicke Familienbuch mit Texten aus der Heiligen Schrift, zur Hand und las daraus laut vor. Das zur Familie gehörende Buch hatte seinen Platz ebenso wie das Schreibzeug, das Tintenglas, der Karmelitergeist und der Schnaps im Wandkastl in der Stube.

Solange es die Witterung erlaubte, war am Feierabend besonders die Bank vor dem Haus – gegen Regen geschützt durch ein breites Vordach – sehr geschätzt. Meist stand sie auf der Südseite des Hauses. Sie war der Treffpunkt nach getaner Arbeit. Hier redete

*Plausch auf der Hausbank (1951)*

*Kleine Badefreuden im Waschzuber (1938)*

man über Gott und die Welt, über Neuigkeiten im Dorf und darüber hinaus. Gern nahmen auf der Holzbank auch die Nachbarn Platz zu einem »Ratsch«. Man ging »auf'n Hoagarten«, wie man sagte, und erholte sich bei zwanglosen Gesprächen von des Tages Arbeit. In der Oberpfalz kannte man das »Hutzergehen«, was dasselbe bedeutete. Immer wurden dabei Erfahrungen und Erlebnisse ausgetauscht, Familienereignisse aus dem Dorf besprochen, über die Viehpreise geredet, Kochrezepte ausgetauscht und – politisiert. Die erste Hälfte des vorigen Jahrhunderts war ja politisch sehr bewegt: Monarchie, Republik, NS-Zeit, Zweiter Weltkrieg, Neuanfang 1945. In einer Zeit ohne die heutigen Medien bot der Hoagarten die Möglichkeit zum Meinungsaustausch und Diskutieren, zum Gespräch mit Nachbarn und Freunden.

*Alt und Jung bei einem Sonntagsspaziergang (1933)*

## Ausruhen am Sonntag

Der Sonntagvormittag war, soweit nicht dringende Erntearbeiten zu erledigen waren, ausgefüllt mit dem Kirchgang. Nach dem Gottesdienst standen die Männer noch auf dem Kirchplatz beisammen und gingen anschließend ins Wirtshaus zum Frühschoppen. Aber daran hat sich ja bis heute nichts geändert. Der Nachmittag stand dann jedem zur freien Verfügung. Die älteren unter den Dienstboten ruhten sich von den Strapazen einer langen Woche aus und blieben gewöhnlich daheim. Lediglich die Männer und jungen Burschen gingen ins Wirtshaus. Für die Bäuerin und die großen Mädchen gab es auch am Sonntag immer etwas zu tun. Da war manches zu nähen und zu flicken für die große Familie. So verlief der Sonntag meist sehr ruhig. Für große Unternehmungen, Fahrten und Ausflüge, wie sie heute üblich sind, fehlte meist die Zeit, aber auch das Geld und natürlich das Auto. Man begnügte sich mit einem Spaziergang oder einer kleinen Fahrt mit dem Fahrrad.

Im Wirtshaus saßen gewöhnlich die Knechte an einem gesonderten Tisch – abseits vom Tisch der Bauern. Für einen einfachen Knecht war es da schon eine große Ehre, wenn er sich einmal neben seinen Bauern setzen durfte. Die Rangordnung wurde sogar am Biertisch beachtet.

## Kegelscheiben in der Dorfwirtschaft

Im Sommer war am Sonntagnachmittag das Kegelscheiben besonders beliebt. Die Kegelbahn bei der Dorfwirtschaft war recht primitiv aus einfachen Brettern zusammengezimmert, oft war sie nicht einmal überdacht. Da musste man schon ein guter Kegler sein, um die schwere Holzkugel ans gewünschte Ziel zu befördern. Die Kegel wurden von den Kegelbuben wieder aufgestellt, die gern zur Stelle waren, war ihnen doch eine Brotzeit oder ein kleines Taschengeld sicher.

Im Winter war der Dorfweiher ein beliebter Treffpunkt für Jung und Alt. Die Jugend versuchte sich im Eislaufen mit Eisflitzern, die auf die Schuhe aufgeschraubt wurden und – zum Leidwesen des Schusters – sich immer wieder zusammen mit den Schuhabsätzen lösten. Die Männer und Burschen hatten ihren Spaß am Eisstockschießen, genauso wie heute. Die Eisstöcke aus Buchen- oder Birnbaumholz stammten aus der Werkstatt des Wagners. Auswechselbare Laufplatten aus Kunststoff, auf die heute die Eisstockschützen schwören, waren noch unbekannt.

Nicht weniger beliebt als das Kegeln und das Eisstockschießen war beim männlichen Geschlecht im Sommer eine andere Freizeitbeschäftigung, das »Platteln«. Dieses Spiel ist vergleichbar mit dem Eisstockschießen und heute ziemlich in Vergessenheit geraten. Dabei wurden auf einer Wiese oder in einem Garten von zwei Mannschaften, so genannten »Moarschaften«, Eisenplättchen über mehrere Meter hinweg auf ein kleines Holzstück, die »Daube« geworfen. Jene »Plattl«, die am nächsten zur »Daube« lagen, waren Sieger.

## Rund um das Kammerfenster

Anders als die Burschen gingen die heranwachsenden Mädchen früher kaum fort. Sie trafen sich nur hin und wieder mit Freundinnen zu einem Plauderstündchen. Selbstverständlich kam dabei auch stets die Rede auf die noch ledigen Burschen und wo bald eine Hochzeit oder Nachwuchs zu erwarten war. Bahnte sich eine Liebschaft zwischen zwei jungen Leuten an, so mangelte es natürlich nicht mehr an Gesprächsstoff, vor allem dann, wenn man beobachtet hatte, dass der junge Bursche seiner Liebsten zu später Nacht am Kammerfenster einen Besuch abgestattet hatte. Eine derartige nächtliche Visite war nicht selten der erste Schritt zum Traualtar. Ganz im Gegensatz aber zu den vielen Geschichten, die man sich immer wieder vom Fensterln erzählt, handelte es sich oft um eine harmlose Liebesbezeugung.

## Gemeinsames Singen und Musizieren

Doch wie gelang es, den Feierabend ohne Radio und Fernseher, ohne Kino und Auto zu gestalten? Wie heute spielte auch früher die Musik eine wichtige Rolle. Im Gegensatz zu heute, da Musik weithin nur konsumiert wird, machte es früher Alt und Jung Spaß, selbst mit meist recht einfachen Mitteln zu musizieren. Mehr als heute hatte man Freude am gemeinsamen Singen und Musizieren und wusste sich damit so manche Stunde daheim oder im Hoagarten zu vertreiben. Und was heute unvorstellbar wäre: Es wurde sogar bei der Arbeit, z. B. auf dem Feld, oder auch auf langen Fußmärschen, gesungen. Mit großer Begeisterung wurden in den wenigen Freizeitstunden immer wieder die beliebtesten Lie-

*Sonntagsvergnügen auf der Kegelbahn unter freiem Himmel (1935)*

der angestimmt. Und diese waren oft recht ergreifend, so richtig zu Herzen gehend.

Neben diesen aus heutiger Sicht recht anspruchsvollen Gesängen mit überaus vielen Strophen freute man sich an den bekannten Volksliedern, die auch zum festen Lehrprogramm in der Schule gehörten. Es waren vor allem Morgen- und Abendlieder, Wander- und Abschiedslieder und natürlich Liebeslieder. Wie war man froh,

## Pflege des Mundartlieds

Was rückblickend besonders überraschen mag: Keineswegs wurde damals schon jene Musik gepflegt, die wir heute von Volksmusikveranstaltungen her kennen und die überall so viele Freunde gefunden hat. Es gab noch keine qualitativ hochstehende Volksmusik, denn erst allmählich kamen die Bemühungen von Pauli Kiem (1882–1960) zum Tragen, der es sich zur Lebensaufgabe gemacht hatte, dem echten Volkslied, das kaum noch bekannt war, wieder zu Achtung zu verhelfen. Der Kiem Pauli war unermüdlich unterwegs und ließ sich von Bauern und Handwerkern, Dienstboten und Jägern, also von einfachen Menschen, alte, kaum noch bekannte Dialektlieder vorsingen. Tatkräftig unterstützt wurde er bei seinen Bemühungen vom Herzogshaus der Wittelsbacher. Zusammen mit dem Münchener Universitätsprofessor Dr. Kurt Huber (1893–1943), der wegen seiner Beteiligung an der Widerstandsgruppe »Weiße Rose« in München hingerichtet wurde, brachte der äußerst bescheidene Sammler dann 1930 ein erstes bayerisches Liederbuch heraus.

Es ist der bleibende Verdienst dieser beiden Männer, dem bayerischen Volkslied, vor allem dem Mundartlied, zu neuer Blüte verholfen zu haben. Pauli Kiem und Kurt Huber legten den Grundstein für die große Anerkennung, die die bayerische Volksmusik heute überall genießt. Nicht unerwähnt sei auch der Einfluss des Bayerischen Rundfunks, der sich diesem kulturellen Erbe von Anfang an verpflichtet fühlte und äußerst tatkräftig die volksmusikalischen Bemühungen förderte.

Musikalischer Hoagarten in Bayrischzell (1936)

wenn jemand mit einer Mund- oder Ziehharmonika, einer Zither oder einer Gitarre den Gesang begleiten konnte. Nicht ohne Einfluss auf das Singen und auch auf das Liedgut der damaligen Zeit waren das Radio und die Schallplatte, die neue Lieder zu »Schlagern« machten, die bald nachgesungen wurden.

Bei so viel Musikbegeisterung gab es immer wieder Anlässe zum gemeinsamen Singen, auch bei kirchlichen Ereignissen, z. B. bei

Bittgängen, Flurumgängen und Wallfahrten. Es waren nicht selten Lieder mit vielen Strophen, die alle auswendig gesungen wurden.

## Tanz in der Scheune

Wie heute auch noch trafen sich früher die jungen Leute in ihrer Freizeit gern zum Tanzen. Oft war es nur eine ausgeräumte Stube oder eine Scheune, wo das Tanzbein geschwungen wurde. Zu

*Fesche Bäuerinnen aus Bayrischzell (1937)*

öffentlichen Tanzveranstaltungen hatte übrigens nur Zutritt, wer schon 18 Jahre alt war. Wer es schon früher probierte, musste damit rechnen, vom Tanzboden gewiesen zu werden.

Aber auch daran hat sich nichts geändert: Beim Tanzen wurden so manche Liebesbande geknüpft, auch mit Burschen und Mädchen von auswärts. Und so erklärt es sich auch, dass immer wieder aus dem Dorf »hinaus-« oder »hereingeheiratet« wurde.

Beliebte Tänze waren Walzer, Landler, Schottisch, Polka und Dreher, aber auch der Rheinländer und der Marsch. Und wenn es auch bei der musikalischen Begleitung oftmals nur zu einem einzigen Musikanten, meist einem Knopfharmonikaspieler mit einer so genannten »Ziach« reichte, so tat das der Tanzbegeisterung nicht den geringsten Abbruch. Die Musik musste übrigens von allen anwesenden Tänzern bezahlt werden. Bei größeren Veranstaltungen, z. B. bei einem Mai- oder Erntetanz, einem Kirchweih- oder Kathreintanz, leistete man sich nach Möglichkeit eine mehr oder weniger große Blaskapelle, die von den Burschen angeheuert wurde. War kein Musikant zur Hand, so genügten den jungen Leuten auch Schallplatten und ein Grammophon. Die Ansprüche waren auch hier nicht sehr hoch.

## Einfache Spielsachen

Und was waren die Lieblingsbeschäftigungen der Kinder? Da die Eltern wegen der vielen Arbeit kaum Zeit für sie hatten, waren die Kinder oft lange sich selbst überlassen. Wo Großeltern oder eine alte Tante da waren, die nicht mehr aufs Feld ging, widmeten sich diese etwas den Kleinen. Solange die Kinder noch nicht laufen konnten, setzte man sie in den Laufstall und gab ihnen zum Spielen manches aus dem Haushalt, wie Kochlöffel und emailliertes Blechgeschirr. Gänzlich fehlten altersgemäße Spielsachen, mit denen heute die Kinder überall verwöhnt werden. Sie hatten aber keine Schwierigkeiten, sich mancherlei Spiel und Spielzeug auszudenken. Als Spielmaterial dienten ihnen diverse Abfälle, Tannenzapfen, Stoff- und Holzreste. Und damit entstanden mit viel Phantasie einfache, aber die Kreativität anregende Spielsachen,

z. B. Viehherden aus Zapfen und Kastanien und Boote aus Baumrinde. Die Mädchen schneiderten aus Stoffresten mit Begeisterung Kleider für die Puppe, die, wenn auch oft schon altersschwach, wie ein Heiligtum gehütet wurde. Nicht minder beliebt war auch die Puppenküche, die natürlich nicht aus einem Spielwarengeschäft stammte.

## Stelzengehen und Seilhüpfen

Weil die Kinder in der Schule viele Stunden sitzen mussten, hatten sie oft einen starken Bewegungsdrang. Mit lautem Geschrei trieben sie Eisenreifen von Wagenrädern oder alte Fahrradfelgen durch das Dorf oder brachten selbst gefertigte Windradl beim Laufen zum Drehen. Wer geschickt war, konnte dies beim Stelzengehen oder, vor allem die Mädchen, beim Seil- und Häuslhüpfen beweisen. Heute weitgehend aus der Mode gekommen sind auch das Schussern und das Kreiseltreiben, alles Spiele, zu denen sich die Kinder auf der Straße trafen. Und immer wieder beliebt waren Versteckspiele, »Räuber und Schandi« und »Der Kaiser schickt seine Soldaten aus«.

Sobald die Felder im Herbst abgeräumt waren, ging's hinaus zum Drachensteigen. Die Drachen wurden, unter väterlicher Anleitung, selbst gefertigt mit dünnen Leisten vom Schreiner, Transparentpapier, Schnur und einem Kleber aus Mehl und Wasser. Im Winter bauten die Kinder große Schneeburgen oder trafen sich am Schlittenbergerl, mit einem Schlitten, gemacht vom Wagner oder vom Vater.

Großer Beliebtheit erfreute sich vor allem bei den Mädchen das Poesiealbum, das auch bei heutigen Grundschulkindern wieder in Mode gekommen ist. In dem Album durften sich alle für die Kinder wichtigen Leute, Lehrer wie Pfarrer, Verwandte wie Freunde, mit lieben Reimen, natürlich in vorbildlicher Schrift verewigen. In unseren Tagen entdeckt man auch wieder die nostalgischen Glanzbilder, die einst ins Album geklebt wurden. Die Buben hatten es weniger mit dem Poesiealbum, sie tauschten lieber ihre Sammelbilder aus, die in Zigarettenpackungen beilagen.

# Was braucht ma auf an Bauerndorf?

2. ... A Glockn, die schö klingt,
an Lehrer, der schö singt,
an Schulmoasta, an gscheitn Mo,
der lesn, schreibn und rechna ko. -

3. ... An Halter, der hell blast
und 's Vieh brav weidn laßt,
a Harfn und an Dudlsack,
an guatn Rauch- und Schnupftabak. -

4. ... Die Kübel voller Schmalz
fürs Vieh und d' Leut brav Salz,
an Flachs, daß aa a Leinwand geit,
an Wachter, der die Stund ausschreit. -

5. ... An Schmied, der fleißi bschlagt,
a Hebamm, die nix sagt,
an Gaul, der wia da Teifi rennt,
a brave Feuerwehr, bals brennt. -

6. ... An Schneider, der nix nimmt,
an Stier, der fleißi springt,
an Bauern, der sei Wei(b) net schlagt,
a Weib, das übern Mo net klagt. -

7. ... An Knecht, der net bloß schwitzt,
wenn er beim Essen sitzt,
a Dirn, die zu der Arbeit taugt
und net sechs Stund in Spiegel schaugt. -

# In der alten Dorfschule

Große Verbandsschulen mit vielen Klassen, Unterrichtsräumen und Lehrern, riesige Schulhäuser in modernster Ausstattung, Schulbusverkehr, Verpflegung für auswärtige Schüler in der Mittagszeit – all das kennzeichnet die heutige Schulsituation auf dem Land. Ganz selbstverständlich ist: Jede Klasse hat bereits in der Grundschule mehrere Lehrer, die mit modernen Methoden und Hilfsmitteln wie Fernseher und Computer unterrichten. Und auch das ist die Regel: Nur in Ausnahmefällen wohnen die Lehrer am Schulort, den sie nach dem Unterricht wieder verlassen. Das alte Dorfschulhaus hat längst ausgedient und eine andere Funktion bekommen, z. B. als Kindergarten.

Die heutige Schule auf dem Land hat sich in den letzten fünf Jahrzehnten grundlegend verändert, und zwar in struktureller, inhaltlicher und didaktischer Sicht. Sie hat sich den Anforderungen der veränderten gesellschaftlichen Situation angepasst und ist nicht mehr vergleichbar mit der alten Dorfschule unserer Großeltern.

## Stillarbeit – das Erfolgsrezept der Landschule

Zur Zeit unserer Großeltern, ja noch bis in die Mitte der 1960er-Jahre, hatte die Landschule ein ganz anderes Gesicht. Erinnert man sich daran, so glaubt man sich in eine sehr weit zurückliegende Zeit versetzt. Wie die Kirche, so gehörte einst auch die eigene, wenn auch kleine Schule einfach zu einem richtigen Dorf. Es trug ganz wesentlich zur Identität eines Dorfes bei, weshalb viele Gemeinden erbittert um ihren Erhalt kämpften, auch wenn es nur eine Zwergschule war.

Zur Dorfschule gehörte ein Lehrer, der in vielen Fällen im Schulhaus wohnte oder eine Dienstwohnung von der Gemeinde hatte. Dieser unterrichtete gewöhnlich die Kinder des ganzen Dorfes in einem Schulraum, von der 1. bis zur 8. Klasse (die 9.Klasse kam erst später hinzu). Auf alten Fotos sind Schulklassen von damals festgehalten, und so können wir uns ein gutes Bild von der Leistung eines alten Landschullehrers machen. Wir trauen unseren Augen nicht: Um einen einzigen Lehrer scharten sich bis zu 100 (!) Kinder. Und wenn man bedenkt, dass die verschiedenen Jahrgänge, dicht beieinandersitzend, gemeinsam in einem einzigen Schulraum unterrichtet wurden und sich – trotz äußerer Erschwernisse – ein durchaus respektables Wissen aneigneten, so kann man dem »alten« Landlehrer, auch ohne universitäre Ausbildung, die Hochachtung nicht versagen.

Doch wie konnten die vielen Schüler der verschiedenen Jahrgänge etwas lernen, ohne sich gegenseitig zu behindern? Wie war hier ein geordneter Unterricht überhaupt möglich? Das Geheimrezept hieß Stillarbeit. Wenn sich der Lehrer mit einer Schülergruppe beschäftigte, mussten die übrigen Kinder allein arbeiten. Und immer wieder mussten die Größeren den Kleineren helfen, mit ihnen in der Fibel lesen und ihnen den Griffel führen. So konnte in der Dorfschule eine echte Gemeinschaft entstehen, in der man auch auf minderbegabte Kinder Rücksicht nahm. An eine Förderschule war damals ja noch nichtzu denken.

Disziplinschwierigkeiten, über die heutige Lehrer zu klagen haben, waren in der Dorfschule kaum bekannt, nicht zuletzt des-

*Seite 88: ABC-Schütze: Erste Schreibversuche auf der Schiefertafel (1938)*

*Unterricht in einer einklassigen Schule (1936)*

wegen, weil sich die Eltern bei jeder Maßnahme des Lehrers voll hinter ihn stellten. Seine Autorität war unangefochten. Was er anordnete, wurde befolgt. Das Gleiche galt auch für den Herrn Pfarrer, der wie der Herr Lehrer von Amts wegen zu den Respektpersonen des Dorfes gehörte. Man hat sie von Amts wegen geachtet.

## Alle Kinder in einem Raum

Schon äußerlich hatte das Schulhaus, ebenso wie die Kirche, eine herausgehobene Stellung im Ortsbild. Rund um das Haus war ein großer Garten mit Obst- und anderen Bäumen, in dem die Schüler in der Pause »Fangermandl« und »Der Kaiser schickt seine Soldaten aus« spielen konnten.

Gewöhnlich wurden alle Kinder in einem einzigen Raum unterrichtet. Nur in größeren Orten gab es noch ein zweites Schulzimmer, in dem das »Schulfräulein« die unteren Jahrgänge unterrichtete. Sie war unverheiratet und wohnte meist im Lehrer- bzw. Schulhaus.

Die Einrichtung eines Schulraumes war äußerst einfach und nüchtern. Der Fußboden bestand aus rauen Brettern, die regel-

*Wer nicht brav war, musste hinter der Tafel stehen (1942).*

mäßig mit Öl getränkt wurden. Das war auch der Grund für den penetranten Geruch, der alle Schulhäuser durchzog. Die vielen Schüler saßen im Schulzimmer recht beengt auf langen, harten Schulbänken. In einer Bank hatten jeweils vier bis fünf Schüler Platz. Wurde einer vom Lehrer an die Tafel gerufen, so mussten die anderen aus der Bank treten. Und was heute undenkbar wäre: Die Geschlechter waren streng getrennt. Auf der einen Seite des Raumes saßen die Buben, auf der anderen die Mädchen. Trotzdem oder gerade deswegen gab es viele Blickkontakte zwischen der Buben- und der Mädchenseite.

## Im Schulranzen die Schiefertafel

Auf der kleinen, schmalen Arbeitsfläche der Bank war nur wenig Platz. Er reichte nur für die Schiefertafel und einen kleinen Schwamm zum Abwischen, für die Griffelschachtel und das Tintenfass, das nicht fehlen durfte. Füllfederhalter gab es ja noch nicht. Das Tintenfass wurde vom Lehrer bei Bedarf immer wieder nachgefüllt. Dazu stand eine große Flasche zur Verfügung. Geschrieben wurde mit einer spitzen Feder, mit der besonders die Schulanfänger ihre liebe Not hatten.

Damit er auch von allen Schülern gesehen werden konnte, hatte der Lehrer seinen Platz am erhöhten Katheder. So wurde er auch noch von der letzten Bank aus gut gesehen. Neben dem Lehrerpult, ganz im Blickfeld der Schüler, war eine nicht allzu große Stelltafel, die viel zu klein war und immer gleich voll geschrieben war. In unmittelbarer Nähe der Tafel stand noch auf einem kleinen eisernen Ständer eine Schüssel mit Wasser zum Befeuchten des Schwammes bereit.

Mit Unterrichtsmitteln war die alte Dorfschule im Vergleich zu heutigen Schulen sehr karg ausgestattet. Nirgends aber fehlte die große russische Zählmaschine, auf der mit Hilfe von 100 beweglichen roten und weißen Holzkugeln alle wichtigen Rechenoperationen, die Und- und Wegaufgaben, die Mal- und Geteiltaufgaben, veranschaulicht werden konnten. Für die größeren Schüler hing seitlich an der Wand eine große Deutschlandkarte oder ein Schulwandbild mit der Krönung von Karl dem Großen oder der Schlacht im Teutoburger Wald.

Ein Tageslichtprojektor mit Folien, Arbeitsblätter, Fernseher und Computer, heute unentbehrliche Hilfsmittel im Unterricht, standen natürlich noch nicht zur Verfügung. So mussten die Schüler alles von der Tafel abschreiben, und das in schönster Schrift. Alte Schulhefte und Poesiealben von damals versetzen uns geradezu in Staunen, wie viel Sorgfalt auf eine schöne Schrift verwendet wurde. Aus Sparsamkeit haben übrigens auch die älteren Schüler noch auf die Schiefertafel geschrieben. Nur die Aufsätze und andere wichtige Einträge kamen in ein Heft mit schlechter Papierqualität.

## In der warmen Schulstube

Damit die Kinder in der kalten Jahreszeit nicht frieren mussten und um die durchnässten Kleider und Socken wieder trocknen zu können, wurde schon früh am Morgen von der Hausmeisterin ein Kachelofen oder ein großer gusseiserner Kanonenofen tüchtig eingeheizt. Dabei war es unvermeidbar, dass Kinder in unmittelbarer Nähe des Ofens gehörig ins Schwitzen kamen, und den anderen, die weiter weg saßen, war es nicht selten zu kalt.

Die wohlige Wärme der Schulstube schätzten im Winter vor allem jene Kinder, die einen weiten Schulweg zurückzulegen hatten. Und damals gab es noch strenge, lange Winter mit endlos viel Schnee. Da war der Schulweg oft eine große Plage, zumal mit einem sehr dürftigen Schuhwerk – viele hatten nur Holzschuhe – und ohne Mantel und Handschuhe. An pelzgefütterte Stiefel und Daunenanoraks war noch nicht zu denken. Von abgelegenen Weilern und Einödhöfen mussten sich die Schüler über tief verschneite Wege und Stege und durch meterhohe Schneewehen einen Weg zur Schule bahnen, denn der große hölzerne Schneepflug räumte morgens nur die Hauptverbindungsstraßen.

## Trockenes Pausebrot

Diese und viele andere Erschwernisse nahmen die Schüler ohne Murren als gegeben hin. Es wäre ihnen nie eingefallen, Ansprüche zu stellen. In dieser Haltung wurden sie von den Eltern erzogen, eben Bescheidenheit in allen Situationen. Sie lebten es ihnen auch vor. Stets war man darauf bedacht, die Kinder nicht zu verwöhnen. Man wollte sie ja gut »fürs Leben« erziehen. Ganz oben stand dabei die Tugend der Sparsamkeit. Da war es einfach selbstverständlich, dass die Kinder, solange es die Witterung erlaubte,

bis tief in den Herbst hinein barfuß zur Schule kamen. Als Proviant steckte ihnen die Mutter ein großes Stück trockenes Brot in den Schulranzen und dazu vielleicht noch einen Apfel. Das musste reichen für den ganzen Tag.

*Auf dem Heimweg von der Schule (1933)*

Der Schulranzen, vom Schuster angefertigt, musste gewöhnlich mehrere Schülergenerationen aushalten. Undenkbar wäre es gewesen, jedem Kind beim Schuleintritt einen neuen Schulranzen zu kaufen, wie das heute üblich ist. Und ganz unbekannt war auch die heutige Sitte, den ABC-Schützen den ersten Schultag mit einer großen Zuckertüte zu versüßen. Dieser Brauch setzte sich erst nach dem Zweiten Weltkrieg allmählich auch auf dem Land durch. Jedes Kind bekam nur das, was nötig war, nie Überflüssiges. Auf keinen Fall wollte man zur Verschwendung erziehen.

## Schule und Kirche – eine Einheit

Nach alter Tradition gingen die Kinder vor dem Unterricht, soweit es eben möglich war, noch in die Kirche zur heiligen Messe. Die

Kinder besuchten stellvertretend für die ganze Familie täglich den Gottesdienst. Geradezu eine Verpflichtung war es für die Schulkinder, in der Adventszeit das morgendliche Engelamt zu besuchen. Und da der Lehrer in den meisten Fällen auch den Organistendienst zu versehen hatte, war die Einheit von Kirche und Schule unübersehbar. Auf die Einhaltung des Kirchenbesuchs nicht nur an den Sonn- und Festtagen achtete natürlich besonders der Ortsgeistliche, der in der Schule den Religionsunterricht erteilte. Und er war mitunter weitaus strenger als der Lehrer, was aber seiner Beliebtheit keinen Abbruch tat. Peinlich genau schaute er darauf, dass die Kinder die Lehrsätze des Katechismus und die wichtigsten Gebete fehlerfrei aufsagen konnten.

## Schreiben mit der spitzen Feder

Gemessen an heutigen Verhältnissen war die tägliche Unterrichtszeit in der Dorfschule recht lang. In den Wintermonaten dauerte der Vormittagsunterricht von 8 bis 12 Uhr und der Nachmittagsunterricht von 13 bis 15 Uhr, eine Situation, die durch die jüngsten Schulreformen auch heute wieder eingetreten ist. In der Mittagspause blieben die Kinder von abgelegenen Höfen im Schulzimmer oder bei Familien im Dorf. Lediglich die Dorfkinder gingen in der Mittagszeit zum Essen nach Hause.

Im Sommer waren die Kinder nur am Vormittag in der Schule, damit sie am Nachmittag für die Mithilfe auf dem Hof zur Verfügung standen. Natürlich war auch am Samstag Unterricht, aber nur bis Mittag.

In der alten Landschule legte der Lehrer größtes Gewicht darauf, dass seine vielen Schüler am Ende der Schulzeit vor allem die Kulturtechniken Lesen, Schreiben und Rechnen gut beherrschten. Die Sachfächer wie Erd- und Naturkunde und Geschichte mussten notwendigerweise eine etwas untergeordnete Rolle spielen. Die Lehrmethoden und Lernfortschritte wurden regelmäßig vom Herrn Schulrat in Unterrichtsbesuchen überprüft.

»Wenn der Bub nur gut lesen, schreiben und rechnen kann«, war die immer wieder zu hörende Meinung der Eltern. Ansons-

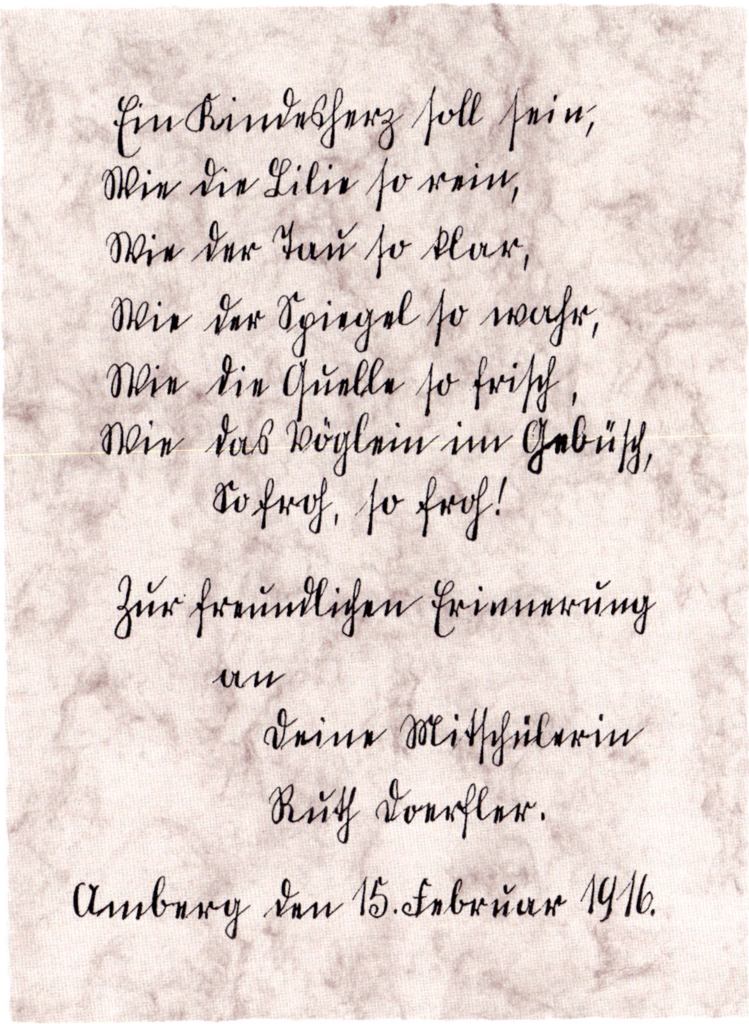
Ein Kinderherz soll sein,
Wie die Lilie so rein,
Wie der Tau so klar,
Wie der Spiegel so wahr,
Wie die Quelle so frisch,
Wie das Vöglein im Gebüsch,
So froh, so froh!

Zur freundlichen Erinnerung
an
Deine Mitschülerin
Ruth Dorfler.

Amberg den 15. Februar 1916.

*Aus einem alten Poesiealbum (1916)*

ten wurden viele Regeln und vor allem Gedichte und Lieder auswendig gelernt. Besonderer Wert wurde auf das Kopfrechnen und das kleine und große Einmaleins gelegt.

Das wichtigste Arbeitsmaterial der Schüler war bis in die Oberklassen die Schiefertafel mit verschiedenen Lineaturen. Die ABC-Schützen lernten das Schreiben mit einem weichen Griffel. »Auf, ab, Dipferl drauf!«, so führte der Lehrer die Schulanfänger in die Kunst des Schreibens ein. Die älteren Schüler schrieben die ecki-

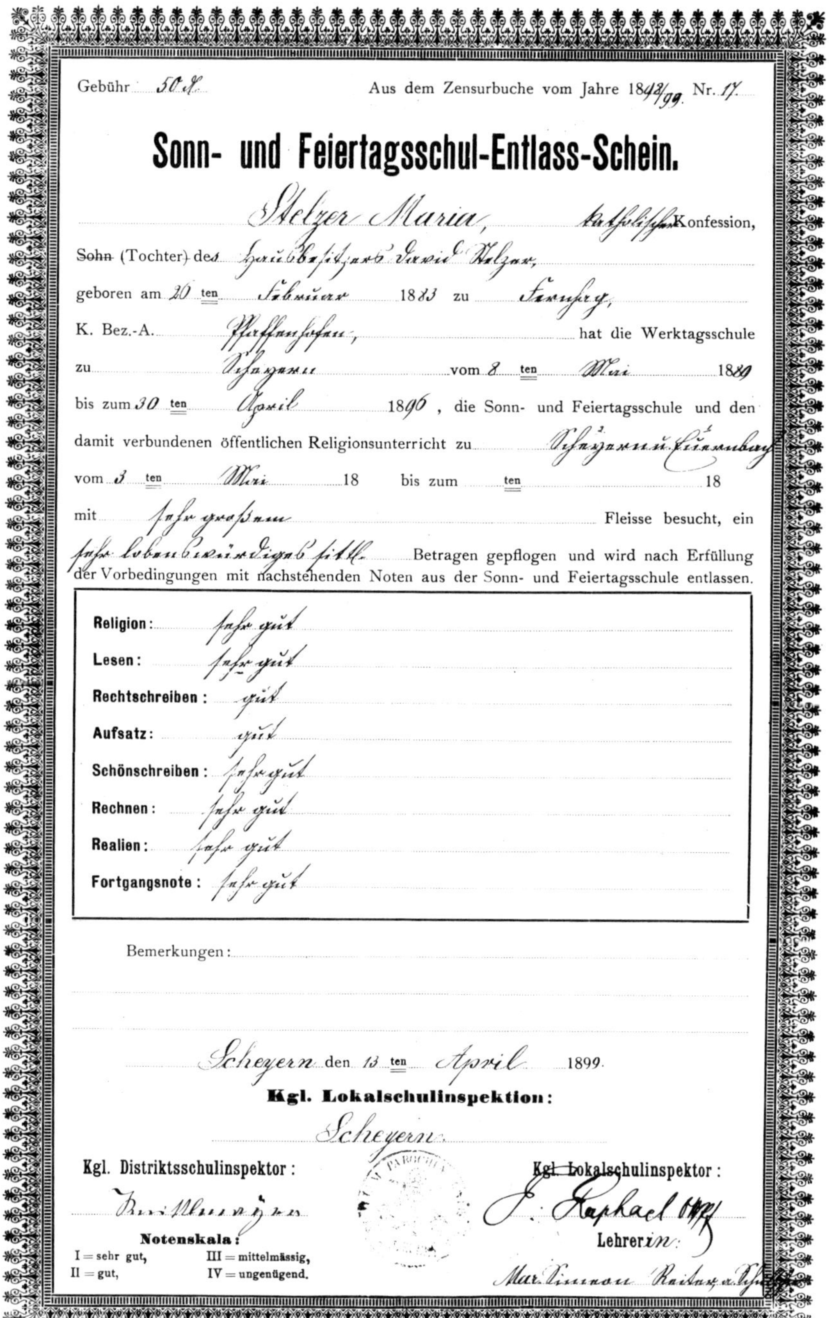

Gebühr 50 ₰. Aus dem Zensurbuche vom Jahre 1898/99. Nr. 17.

**Sonn- und Feiertagsschul-Entlass-Schein.**

Stelzer Maria, katholischer Konfession,

~~Sohn~~ (Tochter) des Häuslbesitzers David Stelzer,

geboren am 20 ten Februar 1883 zu Fernhag,

K. Bez.-A. Pfaffenhofen, hat die Werktagsschule

zu Scheyern vom 8 ten Mai 1889

bis zum 30 ten April 1896, die Sonn- und Feiertagsschule und den

damit verbundenen öffentlichen Religionsunterricht zu Scheyern u. Fernhag

vom 3 ten Mai 18 bis zum ten 18

mit sehr großem Fleisse besucht, ein

sehr lobenswürdiges sittl. Betragen gepflogen und wird nach Erfüllung der Vorbedingungen mit nachstehenden Noten aus der Sonn- und Feiertagsschule entlassen.

**Religion:** sehr gut
**Lesen:** sehr gut
**Rechtschreiben:** gut
**Aufsatz:** gut
**Schönschreiben:** sehr gut
**Rechnen:** sehr gut
**Realien:** sehr gut
**Fortgangsnote:** sehr gut

Bemerkungen:

Scheyern den 13 ten April 1899.

**Kgl. Lokalschulinspektion:**

Scheyern.

**Kgl. Distriktsschulinspektor:** [illegible]

**Kgl. ~~Lokal~~schulinspektor:** P. Raphael OSB

**Notenskala:**
I = sehr gut, III = mittelmässig,
II = gut, IV = ungenügend.

**Lehrerin:** [illegible]

Nr. 78. Verlag v. J. Maiss, München, Herrnstrasse 34.

*Entlass-Zeugnis der Sonn- und Feiertagsschule (1899)*

gen Buchstaben der Deutschen Schrift mit einem harten Griffel. Wie schön die Schüler schließlich schreiben konnten, das bezeugen uns immer wieder ältere Menschen, die »nur« die alte Dorfschule besucht haben.

*Keine Disziplinprobleme in einer einklassigen Schule (1933)*

## Die unbeliebte Feiertagsschule

Zu den Dienstpflichten des Lehrers gehörte meist auch der Unterricht in der »Sonn-« oder »Feiertagsschule«, die bis Mitte der 1930er-Jahre ein fester Bestandteil des Schulsystems in Bayern war. Die Sonntagsschule begann nach dem morgendlichen Gottesdienst und musste von allen Schülern, die die »Werktagsschule« verlassen hatten, besucht werden. Der Unterricht dauerte zwei bis drei Stunden und diente der Vertiefung der Kenntnisse, die in der Werktagsschule erworben worden waren. Unterrichtsfächer waren neben Religion besonders Erdkunde, Geschichte und Landwirtschaftslehre. Es muss nicht verwundern, dass die lästige Feiertagsschule weder bei den Schülern noch bei den Lehrern sonderlich beliebt war. Sie wurde 1938 endgültig abgeschafft.

*Der Lehrer hilft beim Schreiben (1938).*

## Das große Ansehen des Lehrers

Von Seiten der Eltern war der Lehrer mit der höchsten Autorität ausgestattet. So konnte er es sich auch erlauben, bei Bedarf zu Erziehungsmitteln zu greifen, die heute verpönt und undenkbar sind. So nahm damals niemand Anstoß an der körperlichen Züchtigung, z. B. mit dem »Tatzensteckerl«, das stets einsatzbereit auf dem Pult lag. Zur Ehrenrettung der Lehrer muss aber gesagt werden, dass ein großer Teil von ihnen sehr gut auch ohne derartige Strafen auskam. Denn auch damals konnte der gute Lehrer seine Schüler ohne Züchtigungsmittel für sich gewinnen, was ihm diese meist ihr Leben lang durch liebevolle Verehrung dankten. Respektvoll sprachen sie stets von ihrem »Herrn Lehrer«, der ihnen sehr viel fürs Leben mitgab.

Da die Eltern die Arbeit des Lehrers wohl zu schätzen wussten, haben sie ihm – ebenso wie dem Herrn Pfarrer – auch immer zu bestimmten Anlässen etwas zukommen lassen. Nach altem Brauch hat man ihm etwas »rübergeschickt«, wenn geschlachtet wurde. Aber auch zu den großen Kirchenfesten wurde er nie vergessen. Neben Fleisch gab es Butter, Schmalz und Eier. Angesichts der damals noch recht dürftigen Lehrerbesoldung waren derartige Zuwendungen sehr willkommen, saß am Tisch des Lehrers doch meist eine vielköpfige Kinderschar. Da waren die Naturalien der Bauern sehr willkommen.

Zur Beliebtheit des Lehrers haben in hohem Maße auch seine außerschulischen Kontakte und Aktivitäten beigetragen. Aufgrund seiner Ausbildung im Lehrerseminar war er als Einziger im Ort in der Lage, den Kirchenchor zu leiten und die Orgel zu spielen. Und wie in der Schule holte er zu besonderen Anlässen auch in der Kirche seine Geige aus dem Kasten. Es war einfach selbstverständlich, dass er das ganze Jahr über bei allen kirchlichen Festen zur Stelle war. Er gab den Brautleuten das musikalische Geleit und sang den Verstorbenen am offenen Grab das »Requiem aeternam«. In jedem Fall war es Brauch, dass er, wie der Pfarrer, zum dazugehörigen Schmaus im Wirtshaus geladen wurde.

*Winterfreuden nach der Schule (1934)*

In Eintracht: Die Großen und die Kleinen (1933)

An vielen Orten übernahm der Lehrer neben dem Organistendienst noch die Leitung des Männergesangsvereins und erteilte Instrumentalunterricht. Andere Musikpädagogen oder gar eine Musikschule standen ja nicht zur Verfügung. Die Arbeit des Lehrers im musikalischen Bereich kann kaum überschätzt werden. So erkannte er in vielen Fällen musikalische Talente und förderte sie nach Kräften, wie Beispiele aus der Musikgeschichte belegen. Erinnert sei an Max Reger, der aus dem oberpfälzischen Brand stammte und immer wieder zum Ausdruck brachte, was er seinem Lehrer zu verdanken habe. Die Schule war lange Zeit neben der Kirche der wichtigste Kulturträger im Dorf, was bei einer Bewertung der alten Schule nicht unbeachtet bleiben sollte.

An den Lehrer konnten sich darüber hinaus alle im Dorf wenden, die im Schreiben nicht so gewandt waren. Er konnte gut einen Schriftsatz verfassen, wenn jemand mit einer Versicherung oder einer Behörde zu tun hatte, und half beim Verfassen von Briefen. Nicht unerwähnt darf die Arbeit für den Bürgermeister bleiben, dem er ein wichtiger Gehilfe war. Bei Gemeinderatssitzungen führte er pflichtgemäß das Protokoll. Darüber hinaus stellte er allen Bürgern diverse Bescheinigungen aus. Alle diese Zusatzleistungen, für die er auch an Sonn- und Feiertagen zur Verfügung stehen musste, gehörten zum Aufgabenbereich des Lehrers. Sie halfen ihm aber, sein geringes Gehalt etwas aufzubessern.

## Die Landschule – besser als ihr Ruf

Die alte Landschule, notwendigerweise mit vielen Mängeln behaftet, gab ihren Schülern vieles mit auf den Lebensweg, das die heutige Schule, trotz bester äußerer Bedingungen und Verbesserungen, nicht zu vermitteln vermag. Damit soll keineswegs die Schule unserer Großeltern im Nachhinein glorifiziert werden. Es sollen auch nicht die großen Fortschritte in unserem heutigen Schulwesen ignoriert werden. Rückblickend sind aber die Vorzüge der wenig gegliederten, überschaubaren Landschule, die in den 1960er-Jahren aufgelöst wurde, nicht zu übersehen. Die Stärke der alten Schule lag vor allem im erzieherischen und mitmensch-

*Ein schwerer Holzschulranzen (1933)*

lichen Bereich, und gerade hier krankt es in so manchen unserer heutigen Mammutschulen. Ohne nostalgischen Überschwang kann festgestellt werden: Die kleine Landschule konnte – stärker als die voll ausgebaute, bestens mit Unterrichtsmitteln ausgestattete Schule von heute – vor allem pädagogisch auf die Schüler einwirken. Sie schuf ein Klima, in dem die heute so beklagten Aggressionen nicht entstehen konnten – ein Vorzug, der viele Mängel neutralisiert.

# Leutl, müaßts lustig sei!

Zwiefacher

# Wie's der Brauch war

Stärker noch als heute war früher das Leben auf dem Dorf eingebettet in eine feste Ordnung, die sich auch in vielerlei Bräuchen ausdrückte. Es war eine Ordnung, an die sich alle gebunden fühlten und die an die nachwachsende Generation weitergegeben und kaum angezweifelt wurde. Sie schuf den Rahmen für ein funktionierendes Gemeinschaftsleben. Wer sie missachtete, wurde zum Außenseiter. Ihren Ursprung hatten diese Lebensregeln vor allem in einer tiefen, tradierten Frömmigkeit, die den Menschen in allen Lebenslagen, in Tagen der Freude und des Glücks ebenso wie in den Zeiten der Trauer und des Leids Geborgenheit und Sicherheit gab.

## Feste Regeln im Alltag

Das durch Bräuche geregelte Leben prägte den gesamten Jahreslauf, den Alltag sowie die Sonn- und Feiertage der Familie. So war es eine Selbstverständlichkeit, einen neuen Tag mit einem gemeinsamen Gebet zu beginnen und auch zu beenden. Dreimal am Tag wurde in der Familie gemeinsam der »Angelus« gebetet: »Der Engel des Herrn brachte Maria die Botschaft und sie empfing vom Heiligen Geist.« An das Angelus-Gebet wurden alle am frühen Morgen, um 12 Uhr und am Abend vor dem Dunkelwerden mit einem längeren Glockenläuten erinnert, es gab jedem Tag eine feste Einteilung. Das abendliche Läuten war für die Kinder zudem das Signal, vom Spiel auf den Gassen heimzukommen. Dieses Gebot musste streng eingehalten werden.

Zum festen Gebetsprogramm des Familienlebens gehörte daneben das Tischgebet, das vor und nach dem Essen gemeinsam gesprochen werden musste. Wer am Morgen aus dem Haus ging, besprengte sich an der Tür noch mit Weihwasser, die Eltern zeichneten ihren Kindern ein Kreuz auf die Stirn.

Die allgemeine Frömmigkeit fand bei vielen Anlässen ihren sichtbaren Ausdruck, z. B. bei den Bittgängen und Wallfahrten in den verschiedensten Anliegen. Viele Votivgaben an unseren Wallfahrtsorten zeugen von einer tiefen Frömmigkeit der Menschen. Mehr noch als heute waren die Grenzen zwischen Glaube und Aberglaube freilich oftmals recht fließend. Es fehlte nicht an Vorstellungen, die Menschen immer wieder ängstigten.

## Der Pfarrer – eine Autorität im Dorf

*Seite 106: Bäuerin aus der Ochsenfurter Gegend in der Sonntagstracht mit kunstvoll bestickten Schuhen (1939)*

Die Kirche war nicht nur der sichtbare, äußere Mittelpunkt des Dorfes, sie war auch das geistige Zentrum. Ihr Repräsentant war der Ortspfarrer, vielerorts auch nur ein Kooperator oder Expositus, also ein Geistlicher ohne selbstständige Pfarrei. Er war einem Pfarrer unterstellt. Dem geistlichen Herrn, immer dunkel gekleidet und mit weißem Stehkragen, wurde von Jung und Alt größte Hochachtung bekundet. Begegnete man ihm auf der Straße, so

*»Gelobt sei Jesus Christus, Herr Pfarrer!«*

zogen die Männer den Hut, was als Ausdruck höchster Reverenz galt. Die Kinder gingen auf den »Herrn Hochwürden« zu, gaben artig die Hand und flüsterten ehrfürchtig: »Gelobt sei Jesus Christus!« Und nie durfte dabei eine tiefe Kniebeuge vergessen werden.

Der Pfarrer sprach bei seinen regelmäßigen Spaziergängen durch das Dorf mit allen Leuten, er gehörte einfach zum Straßenbild. Zu Zeiten, als es noch keinen Priestermangel gab, war eine Kirche ohne Geistlichen oder gar ein unbewohnter Pfarrhof geradezu unvorstellbar. Wie die Schule und der Lehrer war eben auch der Pfarrer ein ganz fester Bestandteil der Dorfgemeinschaft. Der Pfarrer seinerseits suchte und pflegte immer wieder den Kontakt zu seinen Pfarrangehörigen, besuchte sie und ließ sich über Familiäres informieren. Gern ließ er sich zu Familienfeiern einladen, tröstete die Alten und Kranken. Zuweilen ging er auch am Sonntagabend ins Wirtshaus zum Kartenspielen, was seiner geistlichen Würde und seinem großen Ansehen nicht den geringsten Abbruch tat. Im Gegenteil, es erhöhte seine Autorität und Beliebtheit, weil man ihn auch als Menschen schätzte und respektierte.

*Bäuerinnen aus der Miesbacher Gegend in festlicher Tracht (1959)*

*Beliebter Treffpunkt der Dorfjugend: Die Kirchweihhutschen (1936)*

## Kirchliche Feste im Jahreslauf

In einer Zeit, als das Dorf noch eine gewachsene Einheit war, als die Einheimischen mehr oder weniger noch unter sich waren, kannte der Pfarrer jeden im Ort. Und so war es ihm auch leicht möglich, auf den regelmäßigen Gottesdienstbesuch zu achten. Nach altem Brauch mussten ihm auch die Beichtzettel wieder abgeliefert werden, mit denen der Sakramentenempfang in der Fasten- und Osterzeit belegt werden konnte. Für jeden in der Familie brachte die Bäuerin vor Ostern ein kleines Bildchen als Beweis für die abgelegte Osterbeichte in den Pfarrhof und dazu noch mancherlei Naturalien wie Eier, Butter und Fleisch zum Dank, ein Brauch, der uns daran erinnert, dass früher die geistlichen Herren von den abhängigen Bauern regelmäßig materielle Zuwendungen erhielten.

*Schneidiger Hochzeitslader aus der Dachauer Gegend (1953)*

Im Gegensatz zur heutigen Praxis kamen die kleinen Erdenbürger früher fast ausschließlich daheim zur Welt und wurden dann auch in der Dorfkirche getauft. Die Tauffeier fand gewöhnlich am Sonntag nach der Nachmittagsandacht statt. Der Pfarrer hieß den Göd oder die Godn, also den Taufpaten oder die Taufpatin, mit dem Täufling, der mit einem weißen Schleier bedeckt war, an der Kirchentür willkommen und spendete dann über dem Taufbrunnen das Sakrament. Bei der anschließenden schlichten Feier im

Familienkreis überreichte der Taufpate oder die Taufpatin auch das Taufgeschenk: Es war meist etwas Selbstgemachtes für das Taufkind. Die Paten hielten im Übrigen noch viele Jahre mit ihrem Patenkind Kontakt und bedachten es regelmäßig zum Geburtstag und zu Weihnachten mit einem kleinen Geschenk, oft war es nur ein selbst gebackener Zopf oder ein Wachsstöckl oder eine Kerze. Das Taufkind seinerseits war dem Paten oder der Patin lebenslang in Dankbarkeit verbunden.

## Eine Bauernhochzeit – ein Fest für das ganze Dorf

Manch schöner Brauch rankte sich auch um den Tag, an dem ein junges Paar den Bund fürs Leben schloss. Eine große Bauernhochzeit warf schon viele Monate ihre Schatten voraus, denn ein derartiges Ereignis war nicht nur eine kleine Familienfeier, sondern ein großes Fest, zu dem neben der Verwandtschaft, den Freunden und Bekannten meist das ganze Dorf zum Mitfeiern eingeladen war. Deshalb musste alles lange vorher gut geplant und organisiert sein. Eine ganz wichtige Person bei einer Hochzeit war der Hochzeitslader, in Niederbayern auch »Prog(r)oder« genannt. Ein paar Wochen vorher machte er sich zu Fuß oder mit dem Rad, später mit dem Motorrad auf den Weg, um die vielen Gäste im Namen der Brautleute gebührend zur Hochzeit zu laden. Wenn er mit seinem Sinnstock und einer weißen Schleife im Knopfloch in der Stube stand, sagte er seinen traditionellen Ladspruch auf. Damit der Termin der Hochzeit auch nicht vergessen werden konnte, notierte er z.B. im Bayerischen Wald alle wichtigen Angaben, einschließlich des zu zahlenden Mahlgeldes, mit Kreide an der Haustür.

Ein paar Tage vor der Hochzeit hielt die junge Braut gewöhnlich ihren Einzug in den Hof, in den sie einheiraten wollte. Nur Ältere können sich noch erinnern, dass der Transport des eingebrachten Heiratsgutes mit dem »Kammerwagen« durchgeführt wurde. Auf ihm hatte alles Platz gefunden, was zum Hausstand gehörte: die Betten, die Kommode, der Schrank. Und hinter dem Kammerwagen wurde von einer Magd eine Kuh, gestriegelt und

*Allgäuer Bauern in der festlichen Kemptener Tracht fahren im Gäuwagen zu einer Hochzeit (1938).*

geschmückt, geführt. Die Braut selbst fuhr mit dem Hochzeiter in einer Kutsche, einer Chaise, dem Zug voraus. Im Hochzeitshaus richtete die Näherin die Stoffe und Wäschestücke sehr ordentlich in den schönen Schrank, denn am Hochzeitstag durfte ja jeder der Gäste neben Hof und Stall auch die Schlafkammer besichtigen.

Der Ablauf des Hochzeitstages war so, wie man ihn auch heute noch bei einer Bauernhochzeit erleben kann. An der Hochzeitsfeier hatten meist alle im Dorf Anteil. Aus jedem Haus kam mindestens ein Vertreter. Und da es mittags und abends gewöhnlich zwei bis drei Portionen Fleisch gab und auch die Kuchen reichlich bemessen waren, wurde vieles ins mitgebrachte »Bschaod-Tüchl« gepackt. So konnten die Daheimgebliebenen auch noch etwas teilhaben von den Köstlichkeiten der Hochzeit.

Kennen gelernt hat sich so manches Paar auf dem Tanzboden, einem Volksfest oder Markt, bei einer Wallfahrt oder auch zur Kirchweih auf der »Kirtahutschn«. Das war ein dickes, breites Brett, das mit Ketten an Balken unter dem Scheunendach oder in der Tenne aufgehängt war. Auf jedem Ende des Brettes stand ein

Bursch und brachte die ganze Gesellschaft mit den daraufsitzenden Mädchen in Schwung. Kam nun die Schaukel so richtig in Fahrt, ertönte ein lautes Quietschen und Schreien der Mädchen, die auf der »Kirtahutschn« immer dichter zusammenrückten. Am Abend trafen sich dann die jungen Leute auf dem Tanzboden, wo sich die Paare bei Rheinländer, Polka und Walzer drehten. Aufgespielt wurde ihnen oft nur von ein paar Musikanten, die die Burschen oder der Wirt bezahlen mussten. Eine große Musikkapelle konnten sich nur wenige leisten.

## Begleitung auf dem letzten Weg

Durch die Bräuche geregelt war auch das Abschiednehmen von dieser Welt. Lag ein Familienmitglied im Sterben, so rief man rechtzeitig den Geistlichen zum Versehen. Barhäuptig machte er sich auf den oft weiten Weg zum Sterbenden, nur begleitet von einem Ministranten, der in der Hand die Laterne mit dem Ewigen Licht aus der Kirche trug. Begegnete jemand dem geistlichen Herrn auf dem Versehgang, so brachte er durch eine tiefe Kniebeuge und ein ehrfürchtig gesprochenes »Gelobt sei Jesus Christus!« seine Verehrung vor dem Allerheiligsten zum Ausdruck, das dem Kranken eine Stärkung auf seinem letzten Weg sein sollte.

Angekommen im Haus des Sterbenden, wurde der Priester von allen Familienangehörigen erwartet und empfangen. Auf einem Tischchen, mit einem besonderen Versehtuch bedeckt, stand ein Kruzifix, daneben die angezündete Sterbekerze. Dann betete der Geistliche zusammen mit den Verwandten für den Schwerkranken und spendete ihm die Letzte Ölung. So war er wohl vorbereitet für den Übergang in das neue Leben.

Ähnlich wie bei der Geburt eines Kindes nahm die ganze Dorfgemeinschaft auch Anteil am Heimgang eines Menschen. Anders als heute, da immer weniger zu Hause sterben, blieben früher auch die Nachbarn dem Sterbenden in seiner schweren Stunde ganz nahe. Sie wollten sich alle von ihm persönlich verabschieden und beteten in seiner Kammer immer wieder den Rosenkranz. Am Bestattungstag trugen sie ihn über die Schwelle seines Hauses. Vor

*Totenbretter im Bayerischen Wald (1935)*

dem Haus wartete schon der schwarze Leichenwagen, von zwei Rappen gezogen. Zusammen mit dem Pfarrer und den Ministranten geleiteten nun die Nachbarn und Freunde und alle, die den Toten gekannt hatten, in einem langen Zug betend hinaus auf den Friedhof, den Gottesacker. Die Nachbarn waren es auch, die dem Verstorbenen selbst das Grab schaufelten, ein Akt voller Symbolik.

In einer Zeit, als noch kein Bestattungsinstitut die letzten irdischen Dinge regelte, kümmerte sich vor allem die Leichenfrau – die Seelnonne – um alles, was für eine würdige Gestaltung der Beerdigung zu tun war. Sie war es auch, die zu Fuß von Haus zu Haus ging und für das Begräbnis »einsagte«. Dafür steckte man ihr dann ein kleines Trinkgeld zu. Manchmal war es auch etwas Essbares, z.B. eine Rohrnudel oder ein Stück Brot.

## Totenbretter am Wegesrand

An einen alten Totenbrauch, der vor 70 Jahren noch in Nordbayern lebendig war, erinnern uns die Totenbretter, die man noch vereinzelt im Bayerischen Wald und in der Oberpfalz antreffen kann. In diesen früher äußerst armen Gegenden legte man die Toten zu Hause – in Ermangelung eines Sarges – bis zum Begräbnistag auf ein Brett. Beim Begräbnis wurde es dann schräg gestellt, sodass der Tote ins offene Grab gleiten konnte. »Er ist vom Brettl grutscht!« ist daher eine noch heute gebräuchliche Redensart, die darauf Bezug nimmt. Als durch die Verbreitung des Sarges das schmale Totenbrett überflüssig wurde, blieb man trotzdem dem alten Brauch treu und stellte, wie früher, Bretter mit den Namen der Verstorbenen an Feld- und Waldwegen auf. Die einfachen Bretter sollten die Lebenden an jene erinnern, die ihren Lebensweg schon vollendet hatten. Nach altem Volksglauben erlangte die arme Seele der Verstorbenen erst dann ihre letzte Ruhe, wenn das Brett total verfault war. Oft mahnte überdies noch ein Spruch auf dem Brett an die Toten, wie uns ein Vers aus dem Landkreis Kötzting zeigt:

*Gattin, Kinder, weinet nicht,*
*ich hab ausgelitten.*
*Sterben ist ja Menschenpflicht,*
*ach, da hilft kein Bitten.*
*Lebet wohl, beim Auferstehn*
*werden wir uns wiedersehn.*

## Leben mit Bräuchen

Das Leben auf dem Dorf war getragen von einer Gemeinschaft, in die sich alle eingebunden wussten. Sie begleitete jeden Einzelnen von der Wiege bis zur Bahre, in den Tagen der Freude und der Trauer. Die tradierten Bräuche schufen den festen Rahmen und auch wichtige Bande untereinander. Sie gaben jedem Sicherheit und Geborgenheit und Halt in den Wechselfällen des Lebens. Andererseits war auch jeder gehalten, sich an die allgemein verbindlichen Regeln zu halten. Er musste sich in jeder Altersstufe an ihnen orientieren und sie beachten, z. B. bei der Feier der kirchlichen und weltlichen Feste, aber auch im Familienleben. Eine Nichtbeachtung hatte für den Einzelnen Isolierung und Vereinsamung zur Folge.

Bräuche in der jeweiligen regionalen Ausprägung regelten das gesellschaftliche Leben und hatten verpflichtenden Charakter. Man lebte so, wie's eben im heimatlichen Dorf fester Brauch war, und war bemüht, nachfolgende Generationen in dessen Geist zu erziehen. Das Brauchtum war das Band zwischen den Generationen, zwischen Vergangenheit und Gegenwart.

*Palmbuschsetzen am Palmsonntag im Berchtesgadener Land (1937)*

# Bauernmadl

1. Bau-ern-ma-dl, Bau-ern-ma-dl, d'Spiel-leut ma-chn auf,
2. Bau-ern-ma-dl, Bau-ern-ma-dl, schö-ne Rin-gl tragns,
Bau-ern-ma-dl, Bau-ern-ma-dl, tanz' ma no oan drauf!
Bau-ern-ma-dl, Bau-ern-ma-dl, al-le Bua-ma sagns!
Bau-ern-ma-dl hin, Bau-ern-ma-dl her, ju-he,
gibts denn auf der gan-zn Welt koa Bau-ern-ma-dl mehr?

# Vergangene Dorfidylle

In den Jahren nach dem Zweiten Weltkrieg hat sich das Gesicht wohl der meisten unserer Dörfer grundlegend verändert. Der technische Fortschritt hat auch vor dem Dorf nicht haltgemacht und alle Lebensbereiche auf dem Land erfasst. Viele alte Bauernhäuser wurden ohne Skrupel abgerissen und durch monotone, einfallslose Neubauten mit großen Fenstern und Alu-Haustüren ersetzt, breite Straßen haben jeden Einödhof verkehrsmäßig erschlossen. Zur Veränderung des Dorflebens, besonders der Freizeitgestaltung, trugen in vielen Orten ab den 1950er-Jahren Kinos, so genannte »Lichtspielhäuser«, bei, die zum Treffpunkt für Jung und Alt wurden.
Damit einher ging, zunächst kaum bemerkt, ein Abbau von gewachsenen Strukturen und Beziehungen, die das Dorfleben früher getragen und geprägt haben. Vor allem in stadtnahen Dörfern kam es zu einer Urbanisierung, die zu einem Schwund gewachsener Strukturen geführt hat – eine Entwicklung, deren negative Folgen uns heute erst bewusst werden. Viele Dörfer haben ihr Gesicht verloren.

# Lebendige Dorfgemeinschaft

Bis in die 1950er-Jahre hinein war das Dorf mehr oder weniger eine geschlossene Einheit und leicht überschaubar. Die Menschen im Dorf wussten sich verbunden durch die tägliche Arbeit, durch die gleiche Lebensart, durch eine gemeinsame Vergangenheit – und was die Zusammengehörigkeit besonders stärkte: Man trug alles gemeinsam, Freud und Leid, und war stets aufeinander angewiesen, bei der Arbeit, in Unglück und Not. Jeder brauchte den anderen. Die junge Generation wuchs in diese Verbundenheit von frühester Kindheit an hinein. Und diese Gemeinschaft fand ihren Ausdruck immer wieder im gegenseitigen Helfen, aber auch im gemeinsamen Feiern, bei den Festen des Kirchenjahres sowie bei weltlichen und persönlichen Anlässen.

Wichtige Zentren der Dorfgemeinschaft war neben der Schule, dem Wirtshaus und der Kramerei vor allem die Kirche, wo fast alle vom Dorf regelmäßig zum Gottesdienst zusammenkamen. Heute haben ganz viele Dörfer keinen eigenen Pfarrer mehr, sie gehören zu einem Pfarrverband, der von einem einzigen Pfarrer betreut wird. Dieser kommt nur noch ein paar Mal in die Dorfkirche zum Gottesdienst, der oft auch am Abend stattfinden muss.

Früher hatte jedes Dorf seinen eigenen Pfarrer, der einfach zum Ortsbild gehörte. Wenn er seinen Spaziergang durch den Ort machte, kam er mit Jung und Alt ins Gespräch. Vorbei sind die Zeiten, als man ihn durch den Pfarrgarten schreiten sah und das tägliche Breviergebet verrichtete. Er wurde von allen im Dorf als Autorität, als Amtsperson der Kirche anerkannt und geachtet, was auch in der Anrede »Herr Hochwürden« zum Ausdruck kam. So konnte er es sich auch erlauben, mit notfalls deftigen Ausdrücken das Wort Gottes von der Kanzel herab zu verkünden, vor allem dann, wenn es um die Einhaltung von Sitte und Moral ging. Besonders war ihm auch am jährlichen Empfang der Ostersakramente gelegen, von dem sich keiner ausschließen durfte, weder der Bauer noch der Knecht.

*Seite 120: Alter Bildstock in Oberstreu bei Mellrichstadt (1956)*

Nicht weniger geachtet war der Lehrer, der alle Kinder bis zur siebten bzw. achten Klasse unterrichtete. Eltern wie Kinder

hörten auf ihn. Alle schätzten ihn, war er doch auch als Gemeindeschreiber und Organist aufs engste mit dem Dorfleben verbunden.

*Dorfstraße in Langenleiten in der Rhön (1933)*

## Das Wirtshaus – der gesellschaftliche Mittelpunkt

Das Wirtshaus war der weltliche, der gesellschaftliche Mittelpunkt des Ortes. Hier trafen sich die Honoratioren, der Pfarrer und der Lehrer, der Förster und der Doktor, aber auch die Bauern und die Knechte. Sie alle hatten in der Gaststube ihren angestammten Platz. Die kleinen Gütler und Häuslleut saßen gewöhnlich getrennt vom Tisch der begüterten Bauern. Diese Standesordnung änderte sich erst nach dem Krieg, als die Bauern nach und nach ihre einstige Vorrangstellung verloren, u.a. durch den Zuzug von Heimatvertriebenen, und viele junge Leute in andere, nicht landwirtschaftliche Berufe abwanderten. Hinzu kam, dass viele Bauerskinder nicht auf dem Hof bleiben wollten und Berufe wählten, die eine höhere Schulbildung voraussetzten. Nun waren auch Menschen angesehen, die nicht in der Landwirtschaft und im Handwerk arbeiteten.

## Die Kramerei – ein beliebter Treffpunkt

Ein besonders wichtiger Ort, wo man andere Leute treffen konnte, war auch die Kramerei. Das war eine Gemischtwarenhandlung, in der man (fast) alles kaufen konnte, was zum täglichen Bedarf gehörte: Zucker und Salz, Essig und Salatöl, Salzhering und Schnupftabak, Suppennudeln und Malzkaffee, aber auch so handfeste Dinge wie Heurechen, Viehketten, Bremsenöl und Fliegenkleber. Nichts war in Schachteln, Flaschen oder Becher steril verpackt, alles wurde gut sichtbar offen gelagert. Manche Waren wurden von der Kramerin in spitze, braune Tüten, so genannte »Stranitzen«, eingefüllt, vor allem die Bonbons, die sie in runden Glaskugeln gut sichtbar aufbewahrte. Die offene Lagerung aller Waren war auch der Grund für den typischen Geruch in der Kramerei, einem Duft aus allerlei Gewürzen, Lebensmitteln, Backwaren, Putz- und Reinigungsmitteln.

Trat ein Kunde über die Schwelle des Ladens, so wurde dies der Kramerin durch eine kleine Glocke an der Tür angekündigt. Sie kannte natürlich alle ihre Kunden bestens, besonders jene, die gern etwas anschreiben ließen, weil sie im Augenblick nicht zahlen konnten. Meist wurde am Monatsende abgerechnet; dabei gab es aber immer wieder Zahlungsprobleme.

Hier in der Kramerei konnte man Nachbarn treffen und Neuigkeiten erfahren. Und so nahm man sich gern Zeit zu einem kleinen Ratsch. Man redete über alles: über Alltagsprobleme, über Sorgen und kleine Freuden.

Neuigkeiten konnte man auch erfahren, wenn ein Handwerker oder auch der Viktualienhändler mit dem Korb auf dem Rücken ins Haus kam. Ein gern gesehener Gast beim Bauern war daneben der Viehhändler. Er kam in viele Höfe und kannte sich im Gäu gut aus.

Zum Bild des alten Dorfes gehörte früher, als man noch nicht mit dem Auto zum Einkaufen in die Stadt fuhr, auch der Hausierer, der als lebender Kramerladen mit dem Fahrrad oder dem Motorrad regelmäßig seine Kunden aufsuchte. In seinem Rucksack und seinen Koffern führte er vielerlei Waren mit sich, z.B. Stoffe zum

*Bäuerinnen auf dem Blumenmarkt in Würzburg (1938)*

Selbstschneidern und diverse Kurzwaren und Dinge für den Haushalt. Und da er in viele Häuser kam, wusste er auch stets Neuigkeiten zu berichten, was seinen Besuch interessant machte.

## Am Abend zum Bürgermeister

Neben dem Pfarrer, dem geistlichen Herrn, gehörte zu einem richtigen Dorf der Bürgermeister. Als Amtssitz stand ihm nur in grö-

Gemeindeausrufer in Kottingwörth bei Beilngries (1954)

ßeren Orten ein Rathaus zur Verfügung. In kleineren Gemeinden genügte dazu ein Zimmer in seinem Privathaus. Das wurde dann jedermann durch ein Schild an der Haustür kundgetan: »Wohnung des 1. Bürgermeisters. Amtsstunden täglich von 18 bis 19 Uhr«.

Hatte der Bürgermeister seinen Mitbürgern etwas Wichtiges mitzuteilen, so stand ihm ein Gemeindediener zur Seite, der mit lauter Stimme auf der Straße amtliche Mitteilungen verkündete. Und damit ihm auch alle wirklich zuhörten, schellte er kräftig mit seiner Dienstglocke. Eine wichtige Diensthandlung.

Gemeinderatssitzungen wurden meistens im Schulhaus oder in einem Nebenzimmer beim Wirt abgehalten. Und damit auch alles seine Ordnung hatte und die Beschlüsse lückenlos festgehalten wurden, musste der Schullehrer das Sitzungsprotokoll führen. Das gehörte zu seinen Dienstaufgaben ebenso wie die Eintragungen in die gemeindlichen Bücher und die Ortschronik. Obgleich nur sehr gering honoriert, war die Gemeindeschreiberei für den Lehrer, zusammen mit dem Organistendienst, ein willkommenes Zubrot. Die ziemlich dürftigen Dienstbezüge ließen sich damit allemal etwas aufbessern.

## Unverzichtbar: die Leichenfrau

Neben den Honoratioren und angesehenen Persönlichkeiten wie dem Pfarrer und dem Lehrer, dem Bürgermeister und dem Wirt, den Handwerkern und der Kramerin gab es aber auch ein paar Leute, die nicht unwichtig waren, obgleich sie nicht ganz so angesehen waren und etwas im öffentlichen Leben am Rande standen. Zu ihnen zählte jene Frau, die immer dann gerufen wurde, wenn jemand aus der Familie gestorben war: Es war die Leichen- oder Totenfrau, mancherorts auch Seelnonne genannt. Sie durfte nicht

*In der Rhön: Milchkannen aus Ton, zum Trocknen auf den Zaun gesteckt (1933)*

*An der Ringmauer im unterfränkischen Sommerhausen (1943)*

allzu sensibel sein und lebte meist in ärmlichen Verhältnissen, weshalb sie auch den nicht gerade beliebten Dienst übernahm.

War ein Todesfall eingetreten, so musste sie den Verstorbenen waschen, einkleiden und in den Sarg betten – eine schwere Arbeit, die aber nicht sehr großzügig honoriert wurde. Nun machte sie sich auf den Weg, um in jedem Haus im Dorf und in den umliegenden Orten das Begräbnis bekannt zu machen. Sie musste »einsagen«, also im Namen der Angehörigen zum Begräbnis des Verstorbenen bitten. Neben der gedruckten Todesanzeige war dies die zuverlässigste Form der Information. Trat die Seelnonne in ein Haus, so sagte sie recht monoton ihren Spruch auf, z. B.: »Der Zeitlbauer von Drößling bitt am Samstag um zehne zu sein Weib in d'Leich.« Die Bäuerin steckte ihr dafür eine Kleinigkeit zu, eine Rohrnudel und ein paar Pfennig, und weiter ging es zum nächsten Haus.

Eine wichtige Funktion hatte die Seelnonne auch am Begräbnistag, musste sie sich doch um den reibungslosen Ablauf der Beerdigung kümmern. Laut betend schritt sie hinter dem Sarg, wenn sich der Leichenzug vom Sterbehaus zum Friedhof bewegte, und assistierte dem Pfarrer bei der Einsegnung. Als Anerkennung für ihre Dienste wurde sie dann von den Angehörigen zum Leichenschmaus beim Wirt eingeladen. Sie wurde »ausgespeist«, ebenso wie die Leichenträger.

*Heile Welt im fränkischen Eibelstadt (1939)*

Nicht mit Gütern gesegnet war auch der Totengräber, der oft geradezu darauf wartete, dass es wieder etwas zu tun gab. Seine Aufgabe war es, mit Pickel und Schaufel ein Grab auszuheben und es nach der Bestattung wieder zuzuschütten. Aufgrund seiner Nähe zu den Toten pflegte man mit ihm keinen allzu engen Kontakt und ging ihm nach Möglichkeit aus dem Weg. Im Wirtshaus, zumal wenn er etwas zu viel getrunken hatte, wusste er manch schaurige Geschichte zu erzählen von seinen Erlebnissen auf dem Gottesacker. Da hatte er immer aufmerksame Zuhörer.

In vielen Dörfern gab es jedoch einen Mann, den alle Bauern recht schätzten. Seine Aufgabe war es, im Frühjahr auf den Wiesen mit eisernen Fallen die Maulwürfe zu fangen. Der »Scherfänger«, wie man ihn nannte, verstand es, der Maulwurfplage noch ohne chemische Mittel Herr zu werden. Für seine Tätigkeit bekam er von den Bauern je nach Stückzahl der erlegten Tiere eine Entschädigung, die freilich sehr gering war.

## Täglich in die Stadt

Auf dem Dorf ist heute vieles anders als noch in der ersten Hälfte des letzten Jahrhunderts. Viele Berufe und Stände, die hier einmal ihr Auskommen hatten, sind ausgestorben. Der Fortschritt ist auch am noch so abgelegenen Dorf nicht spurlos vorbeigegangen. Die Kinder werden mit dem Schulbus in die große Verbandsschule in einem Nachbarort gebracht, die Realschüler und Gymnasiasten fahren in die Kreisstadt und verlassen nach ihrem Abschluss ihren Heimatort zum Studium in der Stadt. Viele der jüngeren Generation haben sich in der Stadt eine Existenz aufgebaut. Und immer mehr Menschen pendeln täglich, manchmal sogar wöchentlich, zwischen dem Dorf und der Stadt.

Aber auch äußerlich hat das Dorf in den letzten Jahrzehnten sein Gesicht verändert. An die Stelle der schmalen, kurvenreichen und nur gesandeten Wege sind breite, geradlinige und asphaltierte Straßen mit Bürgersteig und Bushaltestellen getreten. Und selbstverständlich fehlt auch nirgends die moderne Neonbeleuchtung. Nur die Alten erinnern sich noch, wie finster einst die Straßen

und Plätze nach Einbruch der Dunkelheit waren. Nur da und dort spendete eine einfache Lampe, soweit der Ort schon an das Stromnetz angeschlossen war, ein dürftiges Licht. In den Seitengassen blieb es meist stockdunkel, wenn nicht ein Lichtschein aus den Häusern drang.

*Mit einem Schlitten werden die Eisblöcke aus dem Wasser gezogen (1936).*

## Leben am Dorfweiher

Ein Stück Vergangenheit ist auch der Dorfweiher. Umstanden von Salweiden und anderen Büschen, tummelten sich auf ihm in den Sommermonaten Enten und Gänse zuhauf. Am Abend holte die Bäuerin oder eines der Kinder das Federvieh wieder zurück in den Stall. Der kleine Dorfweiher, das natürlichste Biotop, das man sich denken kann, war auch der Lebensraum vieler Fischarten wie Hechte und Karpfen, und auch die Frösche fühlten sich darin wohl, was ein vielstimmiges Quakkonzert an so manchem Sommerabend erkennen ließ.

*Mittenwalder Kinder beim Eisstockschießen (1939)*

Im Winter, wenn Stein und Bein gefroren war, wurde der Weiher zum Treffpunkt der Dorfjugend, die sich hier mit primitiven Schlittschuhen auf dem Eis tummelten. Auch die Eisstockschützen versammelten sich dort mit ihren derben hölzernen Eisstöcken, angefertigt vom Wagner.

Eine besondere Attraktion, die viele Zuschauer anzog, war es jedes Mal, wenn bei klirrender Kälte der Wirt mit seinen Helfern anrückte, um mit einfachen Mitteln aus der dicken Eisschicht große Blöcke herauszuschneiden. Die zentnerschweren Eisbrocken, die bei dieser nicht ungefährlichen Arbeit mit Stangen aus dem Wasser gehievt wurden, wurden mühsam auf Wagen gehoben und dann zum Eiskeller des Wirts transportiert. Dort sorgte das Natureis auch in den Sommermonaten für kühles Bier. Heute ist ein Dorfweiher schon eine Seltenheit. In vielen Fällen hat man ihn zugeschüttet und als Parkplatz zweckentfremdet.

## Alte Bauernhöfe

Optischer Blickfang im Ortsbild waren einst die schmucken Bauernhöfe mit spitzen Dächern, kleinen, schmalen Fenstern, gesichert mit Eisenstäben und niedrigen Türen. Jedes Haus hatte sein Gesicht. Es gab auch keinen einheitlichen bayerischen Stil, vielmehr hatte jede Region andere Hausformen, denken wir nur an oberbayerische, niederbayerische und fränkische Bauernhöfe, die sich ganz wesentlich voneinander unterscheiden. Die früheren Baumeister, meist nur gewöhnliche Maurermeister, verstanden es, landschaftsbezogen zu bauen. Alle Gebäude – das Wohnhaus, die Stallungen und Scheunen – zeigten eine Ausgewogenheit in Form,

*Winteridylle in Oberammergau (1940)*

*Fähre über den Main bei Frickenhausen (1939)*

Größe und Funktion. Alles passte zusammen; jegliche Protzigkeit war verpönt und wurde abgelehnt.

Worauf aber nie verzichtet wurde, war ein Pumpbrunnen, der für Mensch und Tier Wasser spendete. Nicht fehlen durfte der einfache Bauerngarten vor dem Haus mit allerlei Gemüse und vor allem Kräutern. Und dazwischen war immer noch Platz für die stolzen Kaiserkronen und duftenden Pfingstrosen, den leuchtenden Phlox und die schmucken Dahlien und als Beeteinfassung den niedrigen Buchsbaum. Der Hausgarten, um den sich die Bäuerin kümmerte, war von einem einfachen Staketenzaun eingefasst. Es passte eben alles zusammen.

## Das Dorf – eine kleine Welt für sich

Bei allen notwendigen Veränderungen und Erneuerungen am Haus wurde stets darauf geachtet, dem traditionellen Baustil treu zu bleiben. Einflüsse von außen wurden kaum beachtet. Es blieb den 1960er- und 1970er-Jahren vorbehalten, durch nicht landschaftstypische und nicht historisch gewachsene Bauformen das Gesicht unserer Dörfer zu verfremden. Für aufwändige Veränderungen,

z. B. neue große Fenster, Holzverkleidungen und Prachtbalkone, hätte natürlich auch das Geld gefehlt. Aber gerade das Festhalten am Hergebrachten, auch im Bauwesen, trug dazu bei, dass das Dorf eine kleine, in sich geschlossene Welt bleiben konnte.

Aus heutiger Sicht war das alte Dorf – das lässt sich nicht bestreiten – noch in vielem rückständig. Heute selbstverständliche Annehmlichkeiten waren unseren Ahnen noch vorenthalten. In manchen Gegenden, vor allem im Bayerischen Wald und in der Oberpfalz, fehlte noch lange Zeit der elektrische Strom. Und nur vereinzelt kamen aus der Stadt Sommerfrischler, die genau beäugt wurden. Gern stärkten sie sich nach einer Tageswanderung am Abend im Wirtshaus bei einer kräftigen Brotzeit. Ein organisierter Fremdenverkehr mit Verkehrsamt, der viele unserer Dörfer so verändert hat, fehlte noch gänzlich. Nicht vorstellen konnte man sich damals auch Zweitwohnungen, deren Besitzer nur am Wochenende in das Dorf kamen.

Angesichts so vieler Fehlentwicklungen, die heute nicht mehr weggeredet werden können, ist es nur zu begrüßen, dass man sich nach einer Zeit unkritischen Fortschrittsglaubens und euphorischer Übernahme alles Neuen und Fremdartigen weithin wieder

*Zwiebelernte in Gochsheim bei Schweinfurt: Bauersleut in der Werktagstracht (1957)*

*Auf dem Heimweg vom Viehmarkt (1939)*

auf das Bodenständige, das Gewachsene, auf die eigene Kultur besinnt und sich zu ihr bekennt. In vielen Bereichen hat in den letzten Jahren ein Umdenkungsprozess eingesetzt. Immer mehr erkennt man, dass das Dorf nur dann eine Zukunft hat, wenn es sich neu auf seine traditionellen Werte besinnt und sich nicht kurzlebigen Zeittrends anpasst. Dabei ist besonders an jene Werte zu denken, die einst tragende Pfeiler des Dorflebens gewesen sind. Das schließt nicht aus, dass sich das Dorf notwendigen Veränderungen, z. B. im landwirtschaftlichen Bereich, öffnet. Bei aller Zeitoffenheit geht es aber letztlich darum, die Eigenart jedes Dorfes zu bewahren. Deshalb sind auch alle heimatgeschichtlichen und denkmalpflegerischen Bemühungen sowie die Förderung der kulturellen Eigenständigkeit im Bereich der Trachten-, Brauchtums- und Musikpflege sehr zu begrüßen. Dies scheint der einzige Weg zu sein, das Dorf als besonders liebenswerten Lebensraum unserer bayerischen Heimat für spätere Generationen zu erhalten.

# Wia lusti mir Bauan

2. Ja, 's Pfeifn und Singa, des is unsa Brauch, holaro…
tean tanzn und springa, des macht uns koan Bauch, holaro…

3. Die Herrnleut, die pfnausn, sie kinnan kam geh, holaro…
mir bleibm frische Bauan, groß' Bäuch san net schő, holaro…

*pfnausn = ringen nach Luft*

# Glossar

*Austrag:*
Zeit nach der Hofübergabe eines Bauern an eines seiner Kinder bei genau geregelten Bedingungen. Der Altbauer lebte zusammen mit seiner Frau entweder weiterhin im Wohnaus oder in einem neben dem Hauptgebäude gelegenen kleinen Haus, dem Austragshäusl, auch Zuhäusl genannt.

*Backhäusl:*
Etwas abseits vom Bauernhof errichtetes kleines Backhaus, in dem die Bäuerin in Abständen von ein paar Wochen in großer Menge Brot für die ganze Familie gebacken hat.

*Dengelstock:*
Ein Holzblock, in den ein spitzes Eisenstück eingelassen ist. Auf dem Holzblock sitzend, schärften die Bauern durch Klopfen mit einem Hammer die Sensen für die Erntearbeit.

*Dreschflegel:*
Holzkeulen, die zum Dreschen des Getreides verwendet wurden. Sie waren an langen Stricken befestigt und wurden von den Dreschern im Takt geschwungen.

*Ehhalten:*
Bezeichnung für alle Dienstboten, die auf einem Hof arbeiteten. Diese waren in die Familie eines Bauern integriert. Für ihre Arbeiten erhielten sie nur einen geringen Lohn, der meist zu Lichtmess ausbezahlt wurde.

*Engelamt:*
Festliche Messfeier in katholischen Kirchen am frühen Morgen in der Adventszeit. Dabei wurden Adventslieder gesungen. Eine andere Bezeichnung ist Rorateamt.

*Esse:*
Feuerstelle in einer Schmiede zum Erhitzen des Eisens.

*Fangermandl:*
Ein beliebtes Fangenspiel.

**Flurumgang:**
Prozession mit Priester und Gläubigen sowie mit Vortragekreuz durch Felder und Wiesen, bei der um Fruchtbarkeit und um Schutz vor Unwettern gebetet wird.

**Fuder:**
Ein mit Heu oder Getreide hoch beladener Arbeitswagen mit Holzrädern. Die Ladung wurde durch einen oben aufgelegten dicken Stamm (»Wiesbaum«) und mit Stricken zusammengehalten.

**Gäuwagerl:**
Kleines Fahrzeug mit vier Rädern und meist ohne Bedachung, das von einem Pferd gezogen wurde. Es diente für kleine Fahrten, z.B. in die Kreisstadt oder zum Arzt. Im Gäuwagerl konnten bis zu vier Personen Platz nehmen.

**Getreide-/Heustock:**
Platz in der Scheune, wo das Getreide und Heu aufgestapelt und bis zum Verfüttern gelagert wurde.

**Goffine**
Erbauungsbuch mit religiösen Texten aus der Heiligen Schrift und mit Heiligenlegenden, das von dem Prämonstratenserpater Leonhard Goffine verfasst wurde. Es war meist das einzige Buch in den Familien und auch ein beliebtes Geschenk. An den Festtagen wurde aus der Goffine in der Familie vorgelesen.

**Gütler:**
Kleinbauern mit wenig eigenem Boden, der mit nur einer Kuh bearbeitet wurde. Im Stall hatten sie meist ein Schwein und Hühner. Die Gütler halfen bei einem großen Bauern mit. Dafür wurden sie mit Naturalien wie Getreide und Kartoffeln entlohnt, die als Futter für ihre Tiere dienten.

**Häuslleut:**
Im Gegensatz zu den Bauern hatten die Häuslleut keinen eigenen Grund, den sie bearbeiten konnten. Sie waren meist arm und halfen bei großen Bauern bei der Erntearbeit mit.

**Herrgottswinkel:**
Stelle über der Eckbank in der Wohnstube, an der ein Kreuz/Kruzifix hängt, geschmückt mit Palmkätzchen, umgeben von diversen

religiösen Bildtafeln. Beim gemeinsamen Gebet schaute man zum Kreuz im Herrgottswinkel.

**Hoagarten:**
Auch Heimgarten genannter Treffpunkt nach Feierabend bei Freunden, gleichermaßen geschätzt bei der Jugend wie bei der älteren Generation. Er diente zum Gedankenaustausch. Hier konnte man Neuigkeiten erfahren.

**Holzzuber:**
Unterschiedlich großes Holzgefäß, das bei diversen Arbeiten, z.B. am Waschtag, Verwendung fand. Es wurden darin auch kleine Kinder gebadet.

**Kammerwagen:**
Vor der Hochzeitsfeier wurden mit dem Kammerwagen Teile der Aussteuer einer Braut zum Hof transportiert, in den sie einheiratete. Auf dem Wagen waren immer auch ein Bett und ein schöner Schrank.

**Kirtahutsche:**
Schaukel, die am Kirchweihfest in der Scheune eines Bauernhofes befestigt wurde. Sie bestand aus einem langen, breiten Brett, das mit dicken Stricken an Balken hing. Die Kirtahutsche war ein beliebter Treffpunkt von Kindern und Jugendlichen.

**Kletzenbrot:**
Aus Roggenmehl, Gewürzen, getrockneten Birnen und Sauerteig meist im eigenen Ofen in der Adventszeit gebackenes Brot, das am Weihnachtsfest sehr geschätzt war. Das Kletzenbrot kam am Heiligen Abend auf den Tisch.

**Kornmandl:**
Nach dem Mähen des Getreides wurden die Ähren mit Händen zu großen Büscheln zusammengebunden, die dann, jeweils etwa fünf Stück, zum Trocknen senkrecht aneinandergestellt wurden. Das Kornmandlaufstellen war meist Sache der Frauen.

**Mesner:**
Er sorgt in der Kirche für den reibungslosen Ablauf des Gottesdienstes, läutet die Glocken und assistiert dem Priester.

**Schaber:**
Meist blauer Stoffschurz zur Arbeit im Stall und auf dem Feld.

*Seelnonne:*
Sie wurde beim Tod eines Familiengliedes gerufen Auch Leichen- oder Totenfrau). Sie kleidete den Verstorbenen an und legte ihn in den Sarg. Im Auftrag der Angehörigen ging sie von Haus zu Haus und lud zum Begräbnis ein. Bei der Beerdigung sorgte sie für einen reibungslosen Ablauf.

*Sinnstock:*
Ein mit bunten Bändern geschmückter, etwa 1,5 m hoher Stock, mit dem der Hochzeitslader bzw. Progroder Gäste zur Hochzeitsfeier eingeladen hat. Wenn er ins Haus trat, sagte er einen lustigen Spruch auf.

*Störhandwerker:*
Handwerker, die zeitweise, meist im Winter, ihre Werkstatt verließen, um vor Ort bei ihren Kunden Arbeiten auszuführen. Dabei brachten sie das nötige Werkzeug und Material mit. Auf die Stör gingen Schuster, Sattler, Wagner, Schreiner sowie Schneiderinnen; sie lebten in dieser Zeit auf dem jeweiligen Hof.

*Tagwerk:*
Altes Flächenmaß; 1 Tagwerk = 3407,272 $m^2$.

*Tenne:*
Raum zum Einfahren mit Wagen in eine Scheune zum Ab- und Beladen des Getreides und Heus. In der Zeit ohne Dreschmaschine wurde auf dem Holzboden der Tenne mit Dreschflegeln das Getreide gedroschen.

*Versehgang:*
Zu Schwerkranken und Sterbenden wurde der Pfarrer gerufen. Er spendete ihnen das Sakrament der letzten Ölung. Begleitet wurde der Priester meist von einem Ministranten oder dem Mesner.

*Wachsstöckl:*
Aus dünnen Wachssträngen geflochtene Kerzen, die bei Trauergottesdiensten und bei den adventlichen Engelämtern in der Kirche auf der Betbank von den Gläubigen angezündet wurden.

*Wasserschiff:*
Kleiner Behälter aus Blech, der in den Küchenherd eingelassen war. Er war mit Wasser gefüllt, das durch die Ofenhitze erwärmt wurde. Es diente zum Abspülen und Reinigen.

# Literaturverzeichnis

Bärtler, Josef: Die Illerflößer. Illertissen 1933
Bichler, Albert: Wie's in Bayern der Brauch ist. München 2006
Eberwein, Michel: Das Eberwein-Liederbuch. München 1980
Eylmann, Elisabeth: Dorfgeschichten aus Oberbayern. München 1986
Fanderl, Wastl: Alpenländische Liedersammlung. Frasdorf o. J.
Fränkisches Volksleben im 19. Jahrhundert. Wunschbilder und Wirklichkeit; Begleitband zur gleichnamigen Ausstellung. Würzburg 1986
Friedl, Paul: Himmel, erhalt uns das Bauernbrot. Rosenheim 1979
Greinsberger, Kathi: Ist alles wohl bestellt. Zweites Fischbachauer Liederbuch. München 1985
Groth-Schmachtenberger, Erika: Unterfranken vor fünf Jahrzehnten. Würzburg 1985
Groth-Schmachtenberger, Erika: Handwerker vor fünf Jahrzehnten. Würzburg 1987
Hager, Franziska/Heyn, Hans: Liab, leb und stirb. Rosenheim 1976
Hager, Franziska/Heyn, Hans: Das alte Dorf. Vom Leben in der guten alten Zeit. Rosenheim 1977
Hartl, Maria: Häuslerleut. Vom Leben und Wirken einer Bauersfrau. München 1986
Kerscher, Otto: Genau a so is gwen. Leben und Arbeit auf dem Waldlerhof. Regensburg 1977
Kinder, Kinder … Kindheit und Jugend in früher Zeit im Brucker Land. Begleitheft zur gleichnamigen Ausstellung. Fürstenfeldbruck 1986
Lechner, Josef: Bäuerliches Leben und Arbeiten in Rehling und im nordwestlichen Aichacher Land um die Jahrhundertwende. Frankfurt 1983
Mädchenliederbuch. Regensburg 1914

*Zwei, die sich mögen (1940)*

Merklein, Willi: Flößerei auf dem Inn. In: Volkskunst 2/1986
Mestemacher, Jürgen Heinrich: Altes bäuerliches Arbeitsgerät in Oberbayern. München 1985
Schlicht, Josef: Blauweiß in Schimpf und Ehr, Lust und Freud. Rosenheim 1973
Schmidkunz, Walter (Hrsg.): Das leibhaftige Liederbuch. Wolfenbüttel 1938
Schreiber, Willi: Lustig ist das Flößerleben. Würzburg 1983
Schröder, Horst und Lilo: Bei uns in Oberfranken. Bayreuth 1984
Thoma, Annette: Bei uns. Rosenheim 1984
Volksmusik in Bayern. Ausgewählte Quellen und Dokumente aus sechs Jahrhunderten. Ausstellungskatalog. München 1985
Wendling, Anne: Als Großmama ein kleines Mädchen war. München 1986
Wimschneider, Anna: Herbstmilch. München 1985

# Danksagung

Meine Erinnerungen an das alte Dorfleben möchte ich nicht beschließen, ohne mich einer großen Dankespflicht entledigt zu haben.

Das Zustandekommen dieses Buches verdanke ich in erster Linie der von mir sehr verehrten Frau Erika Groth-Schmachtenberger aus Murnau, die in einem langen Fotografenleben so viele Details bayerischen Volkslebens mit ihrer Kamera festgehalten hat. Aus ihrem umfangreichen Archiv stellte sie mir Bilder zur Verfügung, die heute schon zeithistorischen Wert haben.

Viele Einzelheiten, die in das Buch Eingang fanden, verdanke ich oft langen Gesprächen mit Menschen, die mir ihre persönlichen Erinnerungen an das Leben im alten Dorf mitgeteilt haben. Zu Dank bin ich besonders verpflichtet: Herrn Sattlermeister Otto Diepold †, Germering; Herrn Hans Doll, Germering; Herrn Prof. Dr. Torsten Gebhard †, Generalkonservator i.R., München; Herrn Martin Keller, Germering; Herrn Prof. Ferdinand Kopp †, Tutzing; Herrn Hans Roth, Bayerischer Landesverein für Heimatpflege, München; Herrn Stadtpfarrer Msgr. Rat Georg Schuster, München †; Herrn Dr. Dr. Viktor Sprandel †, Krumbach; Frau Katharina Wimmer †, München.

Wertvolle Beratung in volksmusikalischen Fragen verdanke ich Herrn Wolfgang Mayer, Institut für Volkskunde, München, und Herrn Ernst Schusser, Mitarbeiter beim Volksmusikpfleger des Bezirks Oberbayern, Bruckmühl.

*Albert Bichler*

# Impressum



Produktmanagement: Claudia Hohdorf
Textredaktion: Simone Calcagnotto-David, München
Satz/Layout: Regina Bocek und Christian Weiß, München
Repro: Scanner Service
Herstellung: Barbara Uhlig
Printed in Italy by Printer Trento

Alle Angaben dieses Werkes wurden vom Autor sorgfältig recherchiert und auf den aktuellen Stand gebracht sowie vom Verlag geprüft. Für die Richtigkeit der Angaben kann jedoch keine Haftung übernommen werden. Für Hinweise und Anregungen sind wir jederzeit dankbar.

Bitte richten Sie diese an:
J. Berg Verlag in der Bruckmann Verlag GmbH
Postfach 400209, D-80702 München
E-Mail: lektorat@bruckmann.de

Bildnachweis: Alle Bilder stammen von Erika Groth-Schmachtenberger, der Vor- und Nachsatz von Christoph Mauler.

Die Deutsche Nationalbibliothek verzeichnet diese Publikation in der Deutschen National-bibliografie; detaillierte bibliografische Daten sind im Internet über http://dnb.d-nb.de abrufbar.

Aktualisierte Neuauflage

ISBN 978-3-86246-042-7